文 春 文 庫

奔 流 の 海

伊 岡 瞬

文 藝 春 秋

奔流の海◉目次

第二部　海の扉

奔流の海

序章

　近づきつつある台風十二号が、数十年に一度という規模の激しい雨をもたらす可能性があると、ニュースがしきりに訴えている。

　集中豪雨の怖れがあるたびに避難勧告が出される土地に暮らす有村《ありむら》家では、二カ月後には水はけのよい高台のニュータウンに引っ越すことが決まっていた。

　しかし天災は人間の都合などお構いなしにやってくる。

　有村昭代《あきよ》は夫の友弘《ともひろ》と手分けして、前日のうちから、雨戸のない小窓などに補強の板を被せた。ほかにも、風で飛びそうな庭の小物を物置きにしまったり、植木の鉢を建物の陰に寄せて並べたりと、それなりの備えを済ませた。

「荒れるのは夕方過ぎらしい。早めに帰ってくるから」

　手早く朝食を済ませた友弘は、出勤の支度を整えながら、赤ん坊をあやしている妻に声をかけた。

「昨夜はあんなに晴れていたのに」

　昭代は、夫に対してなのか息子の皓広《あきひろ》に対してなのかわからない、ひとりごとを口にした。嵐が来ると言われても、まだどこかひとごとのようで、緊張感が湧かない。窓越しに見える空には、白い雲が浮いている。

「この前のはなんだか肩透かしな感じだったけど、こんどは本当に避難することになるかしら」

「用心するに越したことはないよ。赤ん坊もいるしね。――それじゃ、行ってきます」

皓広を抱いたまま玄関先まで見送り、あやしながらリビングに戻る。

結婚してこの土地に住み始めてまだ三回目の夏だ。

これまで、台風はいくつも通り過ぎていったし、避難勧告も何度か出されたが、実際に家から逃げるほどの事態には至っていない。

「ちょっと待っててね。お片付けが終わったら、ミルクあげるから」

皓広を乳児用の籠に寝かせ、台所に立つ。洗い物を終えてリビングに戻ると、雨音がするのに気づいた。

「あら、降ってきたみたい」

ほんの少し前まで青さを残していた空は、天空に暗幕を張ったようにどす黒い雲に覆われ、すでに本降りになっている。

テレビをつけると、台風情報をやっていた。画面に大写しになった天気図には、日本列島の半分ぐらいは覆ってしまいそうなほど大きい台風が描かれている。暴風雨圏の予想円が静岡付近に迫るのは、夜の九時前後のようだ。これは昨日からの予報と大きく変わらない。

すでに、数日分の食料や非常用の小物は買い備えてある。少し離れたところに川はあるが、まさかあれが氾濫するとは思えない。家から出なければ安全だろう。

〈今のうちに備えを〉と繰り返すテレビの電源を落とすと、大粒の水滴がそこら中に当たる音しか聞こえなくなった。

「皓ちゃん、今日はお外で遊べないわね。こんなにすごい雨だもの」

リビングのソファに座り、昭代はミルクを飲んで機嫌良く手足をばたつかせている皓広に話しかけた。まだ生後五カ月で、自分で寝返りも打てない。

母親の声を聞いた皓広は手足の動きを止め、母親の顔をじっと見つめた。昭代にはその表情が、どうしてそんな意地悪を言うのか、とでもいいたげに見えた。急に顔を真っ赤に歪めて泣き出した皓広を抱きかかえて、よしよしと揺する。

〈やっぱりわが家のあたりも危険区域に指定されたらしい。千里見川《ちりみ》が危ないみたいだ〉

緊張した声で友弘から電話があったのは、午後四時をわずかにまわったころだった。

「千里見川が危ないって、氾濫するってこと？」

〈可能性があるらしい〉

千里見川とは、町を二分する形で流れる、このあたりでは屈指の大きな川だ。河川敷も広い。大雨で増水し、その河川敷いっぱいに濁った水が流れるのを見たことはあるが、氾濫するとは考えたこともなかった。

〈とにかく、仕事の目処《めど》が立ったら早めに帰るようにするから、そっちも気をつけて〉

昼過ぎからはつけっぱなしにしてあるテレビから流れるのも、台風情報一色だ。当初の予測よりも速度を上げたらしい。すでに、リビングをはじめすべての雨戸を閉め、窓も板やシートで補強してしまったので、外がどんな様子なのかよくわからない。

昭代は二階にあがり、シートのテープを半分ほどはがして小窓を開けてみた。いきなり吹き込む風と雨粒に、あっというまに首から上がびしょ濡れになった。あわてて閉める。

ほんの一瞬見えた隣家の庭では、鉢植えのほとんどが倒れたり傾いていた。こんどは用心ぶかく、二センチほど窓を開けてみる。それでも雨風が吹き込むが、なんとか外の様子をうかがう。

どの樹木も、折れんばかりに枝をしならせている。雨粒は横向きに降っている。結婚前に住んでいた土地では、土砂崩れや川の氾濫の怖れがある暴風雨など、経験したことがなかった。

大丈夫かしら――。

気がかりなのは夫の身だ。だが、しっかりものだから無事に帰ってくるだろう。そうだ、ずぶ濡れで帰ってくるにちがいないから、お風呂を沸かしておこう。七月だからさすがに寒いということはないだろうが、さっぱりしたいはずだ。

風呂の用意をすませ、皓広が寝ているあいだに夕食の準備でもはじめようかと思った矢先に、友弘からまた電話がかかった。

〈今から会社を出る。すぐに避難できるよう準備しておいてくれないか〉

「避難？　やっぱり逃げるの？」

胸のあたりが苦しくなる。自分たちだけならまだしも、乳飲み子の皓広を抱えてどこへ逃げればいいのか。

〈念のためだ〉

「でも――避難って、どこへ？」

〈あてはある。まあ、とにかく帰るよ。道路が冠水してないといいけど〉

「気をつけて……」

最後まで言い終える前に受話器を置く音が聞こえた。

昭代は新婚旅行のときに買ってからほとんど使ったことのない、大ぶりのボストンバッグのチャックを引いた。ビニール袋に入れたままにしておいたせいか、わずかに黴《かび》の臭いがする。

口を広げたバッグを目の前に、しばらく呆然と座り込んでしまった。「避難」という言葉にまだ現実感が湧かない。

ガチャガチャと乱暴に鍵を回す音のあと、玄関から吹き込んだらしい風のために室内の気圧がわずかにあがったような感覚があった。

「いやあ、ひどい雨だ」

友弘の声だ。タオルを用意して待っていた昭代は小走りで玄関に向かった。

ひと目で傘がまったく役に立たなかったことがわかった。服を着たまま川で泳いだかのように、全身ずぶ濡れだ。

「大変だったわね。はいこれ」

「ああ、ありがとう」

差し出されたバスタオルを受け取り、友弘は髪をごしごしと拭いた。

「道路も、あちこちで川みたいになってる」

「お風呂が沸いてるけど、入る?」

べったりと張り付いたワイシャツの濡れたボタンと格闘していた友弘が顔をあげた。

「せっかくだから大急ぎで入ろうかな。長い夜になるかもしれないし」

夫がもらした「長い夜」という言葉に、昭代は不吉な予感を抱いた。

一九六八年七月七日、有村一家の三人が暮らしていた静岡県千里見町の一帯を襲った台風は、数十年に一度とも百年に一度ともいわれる豪雨をもたらした。

山間部が海岸ぎわまでせり出した狭隘《きょうあい》な土地に降った雨は、のちに「千里見の大崩れ」あるいは「千里見の七夕崩れ」と呼ばれることになる、多発的な土砂崩れを引き起こした。

　この一帯は東海道きっての難所といわれ、有史以来幾度となく崩れ落ちた土砂が住人を苦しめてきた。有村家の家が建つ地域も、十年、二十年の単位では大きな災害に見舞われたことはなかったが、地理的には危険区域の中にあった。当然、雨が降り出してまもなく、広報車や防災無線のスピーカーから、繰り返し避難を勧める音声が流された。

　昭代は、皓広のおむつや着替え、ミルク用具一式などをまずはバッグに詰めた。数日はもつ量だ。それだけで半分以上が埋まってしまった。続いて自分たちの最低限の着替えや洗面道具を順に詰めていく。

「やっと確認がとれた。哲夫《てつお》さんのところで泊めてくれるそうだ」

　本当に驚くほど大急ぎで風呂から上がり、何カ所か電話をかけていた友弘がそう言いながら受話器を置いた。

「哲夫さんて、三島の？」

　荷造りの手を止めて昭代が顔をあげる。

「そう、何日か前に『もしものときは』って頼んでおいたんだけど、やっぱりきちんと確認しないとね。行くのは二年ぶりかな。あそこならあまり気をつかわなくてもいいだろう」

　有村哲夫は友弘よりも五歳年上の従兄だった。三島市の郊外で農業を営み、家の造りは大きく部屋数も多い。一家三人を泊める程度の余裕はあるはずだった。結婚してからも数回訪問したことがあり、なじみもある。

「じゃあ、手ぶらっていうわけにもいかないわね」

「この状況だ。そんな気はつかわなくていいさ」

友弘は書斎の机に載っていた書類を金庫にしまい、逆に現金をいくらか取りだした。食事を手早くすませ、黒いゴムガッパを着込んで、中古で買ったワゴンタイプのトヨペットクラウンに荷物を運んだ。友弘が、荷物は積み終えたからそろそろいいぞと、リビングで待っている昭代に声をかけたとき、ちょうど午後七時の時報が鳴った。

皓広を抱きかかえた昭代が小走りにやってくる。友弘が掲げる傘に守られて、昭代と皓広は後部座席に収まった。

最後に友弘が家中を回って、もう一度戸締まりを確認し、運転席に座った。


冠水した道を迂回して国道一号を目指した。路面を水が流れてはいるが、まだ水没というほどではない。

国道に出るまでの道路は空いていた。このあたりでは、まだまだ自家用車の総数は少ない。有村家も、収入からすると自家用車購入は少し背伸びだったが、皓広が産まれ、やや奥まった住宅地に越すことも考えて、親戚から安く譲り受けた。

東京方面へ向かう国道に合流したとたん、景色は一変した。どこからこんなに集まったのかと思うほど、車が連なっている。

ナンバーを見ると、もっと西の方から逃れて来た人も多そうだ。雨も激しくなる。ワイパーのスピードを最高にあげても、まるで屋根の上からホースで水をまいているような状態で、視界は悪かった。

混んでいるといっても、車は流れている。前方の見通しがきかないことをのぞけば、順調に進めそうに思えた。しかし、間もなく前を行く車のスピードが落ち、ブレーキランプが点滅し、とうとう止まってしまった。

「こんな渋滞、初めて見たよ」

友弘の言葉に、昭代も前席のシートの隙間から顔をのぞかせる。道は海岸線に沿ってゆるくカーブを描いている。その前方、雨にゆがんだフロントガラス越しの景色に、赤いテールランプが数珠つなぎになっているのが見えた。

車は十メートルほど進み、また止まる。

「詰まっちゃってるね。裏道から抜ける？」

「いや、この雨だとそれは危険かもしれない。もう少し様子を見よう。インターから高速にあがってしまえばあとはたぶん楽だ」

しばらくのろのろと進んだが、とうとう完全に動かなくなった。このあたりには、脇道に抜ける術もない。バイパスが完成していれば、また事情は変わったかもしれないが、今そんなことを嘆いてもしかたない。

窓を開けることも叶わず、車内の空気が蒸している。エアコンはついておらず、送風機能しかない。友弘がレバーを引いて強めに風を出すと、前の所有者が吸っていたらしい煙草《たばこ》の臭いが車内に満ちた。

「お願い、ちょっと風を弱くして」

皓広がぐずりはじめた。

「あら、お腹がすいたのかしら。よしよし」

昭代は皓広をそっとシートに寝かせ、ポットに詰めてきたお湯で粉ミルクを溶いた。皓広は環境の違いを敏感に感じたのか、火が付いたように大泣きしている。

「ごめんね。もう少し冷ましたらあげるからね」

あやす視線の隅に、友弘が左手の指先でこまかくハンドルを打ち続けているのが見える。

「いいかげん、動いてもよさそうなもんだけどな」

愚痴をこぼしてみてもしかたのないことを口にするのは、いつもの友弘らしくなかった。やはり、皓広のことが気がかりなのだろう。

「雨で道路が冠水したのかしら」

「ちょっと降りて見てこようか」

「危ないからやめて。あなたに怪我でもされたら、わたしたち困るから」

「たしかにそうだな」

さらに十五分ほど、まったく動く気配を感じないまま車の中で待ったころだ。前方から、先の赤い懐中電灯のようなものを振りながら、上下黒っぽいカッパを着た人物が数人、近づいてくるのが見えた。手分けして、一台ずつ窓をたたいては、中の運転手になにか声をかけている。

「もしかしたら、あれは警察官じゃないか」友弘がハンドルの上に乗り出すようにして声をあげた。

「警察？　いやだ、事故でもあったのかしら」

「そうかもしれない。――それでこの渋滞なのか」

そんな会話をするうちに、有村家のトヨペットクラウンの脇に立った黒い人影が、窓を叩く。まちかまえていた友弘が窓を下げた。

「この先は通行止めです。土砂崩れがありました」

顔中びっしょり濡らした男が叫んだ。紺色カッパのフードから突き出たつばを見ると、やはり警官のようだ。

「復旧の目処は？」

「わかりません。この雨が止むまでは無理でしょう。このあたりもあぶないから避難してください」

「避難って、どうやって」

「もう少し先へ行ったところに、バスの車庫があります。そこまで行けば、自衛隊のバスが清水市までピストン輸送しています」

「しかし、車庫までどうやっていけば？　ぜんぜん動きませんが」

「車はあきらめてください。路肩《ろかた》に寄せて停めて、歩いてください」

「だって、まだ五百メートルやそこらはありますよ。小さな赤ん坊もいるのに」

「今日は気温もそれほど低くないから、今のうちに」

さらに反論しようとした友弘に「いいですね。避難してくださいよ」と念を押して警官は後ろの車に行ってしまった。押し問答している暇はない、という雰囲気だった。

「どうしよう」

友弘はミルクを飲ませている昭代をふり返った。街路灯の光を受けた皓広は、涙のにじんだ目を閉じて、哺乳瓶の乳首を一心に吸っている。

「皓ちゃんを抱えて歩くのは厳しいわね」

「そうだな、ずぶ濡れになる。もう少し様子を見よう」

ここから見える範囲では、降りて歩き始める家族はほとんどいないようだ。それもそうだろう。ただ前に進まないというだけであって、車内にいれば濡れることはない。

それに、暗い中、ぬかるんだ道で転んで怪我でもしたら目も当てられない。友弘はラジオもつけていなかったことに気づいて、スイッチを入れた。聞き慣れない曲が流れてきた。

〈――あーのひとがすきよー　青いシャツ着てさー〉

なんとなく一緒に口ずさみたくなる、テンポのいい曲だ。

〈——うーみをみてーたわー〉

「だいぶ荒れてる海だけどね」

気を紛らわそうとしているのだろう。友弘はラジオに向かって、あれこれ話しかけている。曲が終わり、アナウンサーが紹介した。

〈今夜の新曲紹介のコーナーは、今月発売予定、ピンキーとキラーズの『恋の季節』でした〉

友弘が「なんだか、ノリのいい曲だね」と口にしたときだった。

ごごご、と地の底が抜けるような音と震動が伝わった。

「なんだ」

ふりむいた友弘と昭代の目が合った。しかしすぐに、友弘の視線は昭代を通り越してさらに後方に向けられた。

「あれは——。あれは、なんてこった」

友弘が口を半開きにして指さす先を、昭代もふり返った。

「なに、あれ」

わずか車輌十台分ほど後方に、真っ黒な小山ができていた。国道の上にだ。盛り上がった塊《かたまり》は泥と岩だろうか。道路の上にいたはずの車も見えなかった。さっきまで見えていた警官の姿も、警官が振り回していた赤い誘導灯も見えない。

「土砂崩れだ」

「そんな。だったら、やっぱり——」

目が合う。どちらからともなくうなずく。

「逃げないと」

正直なところ、恐怖も迷いもあったが、このままでは危険だと直感した。

昭代は、抱っこ紐を使って皓広をポンチョ型のカッパの内側に抱えた。ボタンで胸もとが開くようにな
っている。皓広が窒息しないよう、顔だけをのぞかせた。赤ん坊はミルクを飲み終えて、うつらうつらしはじめていた。

「それじゃ、行くぞ」

友弘が大小二つのバッグを持ち、昭代が皓広だけを抱えて車から出た。待ちかまえていたかのように、雨粒が激しく三人を打つ。後方の土砂崩れに背中を押されたのか、あちこちの車から人影が降りたち、みな同じ方向へ歩きはじめた。自衛隊が輸送してくれるというバスの車庫を目指すのだ。

「大丈夫か」

路上に放置された車を縫《ぬ》うように歩きながら、ときおり友弘が振り返る。黒い海から打ち付ける波が、消波ブロックに当たって砕ける音が響く。少し遅れて、雨粒が塩味に変わる。

「だいじょうぶ」

うつむいたまま答える昭代の声も、激しい波とカッパをはためかせて吹く強風の音に

かき消される。

もたつきながら五分ほど歩いたところで、それまで避難民のように連なって歩いていた人の流れが止まった。

「どうしたんだろう。バスの車庫はもう少し先のはずだけど――」

昭代も背伸びをして、前方を見る。行列の先頭に人の集団があって、その向こうにさきほど見たものとよく似た黒い小山が見えた。

「あそこでも土砂崩れだ。それほど大規模じゃないみたいだけど」

「どうしよう。車に戻る？」

「いや、この道にいるとどこも危ないかもしれない。それに、なんとか向こう側へ行けそうだ」

友弘の言うとおりだった。街路灯もまばらなため、黒いシルエットでしか見えないが、警察か消防の職員らしき人間たちに手を引かれ、数人ずつ黒い小山の向こう側へ消えて行く。

「順番に案内しますから、列を乱さずに並んでください」

ハンドメガホンを通した割れた声が響いた。混乱が起きることもなく、整然と並んで進むうちに山が近づいてきた。板のようなものを敷いて、仮設の道を作ったらしい。その上を、ひとりまたひとりと向こう側へ消えて行く。

昭代にはその光景が、黒々とした小山が、声もたてない人々を次々に飲み込んで行くようにも見えた。

「はい、次のかたどうぞ」

蒸し暑くてカッパも脱いだらしい、地元消防団員の法被《はっぴ》姿もまじる男たちが、声をからして救いの手を差し出している。

とうとう有村家の順番が来た。

「さあ、行こう。皓広をしっかり抱いているんだよ」

友弘は、赤ん坊をかかえた妻をかばうように腰に手をまわした。昭代はその手にすがるように、少しでも板を踏み外せばずぶずぶと足がめりこむ、土砂の山を登り始めた。

第一部

十万光年の花火

1 清田千遥（一九八八年　三月）

漁港近くにある生鮮市場から『清風館』までは、本来なら国道一号を道なりに一キロほどの距離だ。

この国道と平行するように県道が走り、さらに海沿いの一段高いところに町道が通っている。車が二台すれ違えないほどに狭いこの町道のすぐ向こう側は、もう海だ。

町道と砂浜のあいだには、転落防止も兼ねた、人の背丈ほどの防潮堤が延々と続いている。この砂浜沿いの道へは、自動車はほとんど入って来ない。ときたま、地元の漁師が運転する軽トラックが、ひどくのんびりと走るのを見かける程度だ。

散歩をする老夫婦や犬を連れた主婦、釣り竿を担いだ男たちなどとすれ違う。わたしは市場への行き帰りに、回り道をしてこの町道を通るのが好きだった。

幼いころ、よく父と並んでこの道を歩いた。防潮堤の切れ目から砂浜へ降りて、波打ち際で遊んだり、遠い海にまつわる話をしてもらったりした。一人で海へ行くことは禁じられていたけれど、幼いころは砂浜の流木に、少し成長してからは防潮堤の上に腰をおろして、飽《あ》かずに父がいるはずの海を眺めていたものだ。

太陽は左手の岬から昇って、右手の半島へ沈む。

日中のほとんどが逆光となる中で、海はさまざまな輝きを見せる。特に防潮堤の上からの眺めは格別だ。

誰にも話したことはないが、幼いころから、陽光を反射してきらめくあの一帯に、どこか別の世界への扉が口をあけているような気がしていた。

そのわたしの防潮堤の上に、見慣れぬ後ろ姿を見つけた。

若い男性のようだ。こちらに背を向けて座っている。右手に体重をあずけ、ぼんやり海を眺めているように見える。

あんなところに座って――。

生鮮市場から帰る途中だったわたしは、運転していたスーパーカブのスピードを落とした。

この年季の入ったバイクは、走っているあいだ中、チェーンのあたりからがらんがらんと派手な音がする。わたしは十メートルほど手前でカブのエンジンを切り、海を見るふりをしながらさりげなくその青年を観察した。

今の騒々しい音にも気づいていないのか、あるいは聞こえてもまったく気にならないのか、おなじ姿勢で海を見ている。足は砂浜側に投げ出している。わたしはそのくつろいだ雰囲気に興味を抱いた。

道路側から見る限り、この防潮堤は大人の背丈ほどの高さしかない。上背のある人ならば背伸びをすれば海面が見えるほどだ。

しかし、ところどころに設けられた、黒光りのする鉄棒の足場から気軽によじ登った観光客は、ほぼ例外なく声を上げる。悲鳴といってもいい。幅五十センチほどの防潮堤の上で、しゃがみこんだまま動けなくなってしまう人もいる。足がすくんでしまうのだ。

なぜなら、そこから見下ろす向こう側の砂地は、想像するよりもずっと下にあるからだ。家でいえば二階の屋根に登ったほどの落差がある。しかも上部は荒れた波を返すためにオーバーハング状になっていて、まるで切りたった崖である。高いところが苦手でなくても、心の準備なしにのぞけば、下腹のあたりに涼しい風が吹くような気分になる。

ところどころペンキが剝《は》げたり錆が浮いた《キケン、登るな》の看板が、そこらじゅうに立っている。あえてこの防潮堤の上を歩くのは、地元の若者ぐらいしかいない。そして、このあたりで行き合う人を乱暴に分けてしまえば、ふた通りしかない。顔見知りか、釣り人を含めた観光客だ。彼は少なくとも知り合いではなさそうだった。

ざっとその姿を観察する。濃いブルーのパーカーをはおり、下はジーンズをはいている。そばに釣り竿や旅行用の荷物らしきものはない。

理由はわからないが、くつろいだ姿勢のわりに寂しそうな背中だと思った。

もしかすると――。

ある子供じみた思いが浮かんだが、すぐに笑って打ち消した。そんなおとぎ話のようなことが実際におきるわけがない。そもそも、彼がひとりぼっちだとは限らない。デートの最中なのかもしれない。

たとえば防潮堤の向こう側では、連れの彼女が脱いだサンダルを片手に砂浜を走り、打ち寄せる波に黄色い声をあげているのかもしれない。それを優しいまなざしで見おろしているのかもしれない。わけもなくそんなことをあれこれ考えた。

カラスが舞い降りて、釣り人が道ばたに捨てたらしいビニール袋をついばんだ。期待はずれだったらしく、不満げにああと鳴いた。

ぼんやりと青年を見ていたわたしは我に返って、バイクにまたがった。

大小ふたつのかぎ裂きがあるシートに尻を乗せる。セルボタンを押す。クシュンクシュンと鳴ってからエンジンがかかった。三羽に増えていたカラスがあわてて飛び立った。青年がゆっくりとこちらを見る。わたしはすぐに目をそらしたが、男性にしては色白の寂しげな顔が、一瞬だけ見えた。

わたしはアクセルを回し、ガラガラと音をたてて加速させた。もしかすると、という思いは消しきれなかったが、青年のほうはもう見ないようにした。

むかし、誰かが教えてくれた。

奇跡は臆病な小鳥に似ている。こちらから近づこうとすればすぐに逃げてしまう、と。

今ではわたしの愛すべき相棒となったスーパーカブは、一度事故に巻き込まれ、危うくスクラップになりかけた過去を持つ。

奇跡的に再生し、わたしの足代わりとなったが、事故前に比べてずいぶん騒々しくなった。

おそらく、チェーンがカバーか何かに当たっているのだろう。ひどく耳障りな音をたてる。道を歩く人が驚いてふり返ることもある。危ないから乗るのはやめておけと注意してくれる人もいる。

わたし自身はすっかり慣れてしまって、最近では、恥ずかしいという気持ちも危ないという不安も消えた。ほぼ毎日、このカブでアルバイト先まで行き、帰りには生鮮市場に寄り、頼まれた買い物を前カゴにつめて、入りきらないときは荷台にくくりつけて、五百メートルの距離を疾走する。

バイクで向かい風を受けながら県道へ合流する急坂を下り、安全をミラーで確認する。『清風館』のすぐ手前でウインカーを出し、斜めに道路を横切る。もちろん交通違反だ。時々、顔見知りの警官に見つかって「降りて横断しろ」と怒られるが、違反切符は見逃してもらっている。

後ろから来て追い抜いていく軽トラックが、短く二度クラクションを鳴らした。距離に余裕はあったはずなのにと思って運転席に目をやる。木暮《こぐれ》酒店の店主が酒を配達している途中だった。クラクションは嫌がらせではなく、挨拶代わりだった。

「千遥《ちはる》ちゃん。相変わらず渋いのに乗ってるね」

店主が、開け放した窓から大きな声をかけ、笑った。木暮酒店には、子供のころよく駄菓子を買いに行ったが、あの店主は当時からすでに〝おじさん〟だった。

カブに乗って会うたびに同じことを言うので、最近は返事もしない。わたしは聞こえないふりをして、最後にアクセルをもうひとひねりした。

三月にしては暖かい風が吹いていた。


『清風館』、つまりわたしが暮らす家は、国道一号――いわゆる「東海道」と県道に挟まれた狭い土地に建っている。

国道に面した北側が正面にあたり、砂利を敷き詰めたスペースがある。昔は宿泊客用の駐車場だったが、いまはがらんとしている。近所の知り合いにたのまれて何台か駐車場として貸し出しており、わずかながら現金収入になっている。

過去には、不動産会社の人間が訪ねてきて、土地を遊ばせておくのはもったいないのできちんと整地した駐車場にするか、いっそ建物をまるごとアパートに建て替えないかと、母親にしつこく勧誘していた時期もあった。しかし、母がそのたびつれなく断るので諦めたようだ。

不動産会社の人間は「東京じゃ信じられませんよ」とおおげさに呆れてみせた。

都心部では次々にビルやマンションが建ち、土地が足りなくて「地上げ」という現象が起きているらしい。

暴力団かそれに近い実態の男たちが、さまざまな嫌がらせをして住人を立ち退かせるのだという。家族が食事をしている最中に居間へダンプカーで突っ込むといった、まるで映画のような事件もあった。

それに比べればこのあたりはのんびりしているが、土地を有効活用しないことをまるで悪徳のように言われる、と母が嘆いていた。

わたしは悪い話ではないと思っている。いや、悪い話どころか母の代わりに契約してしまいたいほどだ。この一年、わたしのアルバイトを除けば定期的な現金収入は途絶えている。貯蓄も少しずつ取り崩しているはずだ。もうすぐひとりで暮らすことになる母のことを考えると、アパートに建て替えることは賛成だった。

わたしは、まばらに車が停まった砂利敷きの駐車場にバイクで乗り入れ、塀際に停めた。

スペースのほぼ中央部分に並んだ飛び石は、玄関へと続いている。昼間はほとんど開けはなったままの木戸をくぐれば、目の前に格子になった二枚のガラス扉がある。

去年までは木戸のすぐわきに『旅荘　割烹　清風館』と書かれた灯籠が立ち、ひと目で割烹旅館だとわかった。子供のころはその灯籠が時代劇のセットのようで好きだったが、いまは取り払われて、そのあたりには青く苔が生えている。

わたしは買い物の荷物を左手に提げ、ガラス格子になった引き戸に、右手をかけた。

「ただいまあ」

木枠の引き戸が、キリキリと音をたてる。油を差したらどうだい、と配達に来た米屋の主人が以前言っていた。しかし、差せる人間がいない。

いま、この広い家にわたしと母の二人しか住んでいない。

わたしの母、智恵子《ちえこ》は江戸時代から続くこの『清風館』のひとり娘だった。世に言う「箱入り娘」だ。その母は、漁業会社のサラリーマン船乗りだった父と、大恋愛の末に結ばれたと聞いている。

見合い話のとぎれたことのなかった母が、一年の半分近くを海に出ている父と結婚するにあたって、それなりのロマンスと波乱があったことも何度か聞かされた。ただ、結婚のことは両親に認めさせたが、清風館の跡は継ぐことになった。父が、すんなり婿に入ることに同意したからだ。

もっとも、父が旅館の手伝いをするのは陸《おか》にいるあいだだけで、操舵士《そうだし》はやめなかった。漁の獲物はマグロやカツオのことが多い。一度漁に出てしまうと、ひと月から長いときは数カ月も戻ってこなかった。

老舗《しにせ》の旅館で箱入り娘として育てられた母は、鍋や包丁以外の、機械や道具といったものに触ったことがない。だからガラス扉の油差しなどさせたら、動きがよくなるまえに風通しがよくなってしまうかもしれない。そしてわたしはわたしで、自己紹介時に必ず宣言するほどの面倒くさがり屋であるため、いつまでたっても扉はキリキリ鳴り続けている。

「買ってきたよ」

家族二人には広すぎる玄関にスニーカーを脱ぎ捨て、廊下にあがる。意外なことに、調理場のほうから返事が聞こえた。

「ありがとう。適当にしまっておいて」

「なんだ、そこにいたんだ」

廊下を奥に向かって左手にある入り口から、調理場をのぞいてみた。

まだ家に活気があったころ、特に繁忙期には、ここを何人もが忙《せわ》しなく出入りした。邪魔なので扉はつくりつけていない。目隠し用の暖簾《のれん》もいつのまにかとりはずしてしまったので、廊下から中が丸見えだ。

どこから引っ張り出したのか懐かしい割烹着に袖を通した母が、これも最近ほとんど使ったことのないステンレス製の大きな調理台に向かい、里芋の皮をむいている。がらんとした調理場にぽつんと立ち、そこそこに器用な包丁捌きを見せる母の姿は、実際よりも小さく見えた。

わたしは買い物の詰まったレジ袋を、調理台の端に載せた。ステンレスの天板の上で大根がごとんと音を立てた。

「もう晩ごはんつくってるの？　こっちで料理なんてめずらしいね」

ふだんは、棟続きになった母屋の狭いキッチンで料理をする。二人分、しかも母は小食なため、それで充分間に合っている。あの事故以来、ここの調理場を使ったことは数えるほどしかない。わたしは久しく使われていない業務用冷蔵庫のドアを開けてみた。

「なんだ、空っぽか」

ステンレスの取っ手が、ひんやりと冷たい。

「そうなのよ。もうお見えなのに」

「お見え？　お見えって？」

わたしは、冷蔵庫の中を眺め回していた顔を母に向ける。

「まさか、このあいだ言ってたあのお客さん？」

「そうよ」

母がはにかんだように微笑《ほほえ》む。その指先で里芋の皮がするするとむけてゆく。

「そうよって。――もう来てるの？　来週だって言わなかった？」

「お母さん、聞き違えたみたい」

必要以上に大きな音をたてて、冷蔵庫の扉を閉めた。

「聞き違えたって、そんな大事なこと。――どうするの？」

つい、口調がきつくなる。

「そんなに怒らないでよ」

「怒ってるんじゃなくて、心配してるのよ。支度も準備も全然してないじゃない。――あ、同じことか」

「だからさ、悪いんだけど、買い物、もう一度行ってきてくれる」

「そんなあ。昨日買ったCD聞こうと思ったのに」

少し大げさに天井を仰いで、そこにあった踏み台を使って、シンク台に尻を置いた。これという意味もなく、レジ袋からごぼうを引き抜いてぐるぐると回した。

「ねえ、お母さん。家にあるもので間に合わせようよ。だいたいさ、無理言って泊まるのは向こうなんだしさ。わたし、カレーでも作ろうか？　それにあのバイク、そろそろだめになりそうな予感がするんだ」

言いながら、ごぼうの先でなべの蓋をかんかんと叩いた。

「これ、食べ物でなんですか。お里が知れるでしょ」たしなめる母の声にまだ以前のような張りはない。「——だから、必要ならオートバイは買い換えなさいって言ってるでしょ。それぐらいのお金ならあるし、事故でもおこしたら……」

「それはやだ」

「ほんとに、この子は」

母が力のないため息を漏らしたとき、玄関の扉がキリキリと鳴った。

「あ、誰か来た」

母と目が合う。ほかに客は考えられない。

「——もしかして、あれがそう？」

母がうなずく。

「実はね、三十分くらい前に一度お見えになったの。ちょっと近所を散歩してきたいとかって……」

「先に言ってよ」

母の説明は途中だったが、わたしはふりまわしていたごぼうを放り出し、廊下に飛び出した。あわてて角を曲がるときに滑ってバランスを崩した。

こちらに半分背を向けた人物が、キリキリ音をさせて扉を閉めるところだった。青いパーカーに見覚えがあった。

「あ」

思わず漏らした声に男がこちらを向いた。心臓がとくんと跳ねた。間違いない。さっき防潮堤の上で海を見ていた若者だった。二十歳を少し越えたくらいだろうか、大学生かもしれないと思った。またあの考えが頭をかすめた。

まさか、そんなばかな――。

「いらっしゃいませ」

反射的に笑顔を作った。ほんの一年前までは毎日そうしていたように、来客に向かって頭を下げた。厳密にいえば正規の宿泊客ではない。しかし、久しぶりに清風館のガラス戸をくぐった泊まり客であることに違いはない。

「こんにちは」

男も軽く頭を下げる。顔は微笑んでいるのに沈んだ印象の目をしていた。わたしはその目から視線をはずせなくなった。さっき背中が気になった理由にも思い当たった。彼の身体から、にじみ出る悲しさのようなものを感じたからだ。

「おかえりなさい」

少し遅れて顔を出した母の声に、ようやく視線をはずすきっかけをもらった。

「こちら、坂井《さかい》さん。――これが、さっきお話しした娘です」

母が抑揚のない声でごく簡単に紹介した。

「はじめまして」

「坂井と申します」

「千遥、待合い処でお茶でも差し上げて」

「いえ、どうぞおかまいなく」

坂井青年は軽く手を振って遠慮した。力仕事などしたことがないような、ほっそりとした指だった。

「それより、よければ部屋に荷物を運びたいんですが」

「ごめんなさいね。いま、掃除機かけさせますから。やっぱりもう少しそちらでお休みください。千遥、お茶を淹《い》れて差し上げて」

母はそういって、玄関の右手脇にある四畳半ほどの待合い処を示した。

「そうですか、それじゃ」

坂井は腰をまげて暖簾をくぐった。

この小部屋は、床が板張りだが、土足でそのまま入る様式になっている。今でも、ちょっとした来客の応接間代わりに使っているから、さすがに埃がつもっているようなことはない。

部屋のほぼ中央に、年輪が鮮やかに浮いた銘木のテーブルがあり、木製の長いすがそれを囲んでいる。四角い小振りの座布団が均等に並んでいる。

壁には、父が撮った海原の朝焼け、夕焼け、ただひたすら青く凪いだ海、などの写真が何枚か掲げてある。対象物が海と空しかないので上手いも下手もないのかもしれないが、それでもなんとなく素人臭いところが好きだ。

祖父の代からあるという銘木のテーブルには、一輪挿しが載っている。昔はここに季節の花が絶えることはなかったが、いまは母があわてて活けたらしいあまり元気のない南天の葉が挿さっている。

「お母さん、ちょっと」

母の腕をとって、調理場に戻る。声をひそめて問い詰める。

「そんなにいっぺんにできないでしょ。元はといえば自分で忘れていたくせに。部屋の掃除と、お茶と、買い物と、どの順番ですればいいのよ」

「なにも一度にしろなんて言ってないわよ。お部屋は菊の間にします。昨日のうちに片づけてあるから、軽く掃除機をかけてちょうだい。そのあとお買い物に行ってね。ここに書いておいたから。その前にまずはお茶を差し上げて」

ちぎったメモ帳を目の前に差し出された。

声の張りはまだ少し足りないが、命令する口調は女将《おかみ》のころに戻っている。わたしは口もとまで出かかった反論をのみこんで、買い物のメモを尻のポケットに突っ込んだ。

母には内緒で収納棚の奥のほうから探し出した業務用ティーバッグで、日本茶を淹れて坂井に出した。掃除機を持って階段を駆け上がり、ゆっくり三つ数えるあいだ畳の上を転がした。

待合い処に戻ると、坂井は薄い日本茶を飲みながら、ラックから取り出したらしい地元の広報誌をぺらぺらめくっていた。

母がスイッチを入れたのか、壁際に置かれた小さなテレビが音を立てている。ニュース番組らしく、まもなく開通になる瀬戸大橋のたもとから、女のキャスターが興奮して甲高い声をあげている。このあたりにも、ニュースになるような観光施設でもできればいいのだが――。

「おまたせしました。お部屋にご案内します」

正規の客ではないと思いつつも、以前手伝わされたときの口癖がでてしまった。

部屋に案内し、避難経路や電気のスイッチ類などおきまりの説明をした。扉を閉めようとしたわたしの背中に、坂井が声をかけた。

「バイク、すごい音がしますね」

わたしは振り返り、青年の顔に浮いた笑みを見た。顔が火照るのを感じた。恥じらいからではない。「ええ」と短く答えて階段を駆け下りた。

スーパーカブをガラガラ鳴らしながら市場まで往復した。すっかり慣れた顔見知り以外の人たちは、眉をひそめてこちらを見る。なるべく澄ました顔を作るようにしているが、本当は、うるさくてごめんなさいと心の中で詫《わ》びている。

「ただいま」

母は調理場で機材の手入れをしていた。元気になるのは嬉しいが、客がいるのはわずか数日のことだ。去ったあとの反動が怖い。

「おかえりなさい、早かったわね」

「バイクがいい走りしてくれたからね」

朝夕の食事は、さきほどの待合い処で済ませてもらうことになった。二階の菊の間まで、膳やおひつの上げ下げをするとなると、わたしがひとりで請け負うことになる。腰を痛めた母には無理だ。

わたしがそれはいやだと拒んだため、母もあきらめた。それに調理場に近いので、なにか用があればすぐに声をかけてもらえてむしろサービスには都合がよい。坂井も快く了承した。

ようやく支度が整ったとき、時刻は午後七時近くなっていた。あれこれ載せた膳を少しふらふらしながらわたしが運んだ。母は小振りのおひつをかかげ、女将然とした表情でわたしの先に立ち、先に待合い処へ来てもらっていた坂井に詫びた。

「坂井さん、ごめんなさい。ほんとうはお客様にお出しできるような料理じゃないんです。ずいぶん久しぶりなので、なんだかカンがもどらなくて。こんな賄《まかな》いみたいなお料理でごめんなさいね」

膳の上には筑前煮ふうの煮物、刺身が二品、白身魚の煮付け、小ぶりの海老と数種の野菜の天ぷら、そのほかに小鉢がいくつか並んでいた。

たしかに旅館を営んでいたころと、華やかさは比べられない。しかし、見た目はともかく、味が折り紙つきなのは知っている。母は料理が苦手だと言うが、味に関するセンスは天性のものかもしれない。少なくとも、母が謙遜するほど情けない料理だとは思わない。

「とんでもないです」と坂井が恐縮した。「もともと、無理を言って泊めていただいているのですし、ほんとに特別なことはしないでください。どうぞふだんとおなじ食事にしてください」

遠慮の言葉は嬉しかったが、「ふだんとおなじ」と言われ、わたしたちは顔を見あわせてこっそり笑った。ふだんのおかずといえば、三日連続のカレーだとか、わたしが十分で作った肉野菜炒めだとか、そんな「ひとさまのお目にかけられない」献立がほとんどだからだ。

坂井が食事をしているあいだ、わたしたちは調理場に置いた椅子に腰掛け、明日からの手順について話し合っていた。自然に、話題は坂井本人のことに及んだ。

「坂井さんて、学生さん？　何しに来たの」

わたしは、今日の料理に使わなかったごぼうを振り回しながら、単刀直入に訊いた。

「最初にこのお話をしたときに説明したわよ」

「地質学の研究だとかって言うから、地味なおじさんだと思って、ほとんど聞いてなかった」

「ほんとにこの子は」

母は軽いため息をもらし、あらためて説明をはじめた。

坂井裕二《ゆうじ》、二十歳。東京の有名な私立大学に通う学生で、地質学を学んでいるらしい。ゼミの研究でこのあたりの地層について調べているそうだ。

「二十歳っていうとひとつ年上なのかな。地層ってどんなこと調べるんだろう」

母は明日の献立を小さなノートに書き出していて、わたしの声には上の空だ。

「さあ、わたしにはそういうことはねえ」

「だったらさ、例の建物はやっぱり博物館になるのかな。あの話、復活したのかな」

「さあ、わたしにはそういうことはねえ」

この千里見町の山あいの土地は、昔から星がよく見える場所として有名だった。

とくに北部、山梨県との県境あたりの峠は、天体観測スポットとして雑誌に紹介されたこともある。

　また、町を二分する形で流れる千里見川上流の断層で、五年ほど前に恐竜の化石が見つかった。恐竜ブームに便乗して一時観光客が増えた。昼は恐竜の化石に太古を思い、夜は星空に悠久を感じる――。

『星と恐竜の里博物館』という施設を作ろうという意見が出て、一時的に盛り上がったのはわたしも知っている。だが化石といっても、ティラノサウルスなどとはほど遠い、小型の地味な恐竜だったたし、そもそも見つかったのが下顎の一部と前足のどこかの骨だけだったために、すぐに熱気は冷めた。計画は頓挫し、そのままになっている。いや、いた。

　このところ、個人経営のアパートから高層ビル、巨大テーマパークや世界一の橋まで、作ったとか作る計画だとかのニュースを聞かない日はない。地元の人間さえ忘れかけていたあの博物館の計画が再燃したとしてもおかしくはない。

　こんな田舎の小さな町の河原が、東京の大学の調査対象になっているのかと思うと、身体の奥がなんとなくむずがゆいようだ。

「ごちそうさまでした」

　食事を終えた坂井が入り口から顔をのぞかせ、礼を言った。わたしはまだ手にしていたごぼうを調理台に置いた。

「お粗末さまでした」最初にわたしが応じた。

「お部屋で少しお待ちください。すぐにお風呂の用意をしますから」

母は坂井のために浮かべた笑みを、そのままわたしに向けた。

「はいはいすぐにやります」

風呂の湯を満たしているあいだ、調理場に戻った。母が隅に置いたテレビでニュースを見ながら自分の首筋を揉《も》んでいる。洗い物を終えてひと息ついたところらしい。

「あの事故は怖かったわね」

母がテレビに視線を向けたまま、独り言のように漏らす。わたしは母の後ろにまわって、首筋や肩を揉んでやった。

「ありがとう」

「また事故があったの？」

「違うわよ。ほら、お正月過ぎのころにあったでしょ。三十七台も玉突き衝突して、七人も亡くなった事故が。あれの特集をやってるみたい」

「ああ」ようやく思い出した。「町内のだれかの息子さんが巻き込まれそうになったとか言ってたやつね」

「そうそう。町内会長の吉沢《よしざわ》さんのところの息子さん。東京で暮らしてる。一家で遊びに来たのがあの日で、もう少し遅く出ていたら、巻き込まれてたかもしれないんだって」

母は交通事故のニュースを見ると感情移入してしまう。まして、場所がこの町から近かったりするとなおさらだ。わかっているのだから見なければいいのにと思うが、気になるようだ。

「あの事故の原因が、ようやくわかったんですって。もうふた月以上も経つのにね。先頭から四台目のトラックが過労で居眠り運転して、渋滞の最後尾にノーブレーキで突っ込んだらしいわよ」

そんな話はあまり聞きたくなかった。

「それよりさ、急に無理しないほうがいいよ」

肩を揉む力を強めた。母がため息で答える。

「そうね。たったひとりのお客様でこれじゃ、なんだか情けないわね。——わたし、もう休んでいいかしら」

「いいよ。お風呂のあと始末はわたしがやっておくから」

母が母屋にある自分の寝室に引き上げた。


浴室からは坂井裕二が湯を使っている音が聞こえる。

なんとなく手持ち無沙汰になったわたしは、久しぶりに宿帳がわりのファイルをめくってみた。

坂井の前に泊まった客が記入した日付を見る。去年の二月末だ。一年と少し。そうだ、あの日も普通に清風館は客を泊めていた。自分たちが負った——特に母が受けた傷が癒えるのには、一年では短いのかもしれない。

坂井の宿泊票には世田谷区の住所が記してあった。職業欄には《学生》とある。

立ち上がって窓から中庭を見た。すっかり暮れた庭を、小さな池のほとりに立つ水銀灯が照らしている。その一角、泊まり客用ではない駐車スペースに、アウトドアタイプの大きな車が停まっている。

車に詳しくないわたしには、何という車種なのかわからない。さっき通りがかりに見たときは気づかなかったが、水銀灯の明かりで品川ナンバーだとわかった。

坂井裕二が自分であの車を運転してきたのだろう。荷物を降ろすところを見ていた母の話では、大ぶりのスポーツバッグがひとつと、楽器か大型のカメラでもしまうような大きなアルミ製のケースが二つか三つあったらしい。母が「娘に手伝わせましょうか？」と声をかけたが「いえ、大丈夫です。いつも一人で運んでいますから」と、担いで階段を何往復かしたそうだ。

車をここに置かれては邪魔だ。明日は砂利敷きの駐車場に移動してもらおう。

調査というが、学生が一人でいったい何を調べるというのだろう。もしかするとただの道楽息子が、そんな名目をつけて遊びに来たのかもしれない。だとすれば地味な土地を選んだものだ。

カランと桶《おけ》の鳴る音が響いた。

我に返って、昼間から着替えもしていないことに気づいた。母屋にある自分の部屋に戻り、シャツとジーンズを替え、最近おろしたトレーナーに袖を通す。今さらと思いながら顔を洗ったが、結局化粧はしなかった。

東京のグルメ特集が載った雑誌をめくりながら、三十分だけ買ったばかりのＣＤを聞くことにした。

「――みません。すみません」

呼ぶ声に気づいた。読みかけの雑誌を閉じ、あわてて階段を駆け下りる。母屋と宿泊棟の仕切り代わりの暖簾をまくりあげて、坂井が顔をのぞかせている。

「なんでしょう」

「ちょっと出て来たいのですが、何時までに戻ればいいでしょうか」

「これからお出かけですか？　どちらまで？」

「星を見に行きたいので、山のほうへ」

「星を見に、ですか？」

「ええ。でも、今夜はほとんどロケーションだけですけど」

「ロケーション、ですか？」

いちいち、少し間の抜けたおうむ返しになってしまう。

「どのあたりからならよく見えるか探してみます。昼間にだいたいあたりはつけたんですが、実際に夜になるとまた条件が変わるので。この近くだと笠取山《かさとりやま》の展望台なんかいいかなと思ってます」

今日が初日の旅行客にしては詳しい。

「笠取山って、この夜にあんなところまで？」

「昼間ちょっと行ってみたんですけど、狭いながら道路は舗装《ほそう》してあって、展望台のすぐ近くまで車で行けますよね」

「ええ、まあ。たしか駐車場までは」

「荷物があるので、近くまで車で行けると助かります」

「はあ」

続ける言葉が出なくなったわたしに、坂井がもう一度訊いた。

「それで結局、何時までに帰ればいいですか？」

「ええと、できれば十一時くらいには戸締まりしたいんですけど」

時計の針は九時を少し回ったところだった。

「わかりました。——もしかするとちょっとだけ遅れてしまうかもしれません」

坂井が頭をさげた。ほとんど初めて体験するといってもいい丁寧な物腰に、わたしもおもわず「どうぞよろしくお願いします」と頭を下げてしまった。

彼が去ってから、なんだかお見合いの挨拶のようだったかと思い、だれもいない調理場で照れ隠しにごぼうをふりまわした。とうとう真ん中あたりでぽきりと折れた。

まもなく中庭からエンジンの音が聞こえて、遠ざかっていった。ひとつ屋根の下に若い女の子とその母親しかいないのに、わざわざ人寂しい峠の展望台に星を見に行く——。

悪人ではなさそうだが、昼間、彼を見かけたときに抱いた印象は、間違っていたようだ。わたしは、ひんやりと鈍く光るステンレスの機材に囲まれた調理場に立ち、ごぼうの折れ口を見つめる。

残された時間は少ない。四月は目前に迫っている。迷っているのではない。もう手続きも済んでいるし、後戻りする気もない。ふんぎりがつかないのは、そのことを母に切り出すタイミングだった。最近では母の顔を見ただけで息苦しくなる。

だったらいっそ――。

誰かがわたしを連れ出しに現れてくれないだろうか。理屈や手順や世間体など一切を無視して、強引に連れ去ってくれないだろうか。

このひと月近く、そんなことばかり考えていた。もしも、そんな奇跡が起きるとしたら、きっとその人物はあの逆光に光る海の中から突然姿を現し、あの防潮堤の上で微笑みながらわたしを待っている――。

何度も浮かんでは打ち消したそんな〝白馬の騎士〟の妄想に、たまたま現れた坂井という青年を重ね合わせてしまった自分に対し、苦い笑いが浮かぶ。声が漏れる。

「何、考えてるの」

そんな人間が都合良く現れるはずがない。

「ばっかみたい」

古びた蛍光灯が冷たく照らす調理場で、小さくつぶやいた。水回りと火の元を確かめながら、明日こそ母親に告げようと決心した。

ただ、久しぶりに客が来たことで、小さな希望の灯がともったのも事実だった。母に変化が見られたことだ。

お母さん、これをきっかけにしてまた旅館はじめてくれないかな——。

坂井は予告通り、十一時を少し回ったころに戻ってきた。知らぬ間に汗ばんでいたようで、手が泥で汚れていた。折れたごぼうをようやく放した。

2　津村裕二（四歳〜八歳）

記憶にあるかぎりでは、津村《つむら》裕二がはじめて車にはねられたのは、小学校にあがって初めての日曜日だった。

午前十時ごろ、父親の清一《せいいち》に「アイスクリームを買いに行こう」と誘われて家を出た。

ふだんから、父とはあまり会話をかわすことはなかったが、気が向けばときどきチョコレートやスナック菓子を買い与えてくれることもあった。

本当は母の時枝《ときえ》にも一緒に行って欲しかった。父親と同行しなければならないにしても、三人がよかった。しかしその朝裕二が起きたときには、母はすでに出かけたあとだった。

母の日常に「おしごと」というものが存在することは、もっとも古くにすりこまれた知識のひとつだった。昼間はひとりぼっちか、父と——もしも家にいればだが——過ごす。

だれが用意してくれるのか考えたことはなかったが、テーブルには菓子パンやおにぎり、あるいはあまり具の入っていないチャーハンなどが載っていて、腹が空けばそれらを食べていた。

冷蔵庫の中には、魚肉ソーセージや湿って形が崩れかけたコロッケなどが入っていることもあり、最低限飢えるということはなかった。ひとりきりで外へ出ることは堅く禁じられていた。

少しあとになって自覚したことだが、裕二には四歳より古い記憶がない。ある秋の日から突然はじまる。

四歳以前の記憶がないことに、特別な疑問を抱いたことはなかったが、小学校にあがり、友人達と会話していて「一番古い記憶」が話題になったことがあった。裕二と同じように四歳前後から記憶のはじまるものもいたが、それよりずっと古く——よちよち歩きや、中には初めてつかまり立ちした柱の感触を覚えているというものもいた。

始まりの時期は違っても、皆に共通しているのは、最初は小間切れだったりぼんやりとしたまだら模様のようだった記憶が、年を経るにつれてしだいに連続的になっていくという構造だった。

ところが裕二の場合は、四歳の秋に突如としてこの世に現れたかのように記憶が始まる。

怪我をして布団に寝ている自分を、母が心配そうにのぞき込んでいるのが最初の記憶だ。腕に包帯を巻き、顔のどこかにガーゼを当てている。それ以前のことを思い出そうとすると、まずはめまいに似た感覚があり、少し遅れて頭痛がやってくる。

それ以後のことは、途切れることなく、かなり鮮明な映像として裕二の中に残っている。何度か、めまいや頭痛と戦いながら思い出そうとしたことはあったが、その日の前はぽっかりとあいた穴のように何もない。

小学校に入学したばかりの裕二に、その暗い穴の意味について深く考えることはできなかった。

記憶の誕生したころからすでに、日常的に母と長い時間を一緒にすごすことはなかった。

平日は、裕二が起き出すころにはすでに出かけている。むしろ、ふらっと夕方に帰宅することのある父親とのほうが、顔を合わせる機会は多かった。もっとも、裕二のほうで露骨にならない程度に父親を避けていたし、父親のほうでも用事をいいつけるときぐらいしか、接触してこなかった。

母親に甘えたいとはっきり自覚したことはないが、夕方仕事から帰ったあとや週に一度の母の休みである日曜日には、そばを離れなかった。母親のほうでも限られた時間のなかで優しく接してくれた。よほどのことがなければ、きつい口調で叱ったり、まして手を上げるようなことはなかった。ただ、うっかり「お父さんはあまり好きじゃない」という意味のことを漏らしたときだけは、絶対にそんなことを言ってはいけないとたしなめられた。

三月になって裕二の小学校入学が目前に迫ると、母は日曜日も仕事にでかけるようになった。一方、その少し前から、近所に住む同世代の少年少女たちが遊んでいる姿を、アパートの室内から窓越しに見かけるようになっていた。

彼らが「幼稚園」というところに通っていたため、いままでは日中見かける機会がなかったこと、卒園して春休みになったので家の周辺で遊ぶようになったことなども、あとになってから知った。

外出は禁止されていたが、あるとき勇気を出し、鍵をあけてアパートの階段を降りたことがあった。追いかけっこのような遊びをしていた少年たちが裕二に気づいた。一番体格の良い、グループのリーダーらしい少年が裕二に声をかけた。

「きみもやる？　たかおに」

遠慮がちにうなずいた裕二を、彼らはすぐに仲間に迎え入れてくれた。はじめてやる「たかおに」の簡単なルールを教えてもらい、夢中になって遊んだ。

その日、帰宅した母は裕二が外へ出ただけでなく、近所の子らと遊んだことに気づいたのかも知れないが、なにも言わなかった。

翌日も、その翌日も裕二は少年らと遊んだ。リーダー格の少年は「かっちゃん」と呼ばれていた。彼は就学前であるにもかかわらず、克明《かつあき》という正式な名を漢字で書くことができた。克明は、幼稚園で見かけたことのない裕二を珍しがって親切にしてくれた。

裕二は色が白く、体つきもあまりがっしりしているとはいえない。言葉遣いもおとなしめで、腕白というイメージからはほど遠かった。しかも新参者だ。ともすれば、毎回〝おに〟を押しつけられたかもしれないあやうい立場を、克明がかばってくれたためにまぬがれていることを、幼心に理解していた。記憶が発生してからはじめて、裕二は楽しい毎日を送った。

いよいよ小学校への入学が近づき、裕二もこの新しい友人たちと一緒に「学校」というところへ通うのだと知ったとき、裕二はおとぎの国の存在を知らされたように喜んだ。

入学式当日は、さすがに母親も仕事を休み、教室の後ろで最初の顔合わせの儀式を見守ってくれた。教師やクラスメイトとの挨拶程度で終わった初日、最後まで母は待っていてくれ、帰りがけに裕二を連れて寿司屋に寄った。

「おとうさんには内緒だからね」

母親はそう笑って、握りを二人前頼んだ。初めに赤い刺身の載った小さなごはんのかたまりを口に運んだ。これほど旨い食べ物を口にするのは初めてだった。「おいしい、おいしい」を連発する裕二に、母はほとんど手をつけていない自分の桶を差し出した。

「これも食べていいよ」

「お母さんはたべないの？」

「おかあさん、さっき入学式やってるあいだに食べちゃったから」裕二を見て楽しそうに微笑む。

「なんだ。そうなんだ」裕二は口からはみ出した海老のしっぽを引きちぎりながら納得した。

「ねえ、おかあさん」

「なに」

「つぎの『にゅうがくしき』はいつあるの？」

母はめずらしく声をたてて笑い、裕二にはまったく読めない文字がたくさん書いてある大きな湯飲みから茶をすすった。

「裕二も外で遊ぶことが多くなるから、これを持ってなさいね」

母がそういってバッグの中から小さなビニール袋を取り出した。受け取った裕二が逆さにして振ると、中から青い布の袋に入ったお守りが落ちた。

「裕二が赤ちゃんのときにもらったものよ。汚さないように大切に持っていてね」

裕二はテーブルから拾ったそれを、もういちど丁寧にビニール袋にしまい、そっとポケットに入れた。

もらった寿司を食べきれずに半分ほど残してしまい、「もったいないから」と母が食べた。そのことだけがとても残念だった。

それまでの、どの体験とも比べることができないほど充実した入学式の数日後、小学一年生になって最初の日曜日だった。

母が用意していった朝食を食べ終えテレビを見ていると、父がめずらしく「アイスクリームを買ってやる」と言い出した。できれば母も一緒がよかったが、すでに仕事に出てしまっている。裕二は父とアパートを出た。

見慣れた道を、父に遅れないようがんばって歩いた。母に連れられて買い物に行くときに何度も通った道だった。

横断歩道で一旦止まった。左右をよく見て、車がいないか、ちゃんと止まってくれるかを確認してから渡りましょうと、毎日学校で教わっている。

はるか遠くに車がいて、裕二が走って道路を渡ろうとすると、母はつないだ手をひっぱり「まだ、だめ。車がぜんぶ行ってからね」とたしなめた。今日も裕二はその教えを守るつもりでいた。

「いいか裕二――」

父がしゃがみ、めずらしく優しい口調で説いて聞かせた。

「この道はとっても危ないんだ」

裕二は、自分とおなじ高さにある父の目を見つめてうなずいた。

「ちゃんと、みぎみて、ひだりみて、またみぎみてわたるんだよね」

「そうだ。裕二はえらいな。だけどな、それだけ注意しても危ない道路もあるんだ。この道がそうだ。すごく危ないんだ」

父親の言葉が終わる前に、白い乗用車が風を巻き起こして走り去った。近くに信号がないので、車がスピードを落とさずに走り抜けていくことが多い。

「だからな、お父さんが合図してやる。おまえはまっすぐ前を見ていろ。車が止まったら、お父さんが背中をぽんと叩いて合図する。そしたら前だけを見て走るんだ」

「うん」

なぜそんなことをいうのだろう——。

「わかったな。背中を叩いたら前だけを見て走るんだぞ」

「わかった」

やがて右手から、濃い緑色をした車が走ってくるのが見えた。あれが走り去ってから渡ればいいのだ。しかし、父が合図するというのはどういう意味なのか。気になってきょろきょろしてしまった。

「前を見ていろ」

父に怒鳴《どな》られ、あわてて正面を向いた。視界の隅で、緑の車が横断歩道の前でスピードを緩《ゆる》めるのが見えた。運転手は裕二たちが渡るのだと思って、停止してくれたに違いない。

裕二は「いまだ」と思ったが父は背中をたたかない。どうしたんだろう、せっかく止まってくれたのに。安全のために、車が行ってしまってから渡るのだろうか。

しかし、裕二たちが渡ろうとしないので、車は少しいらいらした感じでスピードを上げた。きっという、タイヤの鳴る音が聞こえた。

そのときだった。

「いまだ」

父の厳しい声が聞こえ、背中を強く、押し出すように叩かれた。いや、押し出された。ごく短い時間に、タイミングが少しずれていると思った。しかし、父の声と力にはあらがえなかった。逡巡《しゆんじゆん》は吹き飛ばされた。

裕二は飛び出した。何歩も進まないうちに、右側から圧倒的な衝撃を受けた。いままで見たことのない角度から、世界が見えていた。宙を飛んでいるらしいと気づいた次の瞬間に、身体と頭がとげとげした植え込みにたたきつけられ、世界が真っ暗になった。


裕二は母に甘えている夢をみていた。

似たような夢は、今までにも何度か見たことがある。暑い夏の午後、すこし窮屈《きゆうくつ》だけれど不愉快ではない場所に寝ている自分を、母親らしき女性がのぞきこんでいる。手に持った白い布で裕二の額をなでながら、何かを語りかけている。その目は優しく、声は柔らかい。

話の中身は、むかし話かおとぎ話のようでもあり、裕二自身についての物語でもあるようだ。母親らしき女性の背景は、昼間のはずなのにいつもきまって星空だった。裕二を覗き込む母の姿は、まるで幾千幾万の星が光る夜空に浮かんでいるようだ。

いつもはそこで夢は終わるのだが、このときは、母の声がしだいに聞き覚えのないものに変わっていった。寝心地のよかった場所が、だんだん硬く平らになっていった。不安な感触に目が覚めた。

真っ白なシーツのベッドに寝ていた。母の声だと思っていたのはこちらに背を向けている白い服を着た知らない女のものだったし、彼女が話しかけている相手も裕二ではなかった。右手に違和感があったので、持ち上げてみた。重い。痛い。包帯が巻かれている。

「あっ」思わず声が出た。

四歳のときの記憶にそっくりだ。いや、少し違う。

「ようやくお目覚めね」

背を向けていた白衣の女が、こちらに向き直った。腰をかがめ、裕二の寝顔と平行になるように首をかしげて覗き込んだ。

この白衣姿には見覚えがあった。裕二が持っている数少ない絵本に描いてあった。実物は生まれて初めて見るが、「かんごふさん」だと思った。つまりここは病院なのだ。

起きあがろうとして、うっかり包帯を巻いた右手をベッドについた。手首に激痛が走った。

「いてて」

「ほらほらだめよ、寝てないと」

看護婦がやさしく寝かしつけ、髪をなでてくれた。その笑顔と白く細い指先がさっき夢に出てきた母と重なった。

「腕の骨にひびが入っただけで済んだのよ。奇跡的だって先生もおっしゃってたわよ。よかったわね。もう飛び出したりしちゃだめよ」

ベッドに腰をかけ、裕二の髪をとかすように何度もなでつけながら、優しく諭《さと》す彼女の言葉を聞く。

そうか、自分は車にはねられたのだ、と今さら思った。


今回のことは記憶に残っている。道路を横断しようとした前後のことも、はっきり思い出せる。父親に背中を押され、飛び出した。直後、大きく堅いものにはねとばされ、気を失った。たしかその後一度気がついたが、何がなんだかよくわからないうちに、再び眠りに落ちたのだった。

もう一度、右の腕を見る。最初、包帯だと思ったのは間違いだったようで、手首から肘のところまで白い石のようなもので固められている。

「石膏《せっこう》って言うのよ。それがとれるのは二週間くらい先かしらね。お風呂がちょっと面倒ね」

看護婦は、金属製のワゴンに載った細かい医療器具のセットを終え、出ていこうとした。

「お——」

あわててしゃべろうとしたため、言葉が喉にはりつき、つかえて出てこなかった。

「なあに」

看護婦が振り返った。裕二はつばをむりやり二度飲み込んだ。どうにか声が出せそうだった。

「お、おかあさん、は?」

「ああ、ええとさっきまで、お父さんが付き添ってらしたけど——」手首の内側に回した時計を見る。

「そうね、三十分くらい前に『息子をはねた人間と話をつける』と言って帰られたわよ」

父の気性の荒さを思った。父は相手を簡単には許さないだろう。その一方で、あの時「行け」の合図をしたのはほかならない父だったことを考えていた。

いや、そんなことより母は来てくれないのかと、それが少し悲しかった。

ふと目をやったベッド脇のワゴンに、ビニールに入った小さな青い布の袋が載っているのに気づいた。母にもらったお守りだ。ポケットに入っていたのを、誰かがそこに置いてくれたのだろう。

あのおまもりのおかげでしななかったのかな――。

ぼんやりとそんなことを考えた。


石膏のギプスは、一度はめてしまうと毎日取りかえることはなかった。ほかにはこれという怪我もなく、治療するためというよりは様子見のため、さらに二日間入院することを告げられた。

怪我の翌朝、ようやく母が見舞いに来てくれた。

「どう？　痛い？」

母はベッド脇の椅子に腰を下ろして、裕二の顔をのぞきこんだ。裕二はあちこち痛いところをあげた。母はその痛い箇所ひとつひとつを、やさしくさすってくれた。特に腕は両手のひらでつつんで「治れ治れ」と、おまじないのようなことを口にした。

「ねえ、おまもりがあったから、しななかったの？」

真剣にたずねた裕二を、母ははっとした表情で見返した。質問には答えず「ごめんね」と涙ぐんだ。

どうして母が謝るのだろう。裕二は不思議に思ったが、母がぼろぼろと大粒の涙をこぼしているのを見て、それ以上何も聞けなくなった。ずいぶん長く感じる時間、母は黙って泣き続けた。

「お母さん、仕事にいかないとならないから」

ハンカチを鼻に当てて母が言った。

「うん」

本当は、「今日はずっといっしょにいて」と頼みたかったが、無理を言えば母を困らせるということはわかっていた。

母はその日、仕事から帰る途中にも見舞いに寄ってくれ、面会時間が終わるまでベッドの脇に座っていろいろと話をしてくれた。右腕がときどき痛むのとテレビがないことをのぞけば、いままでにくらべて特別不幸な時間だとは感じなかった。それに、味が少し薄かったが作り立てで温かいご飯を食べられるのは嬉しかった。

翌日も似たような一日だった。

昼間、医師や看護婦がせわしなく出入りしている時間帯はなんとか気が紛れるが、夜に灯りが消えて、しんとした廊下からときおりだれかの足音が近づきまた遠ざかっていくのを聞くと、心細さに胸が縮みそうになった。

夜、ベッドで声を押し殺して泣いていると、それに気づいて慰めてくれる看護婦もいた。裕二はそのときだけは泣きやんだふりをするが、彼女が去ったあとでまた無言の涙を流した。

ほかの人間に聞かれたくなくて、声を出さないようにしていたが、殺した息がもれたのかもしれないと思うできごとがあった。

隣のベッドに、白髪の無精《ぶしょう》ひげを生やした、年老いた男が入院していた。中年の女性が洗濯物の交換に来るのだが、毎回ほとんど会話もなく帰って行った。

この老人は昼のあいだ、何をするでもなくぼうっと天井をにらんでいる。死んでいるのかと疑うほど静かだし動かない。確かに生きているとわかったのは、夜になって裕二が声を殺して泣き始めると、それにつられるように鼻をすすりはじめたからだった。

退院の日は、父親の清一が迎えにくると聞かされていた。

合図のとおりにちゃんと走れなかった自分を、父は怒っていないだろうか。ベッドで上半身を起こし、窓の外の風に揺れる木の葉を眺めながら、裕二はそんなことを考えていた。すでに着替えて準備をすませ、お守りはポケットにしまった。

やがて廊下から父の声が聞こえて来た。看護婦に向かって、はじめは「ずいぶんお世話になって」というような挨拶をしていたが、そのうち何かを頼みだした。少しやり取りしたあと「もっとよくみてくれ」と興奮しはじめた。あの声の調子はよくない兆候《ちょうこう》だと裕二は知っていた。

「でも先生が、もう退院してよろしいです、って」

「頭を打ったんだぞ。もしものことがあったらどうするんだ」

「頭のほうもきちんと検査して問題がないって……」

「なあ、たのむよ。あと三泊、だめなら二泊でもいいからさ」

「旅館じゃありませんよ」

「一日で二万になるんだ。ばかにならないだろ。なんなら入院費に色つけさせてやるよ」

「とにかく、わたしが決めることじゃありませんから」

きつい声で言い残し、すたすたと去っていく足音が聞こえた。

「なんだ。こんな病院」

そして舌を打つ音のあとに「わからずや」という悪態が聞こえた。

部屋の入り口から父が入ってきた。煙草の匂いが染みついた濃紺のジャケットに折り目のないスラックスをはいた父が、ややふてくされた顔で手に持っていたアーモンドチヨコの箱をぽいとベッドに放り出した。裕二の好物だった。

「たべていい?」

裕二は片手でセロファンをはがしながら聞いた。

「いいぞ。それよりな、裕二。どこか痛いところないか」

ベッドのはしに腰を下ろした父が、裕二のほうへ身を乗り出した。

「ここ」

石膏で固められた右腕を見せた。

「そこ以外だ。たとえば頭」

かるく握ったこぶしで裕二の頭をこつこつと叩いた。

「いたい」

「やっぱり痛いか」

「たたくからいたい」

「ばか。冗談を言ってるんじゃねえんだ。入院が延びりゃ一日二万になるんだぞ。なあ、どっか痛いところあるだろう」

　本当は首のあたりが痛かった。しかし父と看護婦のやりとりを聞いたばかりでは、そんなことは言い出せなかった。詳しい理由はわからないが、お金のことで父は自分をもっと入院させておきたがっているようだ。もしもどこかが痛むと言えば、入院が長引くことになるだろうと理解できた。だが、もう家に帰りたかった。

「どこもいたくない」

「なんだよ、つかえねえな」

　裕二の白いギプスを見た。

「いや、ちょっと待てよ。見立て違いって事もある。ひび、ひびだとか言ってやがったが、ほんとは折れてたってのはどうだ」

　父がギプスの上から腕を握った。それを乱暴に動かす。

「いたいよ」

「そうだろ」

　そういいながら、石膏の部分を両手できつくつかんだ。ひねったり曲げたりしようとしている。木の枝が折れるかどうかたしかめるような感じだ。胸が苦しくなった。

「でも、ひびだっていってたよ。きょう、たいいんできるって」

　裕二の抗議に、父親はしらけたような表情を浮かべ、握っていた腕を放り出し、横を向いた。

「考えてみりゃ、最初のレントゲンでも残ってたら、あとから折ったのがばれちまうな。やぶ蛇になったらつまらねえしな」

爪を噛んで何か考え事をしはじめた。

「それにしてもなあ――」

なにか言いかけた父親が、隣のベッド脇のワゴンを見ていることに気づいた。視線をたどると、その先に、折りたたんだ千円札が置かれている。あの無精ひげの老人のものだ。父親が部屋を見回した。六人部屋の患者はいま四人で、老人も含めそのうち二人は検査に出かけていない。残るひとりはカーテンを閉めて静かに寝ている。父親はそっと指先を伸ばし、つかんだ札をごく自然にポケットにしまった。泣きたいような気持ちになった。

「どうして植え込みの上なんかに落ちたんだ」

怪我が足りないことが、どうしても不満のようだった。

「道路の上だっていいし、すぐわきに電柱だってあったのによ」


退院すると、日常の生活はほぼ元に戻った。裕二がまだ朝食を食べているころに、母親は仕事に出ていく。夜七時からのアニメ番組が始まるころに帰ってくる。ひとつ変わったことといえば、退院してからの何日間か、裕二が寝床に入ったあとで両親が言い争いをする声が漏れ聞こえたことだ。

「――あの子まで――もうやめて」

「たいした怪我じゃねえだろう――」

「あの子だけは二度と――」

漠然と、自分の事故のことだと思った。だが、何を言い争っているのかは理解できなかった。

学校での生活は、特別楽しくもないが耐えがたいほどひどくもない。

ふだん自分が身につけている衣類や持ち物が、クラス中を見渡しても最低レベルなことは六歳の裕二にもわかっていた。

本当は自覚したのではなく、小学校にあがって間もないころ、「おれのおとうさんは、おおきいかいしゃではたらいている」と自慢する男子が、具体的に教えてくれたのだ。

裕二は毎日同じ服を着ているが、そんな人間はこのクラスにほかにはいない。ランドセルや筆箱もどこかで拾ってきたようなものばかりだ。身体から不快な臭いがするから、給食の時間はみんなと離れて座って欲しい。

裕二は、その男子はなぜそんなことを言うのかと思ったが、周囲で聞いていた女子たちがうなずいているのを見て、そういうことなのだと納得した。

その日から、給食は先生の目がないかぎり皆から離れて食べることにした。しかし意外だったのは、裕二に同情する同級生も現れたことだ。

「津村君がかわいそう」と、男女数名が裕二のまわりに集まって、一緒に給食を食べるようになった。それが原因で対立が生まれるというほどのことはなかったが、すべての級友から冷たい視線を浴びているわけではないと知った。

とにかく、一家の暮らしぐあいには、父親の仕事が大きくかかわっているのだと理解しはじめていた。

ただ、自分の父親がどんな仕事をしているのか知らされていなかったし、考えたこともなかった。級友らとの会話に出てくる父親像によれば、普通は毎朝決まった時刻に家を出て会社へ行き、夜に帰ってくるもののようだった。

だが、裕二の父親の帰宅時刻はまちまちだ。少なくとも、その「会社」というところへ通っているようには思えなかった。日曜日でもないのにほとんど一日中部屋でごろごろテレビを見ていることもあるし、二日も三日も家に帰ってこないこともあった。

気分的にも波が激しい。帰宅するなり、怒鳴って何かにあたりちらすこともあれば、たまにほろ酔いで機嫌よく帰ってくることもあった。そんな日は決まって牛肉の包みをぶらさげていて、肉以外にあまり具のないすき焼きを食べさせてくれた。

一度目の交通事故のあと、あの日起きたことについてはっきりと筋立てて考えたわけではなかったが、子供の本能で、父親とは一緒に出かけないほうがいいという気持ちが染みついた。

同じクラスにはならなかったが、入学前から一緒に遊んだ克明が、よくアパートまで誘いに来た。

克明には友人がたくさんいた。入学を機に買ってもらったらしい自転車を颯爽《さっそう》と漕ぐ彼らにまじって、裕二は父親がどこからか拾ってきた中古の自転車にまたがった。それでも、克明の友達だということで、だれも笑ったりからかったりはしなかった。

自分よりはるかにすごい人間だと思っていた克明から、ぼそっと「おまえ、えらいな」と言われたときは、その理由がわからなかった。

腕の怪我もすっかりよくなり、夏休みになって毎日家にいるようになると、ときどき昼ごろ帰って来た父が「アイスでも食いにいくか」と誘うことがあった。

「いかない」殴られるのを覚悟で、そう答えた。「かっちゃんたちとあそぶから」

「愛想のねえやろうだ」と、そのとき手にしているスポーツ新聞や週刊誌で頭を叩くが、それ以上しつこく誘うことはなかった。


一年生も終わりに近い二月の中頃、突然母親が入院した。

父親は面倒臭そうに「病気だ」と言っただけで詳しい説明はしなかった。裕二は、自分が入院したときのことを思い出した。きっと三日くらい泊まったら帰ってくる。そう信じていた。

父親との息苦しい日々が、三日よりずっと長く続いた。

テーブルにお守りをおいて両手を合わせ、お祈りのまねごともしてみた。テレビで見た大人が、そんなふうにしていたからだ。しかし三学期が終わり春休みに入っても、母は帰って来なかった。

いよいよ明日から二年生の生活がはじまるという日に、父が突然「お母さんを駅まで迎えに行こう」と言いだした。

「お母さんかえってくるの?」

「ああ、昨日連絡があってな、今日退院するらしい。駅まで迎えにきてくれってさ。土産でも持ってるのかもな」

母が帰ってくるという喜びが裕二の中で一気に広がり、警戒心は吹き飛んだ。駅まで向かう途中、裕二はしつこいくらいに「お母さんのびょうきはなおったの?」「もうずっといえにいるの?」そんなことを繰り返し聞いた。

駅にかなり近づいた信号のない横断歩道で、足踏みをしながら車の行きすぎるのを待っているとき、ふいに誰かが背中を強く押した。もちろん、父親だ。

足をふんばることもできず、裕二は道路に飛び出す恰好になった。右半身にとても堅く大きなものがあたり、ふたたび身体がはじきとばされた。

意識が痛みを実感するよりも前に、三メートルほど離れた場所で車が行き過ぎるのを待っていた買い物帰りの主婦の上に裕二の身体が落ちた。

医者も看護婦も驚いていたが、今回は打撲だけですんだ。

むしろ下敷きになった主婦が、転んだときに手首の骨を折り、首はむちうちになった。

「子供というのは身体が柔らかいから、ときどき奇跡みたいなことがある。このあいだも、赤ん坊が三階から落ちてかすり傷ですんだ事故があったしね」

医者はそう説明したが、裕二はほかに思い当たる理由があった。

お守りのおかげだ。やっぱりあのお守りは特別なんだ――。

結局母が帰ってくるというのははじめから嘘だったのだと気づいたのは、入院して三日も経つのに、母が一向に見舞いに現れないことからだった。

父に一度だけ「お母さんは？」と聞いたが、「おまえが気絶しているあいだ看病していたが、また仕事が忙しくて戻った」と言った。さすがに七歳の裕二にも嘘だとわかった。

すっかりぼろぼろになったビニール袋の上からお守りをさすって、小声で母の名を呼んでみた。


結局、母は五月に帰ってきた。

別人のように痩せて、くすんだような顔色をしていた。母の母だというかなり年老いた女性がつきそっていた。

「裕二のおばあさんだよ」と母に紹介され、ぺこりと頭をさげた。

急に目の前にあらわれた皺《しわ》の深い老婆が、級友たちの会話にときどき登場する「小遣いをくれるおばあちゃん」なのだと理解はできたが、抱きついて甘える気にはなれなかった。近くに寄ると、薬のような煙のような今まで嗅いだことのない臭いがした。

母は退院したあとも仕事に出かけることはなく、毎日アパートの布団で寝ていた。母の姿は痛々しかったが、母が家にいるということは裕二にとってこのうえなく嬉しいできごとだった。母に代わって祖母が家事をした。裕二は学校から戻ると、すぐに母のそばへ近寄りたがったが、母自身と祖母に止められた。祖母がいるあいだ、父はほとんど家にいつかなかった。

祖母はいつも暗く、沈んだ表情をしていた。説教されたという記憶はないが、優しい言葉をかけられた覚えもない。いつも昼は、具がほとんど入っていないうどんを煮てくれた。これという思い出に残る交流もなく、夏休みが終わるころに祖母は自分の家へ帰って行った。

一度だけ、まだ祖母がいたころ、少し太った女の人が見舞いに来たことがあった。母と同世代に見えた。古くからの知り合いのようだった。半日ほど母と話し込んだあと、帰り際に裕二の顔をじっと見て「ずいぶん大きくなったわね」と言った。「覚えてないでしょ」と訊かれたので黙ってうなずくと、「そうよね」と笑いながら、ほんの少しだけ小遣いをくれた。

その後まもなく、母は内職をはじめた。バラバラに納品される雑誌の付録を、一式セットにしてビニール袋に詰めていく仕事だ。

裕二はこの作業を見ているのが好きだった。三日に一度ほど、段ボール箱一杯に詰まったさまざまな付録の中身が届く。これを部屋中にひろげ、指示書どおりに母がビニール袋に詰めていく。

そのときによって、あるいは雑誌によって、袋詰めの中身が違う。たとえば少女漫画雑誌のときは、厚紙と銀紙でできたコンパクトやピンク色をしたビニールのポーチ、見たこともないキャラクターをあしらった小さな手帳などが次々詰め込まれていった。少年雑誌のときは、厚紙で組み立てるロボットや火星人の生活を描いた小冊子などがついてくる。

部屋の中は足踏みする場所もないほどににぎやかになったが、どれひとつとして裕二のものではなかった。そして、ひとりぼっちで堅くなった菓子パンをかじるということはなくなったが、生活の水準は母が外で働いていたころよりも、さらに悪くなったように感じていた。

ひとつ嬉しかったことは、この付録に半端なあまりがときどき出ることだった。

「ねえ、これかえすの？」

「余ったのは捨ててくれって言われてる」

「じゃあ、ちょうだい」

「どうするの、そんなもの」

花と小鳥が描かれた、あきらかに少女向けの小物入れだの、説明書がないのでどうやって使うかわからない、実験の道具のようなものだのをもらった。

付録を詰めるためのビニール袋が余ることもあった。ふつうに見かけるものとは違って、かなり厚手で口のところにチャックがついていたりする。裕二はこの余った袋をもらい、大切な〝お守り〟を入れた。

仲間たちと遊んでいるときに、あまり買い食いをすることはなかったが、これは自分がまじっているときだけなのだと裕二は気づいた。あるとき彼らが、克明には聞こえないが裕二には聞こえる程度の声でこんな会話をしたからだ。

「あーあ、ひきあめやりたいなあ」

「おれ、あげせんくいたい」

「でもさ、きっとかっちゃんがいかないっていうぜ。きょうはゆうちゃんがいるからな」

そういった、聞こえよがしのいやみには慣れていた。不快感よりも、ほとんど小遣いをもたない裕二のことを、克明が気遣ってくれているのだと知って、むしろ嬉しかった。

一方で身の置きどころのない息苦しさも覚えた。

あいかわらず父はなにをしているのかわからなかったが、不機嫌そうにあらわれて母の財布からなけなしの札をむりやり抜きとっていく日もあれば、鼻歌まじりに登場して裕二にチョコレートやわずかばかりの小遣いをくれたりするときもあった。

裕二は小学二年生の秋にも車にはねられた。一緒に出かけることは避けていたのだが、あるとき父親に買い物を頼まれた。途中、ひとけのない道路で車が行き過ぎるのを待っていると、突然だれかにうしろから突き飛ばされた。

このときはとっさに車がよけ、左側のボディがわずかにかすった程度で、外傷もほとんどなくすんだ。しかしすぐに現れた父親が、これは大変だと大騒ぎして、近くの家で電話を借り救急車を呼んだ。

かけつけた救急隊員に裕二は「どこか痛いところはあるかい」と訊かれた。肘を少しすりむいていたが、もう〝入院〟はしたくなかった。「ありません」と答えた。すると父親が、救急隊員に聞こえないよう、裕二の耳もとで言った。

「ばか野郎。痛くありませんなんて答えるんじゃねえ。どっか痛いって言え。どこでもいい。——じゃあ首だ、首にしろ」

むりやり「くびがいたい」と言わされた。

結果は、一年生の最初に三日入院したときよりも金をせびることができたと、父親が自慢していた。

「おまえも、痛い思いをしないでしかも金を稼げるんだから、こういうのが理想だな。つぎもよろしく頼む」

めずらしく、父は頼みもしないプラモデルを土産に買って来た。

裕二は今回かすり傷ですんだのも、〝お守り〟のおかげだと思っていた。母が「赤ん坊のころに貰った大切なもの」だと言っていたが、裕二もいまでは絶対的に信頼していた。そしてこれを持っていることを、父親にはけっして言わないと決めていた。そんなことを話せば、その場でとりあげられ捨てられるに決まっている。そしてこう言うだろう。

「これで、次からはちゃんとした怪我ができるな」

このときの事故が軽傷で済んだために、裕二にも油断が生まれた。

〝お守り〟の神通力にも過信があった。あいかわらず父とは離れて歩くように気をつけてはいたが、半年も経つと自分は死の淵をあぶなっかしい足取りで歩んでいるのだということを、つい忘れがちになった。

三年生を目前にした春休みにまた事故に遭《あ》った。やはりほんの少し油断したすきに、突然父親に背中を押された。つんのめるように道路に飛び出た裕二は、右から来た乗用車にはねとばされた。

このときの怪我はひどかった。

右足の膝にある靱帯《じんたい》が一本切れ、腓骨《ひこつ》が折れて筋肉に刺さり、もう少しで皮膚を突き破るところだった。地面にたたきつけられ左の鎖骨にひびが入った。ひどく顔を打ち、皮膚が裂けて左の顎の骨が一部露出した。舌を嚙んで大量に出血したため、あやうく窒息死するところだった。幸いだったのは、内臓には大きな損傷はなく、右の腎臓に内出血がみられた程度だったことだ。

ベッドの上で意識をとりもどしたとき、そのぼんやりする頭で裕二がまっさきに考えたことは、今回は〝お守り〟を家に忘れたということだった。

裕二が約二カ月入院するあいだ、父は数日に一度程度の割で見舞いに来たが、心配するというよりは怪我の治り具合を――それもあまり早く治ってしまわないかどうかを――気にしているように感じられた。

母は来なかった。なんとか母に連絡をとって会いに来て欲しかったが、かりに電話がかけられたとしても、家には電話がなかった。

事故のあとしばらく経ってから、左足の小指に見落としていた骨折が見つかると、父親はテストで満点をとったときとは比べられないほど裕二を誉《ほ》めた。「あと五万、いや十万はいける」と嬉しそうだった。

この入院中に、学校の先生よりも少し怖そうな大人の男がふたり話を聞きに来た。

「きみをはねた車を運転していた人がね、きみがお父さんに突き飛ばされたように見えたと言ってるんだ」

「きみはどうして飛び出したのかな」

交互にそんなふうに訊いた。

黙ってしまった裕二に、二人のうちではまだ多少優しそうな、半分ほど白髪の男が言った。

「本当のことを話してごらん。お父さんには、叱らないようにちゃんと言ってあげるから、安心していいよ」

裕二は教科書を朗読するような口調で答えた。

「走ってきた車がとまったので、とび出しました」

「そうじゃなくて、お父さんに押されたんだろう?」

「ちがいます」

「きみは去年の春と秋にも、交通事故に遭ってるよね。どっちもお父さんと一緒だった」

どうやって調べたのかわからないが、学校に上がる前のことは知らないようだった。

「ぼくが自分でとび出しました」

「本当にお父さんが押したんじゃないんだね」

「はい」

彼らはそのあともしばらく、繰り返し裕二に「押されたんだろう」と訊いてきたが、裕二の意見がかわらないことを確認すると、こんどは髪の毛をオールバックにした少し若いほうの男が脅《おど》すように言った。

「もしもわざと当たっているとしたら、それは『当たり屋』というんだ。犯罪なんだぞ。お父さんは刑務所に入るし、きみもうんと叱られる。いまのうちに本当のことを言ったほうがいい」

「ぼくがとび出しました」

「おまえな」

「まあ、待て」

白髪のほうが、制止した。

「相手は怪我人じゃないか。しかも子供だ。まだ三年生だぞ。脅してみてもしかたないだろう」

白髪の男は「また来るから、なにか話したくなったら言うんだよ。なにも心配はいらない」と言い残し、裕二の頭をなでてから出て行った。

その後父は見舞いにこなくなった。

退院した裕二は、家には帰らせてもらえず、何かの施設に泊まることになった。そこでは小学生から中学生くらいの子供が、十数人ほど合宿のような共同生活をしていた。

まだ、松葉杖を使った自力歩行はできず、右足にはボルトが埋まっていた。相変わらず父も母も訪ねてこなかったが、職員は親切でいろいろ気をつかってくれた。

しばらくここにいることになるから、困ったことがあれば遠慮なく言いなさいと告げられた。学校にいくことのできない裕二に、職員が勉強を教えてくれた。裕二以外のどの子供も、夜になっても家には帰らない。朝、学校に出かけていき、夕方にまた施設へと帰ってきた。彼らはここに住んでいるのだと思った。

浜本《はまもと》という名の若い職員がいた。何歳なのかわからなかったが、裕二から見ると「お兄さん」と呼ぶべきか「おじさん」と呼ぶべきか迷うような年頃だった。

浜本は裕二に対して特に親切にしてくれた。しょっちゅう声をかけてくれたし、食事のときにはつききりで面倒を見てくれた。ただ、裕二のほおについた飯粒を浜本がつまんで自分の口に入れたときは、理由はわからないが嫌な感じがした。

左手に力が入らず、右足にはまだギプスをはめたままの裕二は、自分で入浴することができなかった。職員が交替で面倒をみてくれたが、なぜか浜本が担当することが多かった。浜本はいつも裕二の身体を丁寧に洗ってくれた。

濡れてはまずいところをカバーしてから、頭、顔、首から腹と下りて両足を洗い、最後に股間を洗う。ほかの職員たちは、そこは自分で洗うようにと裕二の右手にスポンジを握らせてくれるのだが、浜本だけは自身が丁寧に洗った。浜本はひとことも口をきかなかったが、表情を盗み見ると目のふちが少し赤くなっているように感じた。

裕二は早く時間が過ぎてくれることを願うしかなかった。もともと風呂は好きだったが、このために一日でもっとも憂鬱《ゆううつ》な行事に変わった。ただ、ほかの職員に打ち明けることはできなかった。

この施設での先輩の少年たちと小さないさかいはあったし、ある男子中学生はときどき理由もなく、車椅子にのった裕二を突き飛ばしたりしたが、それでもアパートで暮らしていたときより心は落ちついていた。

この施設に入って二週間あまりが過ぎたころ、あの白髪の刑事がたずねて来て「このままだと、お父さんは刑務所に入る」と教えてくれた。詳しくは知らなかったが、刑務所というのは「悪いことをした人間を閉じ込めておくところ」という認識はあった。だったらそうなればいいのにと思った。初めて父親に対する憎しみが湧いた。

その一方で、なぜ母が会いにこないのかを不思議に思っていた。

内職が忙しいのだろうか。それとも、具合が悪いのだろうか。もしかしたらまた入院しているのかもしれない。そうか、それで家にだれもいないから、自分はこの施設にいるのか——。

ならば、いつか母が元気になって迎えにきてくれる日まで、ずっとここで暮らすのも悪くないのではないかと思い始めたころ、「お父さんが迎えに来たわよ」と職員に告げられた。

刑務所に入ったのではなかったのか——。

全身から力が抜けるほどがっかりした。

会いたくはなかったが、職員に促されて応接室に顔を出した。父は、今まで見たことのない、真新しい感じのジャケットとスラックスを身につけていた。

「さ、裕二帰るぞ」

久しぶりに父と対面した裕二は反射的に所長さんの顔を見た。いつも「困ったことはないかな」と裕二に声をかけてくれる人だ。馬場《ばば》という名のその所長さんは、少し怒ったような顔をしてうなずいた。

「困ったことがあったら、いつでも相談に来なさい」

裕二がうなずく前に、父親が立ちあがって裕二が座った車椅子のハンドルを手にとった。

「わたしがいますから、大丈夫です。――さ、帰ろう裕二。今夜はすき焼きだぞ」

父はそのまま裕二の車椅子を押して、鼻歌をうたいながら門を出た。

裕二が一度ふりかえったときに、見送る職員たちの中に浜本の顔を見つけた。無表情な顔でじっとこちらを見ていた。


父親が夕食に用意した肉としらたきだけのすき焼きに火が通るころになって、ようやく切り出すことができた。

「お母さんはどこ?」

ポケットのお守りを握りしめてみたが、父親の答えには失望した。

「お母さんはな、どうしても身体の調子がわるくて実家に帰った」

〝実家〟というのは、あのお祖母さんの家のことだろう。どこか遠くにあるのだ。

火の通りすぎた筋張った肉を三切れほど飲み込むと、それで食欲はなくなった。

その日以降も、父親との不思議な生活が続いた。事故のことはどちらからも口に出さなかった。

思えば、施設にいた児童たちは、驚くほどいろいろなことを知っていた。男と女が何かすると子供が生まれると聞かされたが、その意味はよくわからなかった。職員が見ていないところで殴り合いの喧嘩をして「医者にいくからイシャリョウ払え」と言った児童に、別の児童が教えた。

「ばかだな。『イシャリョウ』っていうのは、『医者料』じゃないからな。それを言うなら『治療費』だ。『慰謝料』っていうのは、すみませんこれでかんべんしてください、って謝って払う金のことだ」

脇で聞いていると、紙に文字まで書いて違いを説明してくれた。

彼らと短期間いただけで、ものの見方が変わった。それらを「真相」だとか「本質」だとか呼ぶのだと、後に知った。

つまり、父が裕二を突き飛ばし、わざと車にはねさせて、相手から「治療費」と「慰謝料」をとりたてていたのだ。そのために、怪我はひどいほうがいいし、長く入院しているほうが都合がよかったのだ。

裕二がようやくそのことに気づいたと、父もわかっている様子だった。その上で、まるで過去の事故などなかったかのように二人ともふるまった。父が姿を見せなかったひと月ほどの間、警察やほかの場所でどんなことがあったのだろうと思ったが、父に聞くことはできるはずもなかった。

とうとう、三年生の一学期はほとんど出席することなく終わってしまった。

夏休みになるころ、裕二は松葉杖をついてゆっくり歩行できるようになっていた。担任の箕田佐恵子《みのださえこ》という、裕二の母親と同世代に見える教諭が裕二に同情し、夏休み中に特別に補習授業をしてくれることになった。

自分の軽自動車で、アパートまで裕二を迎えに来て学校へ連れて行き、毎日三時間ほど一対一の授業をしたいと申し出て、校長の了解をとったと聞いた。

「津村君。お父さんとふたり暮らしで、あまりきちんとごはん食べてないって言ってたよね」

最初の日、午前中で授業が終わると、箕田教諭はそういって用意してきた弁当をふたつ机に置いた。

「これ、ひとつ食べて。先生もひとり暮らしだから、ここで一緒に食べようと思って」

どうして先生がこんなことまでしてくれるのだろうか。裕二は不思議に思ったが、目の前におかれた二段重ねの弁当箱の蓋をとった。

「すごい」

思わず声に出してしまった。上の段には、おかずがすき間なく詰め込まれていた。厚焼き卵やウインナーといった定番の具から、野菜の煮付けや裕二には正体のわからないものもあった。一段目を外すと、下の段にはごはんの上にそぼろが丁寧に敷いてあった。

「味はどうかしら」

「食べて、いいんですか」

「きらいなもののない?」

「ないです」

お茶の入った水筒も用意してあった。

「津村君、一学期の遠足に行けなかったよね。だから、これが代わりかな」

鼻の頭にしわを寄せて、楽しそうな笑みを浮かべた。

あまりにあわてて口に詰め込んだ裕二はむせてしまい、箕田先生が笑いながら背中をたたいてくれた。

この楽しい個人授業は二週間続いて、突然終わった。

「津村君、残念だけど、補習は今日で終わりです」

わずかに不機嫌な感情を感じとって、裕二は理由を聞けなかった。

「お弁当も作って来たけど、今日は家に持って帰って食べてね。もう使わないからお弁当箱もあげる」

「ありがとうございます」

箕田はそれじゃあ、と言って最後の授業の準備をはじめた。

「死んだ子の代わりって何よ。ばかにしないでよ」

算数で使う大きな三角定規をとりだしながら、箕田先生がぽつりと言った言葉が耳に残った。

箕田先生は五年ほど前に子供を交通事故で亡くし、その後に離婚したのだと、これもあとになって知った。

二学期がはじまってひと月ほど経ったころ、何度か検査を重ねたあと、右足のボルトを抜く手術を受けることになった。成人では一年ほど埋めておくのだが、子供は骨の成長が早いから治癒《ちゆ》も早いかわりに、長く埋めておくと生育に悪影響が出るからだと説明された。

この入院手術費用を、はねた車を運転していた人物から受け取れなかったらしく、父曰く「とても、めんどくさい手続き」をして、どこかから借りたらしかった。しばらく松葉杖をつく生活が続いたが、父は裕二に特別ひどくあたることもなく接した。

さすがに今回受けた傷はひどかったので、父はもう「車に飛び込む」ことをさせないかもしれないと裕二は考えはじめていた。あるいは病院に訪ねて来た怖そうな二人の刑事が父にもうやめるよう言ってくれたのかもしれない、と。

裕二は、この父親のことをまだどこかで信じていた。

秋も深まり、そろそろ杖がなくても歩けそうだとリハビリの医者に言われたある日、裕二の前であぐらをかいた父が深刻な顔で切り出した。

「もう一度だけ車に当たってくれ」

一瞬、口を半開きにしたまま言葉が出てこなかった。

「そんな――やだよ」

ようやく、そう答えた。まだ怪我も完治していないことを父親だって知っているはずだ。

「まあ、そう言うだろうと思った。だけどな、おれがこうして正面から頼むからには訳があるんだ。いいから聞いてくれ」

父の話によれば、これは母に帰ってきてもらうためということだった。

「やっとお母さんの居所がわかったぞ」

父はこれまで、母は実家に帰ったのだと説明していた。それは祖母が住む「山梨県」という遠いところにあるので、おれたちは行くことができない、と。だがそれは違っていたらしい。

「実は、おまえのことを思って嘘をついていた。今だから話すけどな――」

いきなり、おまえの母親は、本当は男ができて駆け落ちしたのだ、と言った。相手は、いつも内職の荷物を届けに来ていた若い男だ。駆け落ちというのはな、親に反対されたり「フリン」だったりで、まわりから一緒になることを許してもらえない男と女が、遠くへ逃げていくことなんだ。切羽詰まると心中することもある。心中ってのは、死んじまうことだ。

おまえの母親はおれとおまえを裏切って、そういう「駆け落ち」をしたのだ。だが、なんとか戻ってきてくれないかと思って、ずっと行方を捜していた。

そしてこのあいだ、ようやく居場所がわかった。相手の男に、何度もお母さんを返してくれと頼んだが一向に聞いてくれない。そこでおれはずいぶん悩んだあげくようやくひとつだけいい手を考えた。すごい妙案だ。

いいか、よく聞け。相手の男が運転する車に、裕二がはねられればいいんだ。「お母さんを返してくれと頼む裕二をうるさがって車で轢《ひ》こうとした」と言えば、さすがにお母さんも目を覚ましてこの家に帰ってくるに違いない。どうだ手を貸してくれないか――。


そんな説明だった。

「それにな、当たるっていったって、ぜんぜん怪我なんかしない」

父はなにごとかを打ち明けるように眉をよせて手のひらを振った。

「――この前みたいなことがないようにきちんと打合せをして、なんだったら知り合いに車を借りて練習してもいい」

返事のしようもない。そんなことを本気で考えているのだろうか。

「そうむずかしくはないぞ。いい場所を見つけたんだ。相手の男の配達ルートをみっちり調べた。その場所はな、カーブで見通しが悪くて事故が多いから、近いうちに信号が立つらしい。そうなる前に勝負だ。

あいつがスピードを落としたところにちょっとこするだけでいい。肝心なのはあの男の車におまえが当たることなんだ。もしも怪我の具合が足りなかったらおれがあとで青あざでも作ってやる。どうだ。ちょろいもんだろ」

それだったら、どうしてぼくじゃなくてお父さんが車に当たらないんだ。ショウブってどういういみなんだ――。

喉まで出かかった言葉を飲み込んだ。父はこうして普通に話しているときはどちらかといえば気弱そうにさえ見えるのだが、一旦逆上すると見境がなくなる。裕二に対してだけではない。近所の主婦と口げんかのあげく、大きなシャベルをふりまわして警察を呼ばれたこともあった。

父の言い分を信用しているわけではなかった。しかし、母が出て行った理由について裕二がいままで想像をめぐらしたことと、父の話がどこかで一致していた。母は愛想をつかしてこのアパートを出て行ったのだろうと。

裕二は父の話を受け入れてしまった。それに、いままではふいをつかれたので怪我も大きかったが、最初から覚悟しているならうまくかわせそうな気がした。

父が事前に計画を打ち明けてくれたのもはじめてだ。さらに、すでに覚えているだけで四回も当たっているので、心のどこかに一種の慣れがあった。二度とごめんだとは思うのだが、その一方で「うまくかわして軽い怪我で済ませられそうな気がする」という妙な自信もあった。

母の帰宅と引き換えなら、やってもいいかという気持ちに傾いた。それが顔に出たのだろう。父がすかさず言った。

「そうか、やってくれるか。よし、よし。それでこそおれのせがれだ。こんどこそ、三人で仲良く暮らそう」

そうだ。こんどこそは、わすれずにお守りをもって行こう——。

すっかりその気になっていた。

あとになってからわかったことだが、このとき父親がしゃべった中身には、初めから終わりまで真実はほとんどひとかけらもなかった。

3 清田千遥（一九八八年　三月）

いまから考えると、旅館をやっていたころの宿泊客は、かなりわがままだった。

眺めのいい部屋に替えてくれ、西日の差さない部屋はないのか、布団が臭う、冷房を弱くしてくれ、強くしてくれ、煎茶《せんちゃ》でなくほうじ茶はないか、おかずに魚はつけないでくれ、刺身は必ず赤身にしてくれ――。

たまに手伝う程度だったわたしでさえ、数えきれないほどの注文を聞いた気がする。客商売というものは、わがままを叶えてやるかわりに代価を頂くのだ。誰かに諭されたわけではなく、働く母親の背中を見て自然にそう思い込んでいた。

それに比べて、坂井裕二はほとんど手のかからない客だった。宿泊する経緯が特別だったので向こうでも気を使っているのかもしれないが、いるのかいないのか分からないほど大人しい。

ニュースの時間に、テレビの控えめな音声が流れる以外、ほとんど物音をたてない。ワープロを持ってきたようだが、使っている音は聞こえない。風呂に入ったあともきちんと片付いている。細い体つきに似合わず少し多いかもしれないと思った昨夜の食事は残さず、しかも丁寧に食べてあった。

「きっと育ちがいいのよ。どんなご家庭なのかしら。あなたもよそ様にうかがったときに笑われるようなことはしないでね」

来客二日目の朝、古い目覚まし時計までひっぱり出したおかげで、どうにか朝の六時に起きられた。

母と二人で話し合った結果、やはり旅館用に使っていた調理場は広すぎるということになった。まな板もシンクもオーブンも二十人前三十人前を前提にした大型のつくりだ。干物三枚を焼くのに業務用の焼き器を使ったのでは、効率が悪くてしかたがない。ふだんから慣れた、母屋の普通のキッチンを使うことにした。

そのキッチンでは、すでに母が割烹着を着て料理にとりかかっている。わたしも急いでエプロンを着け、久しぶりに二人一緒に朝食の支度をした。

母は慣れた手つきで大根を千切りにしながら、十八番のお説教「よそ様に笑われないで」を口にした。

「はいはい、努力して人様に笑われないような人間になります」

料理を手伝いながら、今回坂井を泊めることになった理由を訊いた。昨夜は突然の客への対応で頭がいっぱいになってしまい、詳しい経緯について聞きそびれていた。

「お父さんの会社の、偉いかたのご紹介なのよ」

母はそう言って、さっとあく抜きした山菜を冷水に放った。

「お父さんの会社」という表現に少しひっかかったが、聞き流した。かつて父は清水市にある漁業会社で、主に遠洋マグロやカツオ漁の操舵長をやっていた。

「水谷《みずたに》さんておっしゃる役員の方。ほら、事故のあとあれこれずいぶんお世話になったでしょ。その前からもお客様を何人もご紹介いただいたし。——千遥、そっちのお豆腐とって」

水谷のことは知っている。そろそろ六十に手が届きそうな年配の男だ。

父が亡くなったあとも、たびたび顔を見せて世話をやいてくれた。もしかすると母に下心があるのではないかと勘ぐったこともある。伴侶を失ってずいぶんとやつれたが、それでも母は、娘のわたしから見てさえ充分に魅力的だ。まんざら的外れではないかもしれない。

「あの水谷さんの知り合いなの？」

「そうらしいの。詳しい関係は忘れたけど、あの会社の顧問の弁護士さんのそのまた知り合いなんだとか。しばらくご無沙汰してたのにいきなりこんなお願いをして申し訳ありません、っておっしゃってたけど、水谷さんのお願いじゃ断れないでしょ」

母はそう言ってため息をついたが、それほど嫌がっているようには見えなかった。

「だから、やっぱり立派なご家庭の息子さんだと思うわ。水谷さんに骨折りさせるなんて。——あなた、大きな口であくびしたり野菜を振り回したりしないでよ」

「そんなことしません」

「いつもしてるじゃない」

会話のあいだも、母の手は止まらない。たった一夜でずいぶんな進歩だ。

「わかりました。『村山《むらやま》』に刈りに来る八百屋の社長さんがよく言ってる、沈香《じんこう》も焚《た》かずなんとかもひらず、ってやつね」

『村山』というのはわたしがアルバイトに通っている近所の理髪店の名だ。

「つまらないことばっかり覚えて。だけど、それはこういうときに使う――ほら千遥、噴いちゃってるじゃない。そんなに煮込んじゃだめよ。かして」

かつお節で出汁をとってくれといわれて、沸騰《ふっとう》した湯におもいきり二つかみ放り込んでぐるぐる沸き立つのを見ていたら、母があわててすくいはじめた。

「雑味がでちゃうでしょ」

「だってそんなこと知らないもん」

「なんども教えたじゃないのよ」

わたしは唇を尖らせほおを膨らませていたが、胸のどこかに温かいものが湧いてくるのを感じていた。

あの事故以来、母はたまに気の向いたときに、ひと品ふた品料理を作ることもあるが、ほとんどの食事はわたしが見よう見まねで作る、甘かったり辛かったりする練習作のようなものばかりだ。

母はその料理に文句もつけないどころか、まあまあねなどと言って食べることが多かった。

それが、これだけ小言を言えるということは、料理に対する情熱が消滅していなかった――いや、復活したのかもしれない。もしもそうならば嬉しい。

「どうして『清風館は休業中です』って言わなかったの？　別な旅館だってあるじゃない」

「言ったんだけど『そこをなんとか』って頼まれて。理由はよくわからないけど、この宿が気に入ったみたいなの。古い雑誌にでも載っていたのかしらね」

「あれじゃない。ほら、もう十年以上も前だったかな、旅番組みたいなのでロケに来たことがあったじゃない。昼間なのに夜のふりして食事の撮影とかしてた。お母さんも、ふだんより気合い入れた料理出したし。あれを覚えていたとか」

「まさか」

母と、そんなとりとめもない会話をしながらも、どうしても頭から離れないことがある。

坂井というあの青年の背を見たときに、わたしがとっさに抱いた、あの口にするのも恥ずかしい〝白馬の騎士〟の妄想だ。そもそも海から現れるのになぜ白馬にまたがっているのか。

すぐ隣でいそいそと働く母に、そんな子供じみた考えを見透かされたような気がして、調理場にあるのよりはだいぶ小型の魚焼き器をのぞきこんだ。

「ねえ、魚がじぶじぶいってるよ。裏返す？」

「まだ大丈夫よ。蓋をしめておいて。お母さんがやるから」

「ちぇっ。早くも邪魔者扱いか。魚も焼けないとお嫁に行った先で笑われますよー」

しかたなく使い終わったボウルなどを洗うことにした。

「東京の大学か――」

うっかり口に出してしまってから、小さく息をのんだ。そっと母の横顔を盗み見る。聞こえなかったのか、聞こえても単に言葉どおりの意味にとらえたのか、まったく表情を変えることなく、白和えにした山ふきを器に盛りつけている。手際の良さはほとんど休業前のものと変わりない。今が絶好の機会だと思った。

「ねえ、お母さん」

「なあに」

母は視線を手元に落としたまま答える。

――来月になったら、この家を出て行くからね。

一年前、試験に合格し入学金も振り込み、寮で暮らす準備を始めたころに、父の事故が起きた。わたしは悩んだ結果、休学届けを出した。

生ける屍《しかばね》という言葉があるが、あのころの母がそれだった。母を残してひとり上京することはできなかった。しかし、もう一年だ。一年間、わたしは時間を無為に過ごした。

そろそろ自分の人生を取り戻す機会をもらっても許されるはずだ。

母にはまだ内緒にしているが、復学の手続きもすませた。寮の部屋が決まったという通知も届いた。

「なによ、途中まで言いかけて」

「ええと——」口をついて出たのは全く違う言葉だった。「あとで今日の買い物リスト出しておいて」

「なんだ、そんなこと。出かける前に渡すからお願いね。——ねえ、こんなのお口に合うかしら」

べつな小皿に母がよそいはじめたのは生の桜えびだった。

「あ、桜えび。生じゃない。いつ買ったの？」

手をぬぐい、菜箸《さいばし》で数匹つまんで口に放り込んだ。ほんのりとした甘みと潮の味、そして新鮮な香りが口の中に広がる。

やっぱり、切り出すのは夜にしよう——。

「うまい」天井に向かって声をあげた。

「こら、なんですか」

とれたての桜えびは傷みが早い。せりの直後なら生で食することもできる。しかし、たいていはすぐに茹でるか冷凍保存する。世間に「生」として出回ることもあるが、それは正確には「解凍もの」だ。

「さっき、市場に行って、今朝せりに出たばっかりのを『魚辰《うおたつ》』さんにわけていただいたの。お口に合うかしらね」

『魚辰』は、以前鮮魚を仕入れていた店だ。

「だけど、高かったでしょ」

「先週から漁がはじまったばかりだからまだちょっと値がはるわね。でもお値段のことはいいのよ。このぐらいしか珍しいものもないし」

「なんだか昨日は迷惑そうなこと言ってたけど、ＶＩＰ待遇じゃない」母の脇腹をひじで軽くつついた。「若い男の子だからって張り切ってない？」

母のほおに、久しぶりに笑みが広がるのを見た。

「ばかね、あんたじゃあるまいし。それよりあの人、お酒も飲まないみたいだし、なにか好きなものはないか、聞いておいてね」

こころなしか赤みのさした母の横顔を見て、もしかすると、わたしのための騎士ではなく、母のもとへ来たのかもしれないと思った。


わたしは月曜をのぞく毎日、原則朝の九時半から夕方の四時まで『村山理髪店』という床屋でアルバイトをしている。月曜が祝日にあたった場合はその翌日が休みになる。

将来、理容師や美容師になりたいと思ったわけではない。もちろん専門の学校も行っていないし資格もないので、髪は刈れないしひげも当たれない。雑用の手伝いしかできない。

ただ、家から近かったことと勤務時間の融通をきかせてくれたこと、そしてなにより店主が父とは昔からのなじみであることが理由で、この村山理髪店でお世話になることに決めた。

店主の村山勝正《かつまさ》はわたしの父、清田《きよた》省三《しょうぞう》と小学校以来の友人だった。当然ながら清田家の事情は知っていて、たまに早退したいとか休みたいと申し出ても、嫌みどころか理由も聞かない。

わたしは店に来る客たちを真似て、彼を「マスター」、敏美《としみ》という名の妻を「おかみさん」と呼んでいる。

もと宿場町でもあり漁師の町でもある、千里見町の朝は早い。理容組合にみつかるとうるさいので――営業時間の取り決めがあるらしい――赤と青と白の看板をぐるぐる回すのは、午前九時からと決めている。しかし、こっそり刈りにくるなじみの客には、早いときには朝の七時前から応対しているらしい。

「誰かに聞かれても、開店は九時ですって答えてね」

よほど組合に睨まれるのが怖いのか、おかみさんに何度か念を押された。

わたしが顔を出す九時半といえば、実は早朝の客足が一段落した時間帯だ。それまでに溜まった、切り落とした髪やごみの始末をし、午後に備えて蒸し器にタオルの追加をしたりする。

それが終わってしまうと暇になることも多い。それが申し訳なくて最近では昼の賄いを作ったりもする。

「おはようございます」

「千遥ちゃんのところ、お客さん泊めてるんだって？」

出勤するなり、奥から顔を出したおかみさんが挨拶もそっちのけで訊いた。

もう噂が広まったか、と笑いそうになった。失礼ながら、流行っているとはいいがたいこの理髪店にその噂が届いたなら、おそらく町中の人間が知っているだろう。

「おかみさん、それわたしがやりますから、置いといてください」

彼女が持っていた洗い終えたタオルを、籠ごと受けとった。

この村山理髪店はもともと夫婦でやっていたのだが、半年ほど前におかみさんがぎっくり腰になった。だいぶ良くはなったのだが、まだ長時間立ったり重い荷物を持つのはつらいようだ。千遥ちゃんに来て貰って助かっていると、いつも礼を言ってくれる。

中央に赤い線の入ったタオルを、くるくると巻いて蒸し器に入れながら答える。

「お客さんていっても、知り合いの紹介だから、ほんとの商売のお客さんじゃないんです」

「お母さんが、お料理作ってるの？」

「ぼちぼち」

「すごいじゃない。若い男の子なんだって？」

「大学生だそうです」

「へえ。いいわね。じゃあ——」

「じゃあ、なんですか」

「ふふふ、そろそろボーイフレンドが欲しいお年頃かなって思って」

「やめてください。それよりこれがきっかけで、母にもう少し元気が出ればいいんですけど」

「ほんとにね。前とは別人みたいだもんね」

小さく震えたわたしの指先には気づかなかったようで、おかみさんはどっこいしょ、とかけ声をかけて椅子から立ち上がった。悪気も深い意味もなく、ただ思ったことを口にしたのだろう。

「おう」

奥で一服つけていたマスターが、くわえ煙草のまま新聞を持って戻ってきた。

「あ、おはようございます」

「ねえちょっと。くわえ煙草で歩かないでって、いつも言ってるでしょ。灰が落ちるから」

「灰なんて落としてないぞ」

「じゃあ、こんどからそこらに落ちてる白いものを、あんたのごはんにふりかけておくから。——そうだ、ごはんで思い出した。あたしはお昼の支度でもするから。千遥ちゃん洗濯物よろしくね。また、焼きうどんでいい？」

「わたし、やりますよ」

おかみさんはただ「まあ、いいからいいから」と正体不明の笑みを浮かべて奥に消えていった。

「あれって、わたしが作るうどんはあまり美味《おい》しくないっていう意味ですか」

スポーツ新聞を広げているマスターに聞いた。

「さあ。よくわからんね」

むすっとしたまま、煙を吹き出しばさばさと新聞をめくった。くわえた煙草からテーブルに灰が落ちた。


夕方に客足が途絶えたので、『村山』を定刻よりも少し早めにあがらせてもらった。

母に渡された買い物リストにしたがって、ふだんの倍以上もある野菜や魚を買い込んだ。よく知らない山菜の名がいくつかあって、いちいち店のひとに聞いた。

前カゴに積みきれないのはわかっていたので、八百屋でもらった段ボールに詰めて荷台にゴムロープで留めた。箱の中身を道にばらまいたりすると「ご近所で噂になる」と母が嘆くため、スピードを控えめに走った。ただ、ガラガラ鳴る音だけは小さくすることができない。

砂利敷きの駐車場に入るとき、ちょうど向こうから歩いてくる坂井裕二と目が合った。

「すごい音がしますね」

彼は昨日と同じことを言って、興味深そうにスーパーカブをのぞきこんだ。

「おんぼろなので」と言い訳する。

「たぶんチェーンまわりだと思いますよ。あとで見てあげますよ」

わたしはそんなことは結構ですと断ったが、彼はわたしが遠慮しているのだと受け取ったようだった。

母が夕食の準備をしているとき、用があって中庭を通りかかると、物置の陰で坂井がなにかしている。そっと近づきうかがうと、夜間はそこにとめておくバイクを坂井がいじっているところだった。

頭の中で、大波が消波ブロックに打ちつけた。

「何してるんですかっ」

声がうわずってしまった。足音で気づいていたのか、あまり驚いたようすもなく坂井がふり返った。

「お母さんに、これを借りたので」

坂井の手に赤いラベルの缶が見えた。旅館の引き戸に差そうとずいぶん前に買って、結局そのままにしていたスプレー式の潤滑油だった。わきには、濃紺の布のようなものの上に、見慣れない工具セットが広げてある。バイクのどこかをいじっているのだ。

一瞬で頭に血が上った。わたしは小走りに回り込み、坂井と愛車を交互に見た。

「ひどい」

駆動部と後輪の間にあるチェーンカバーが、はずされかかっている。怒りで視界が狭くなった。海は大時化《しけ》だ。

「勝手に、何してるんですか」

さっきより、ずっときつい口調で繰りかえした。

「いえ――その、ただ、音があんまりひどいので、たぶんチェーンがカバーにこすっているんだと思って」

坂井は油でよごれた手のひらを上にむけ、手首のあたりで額をぬぐった。

「やめてください」

「ええと……」

「そのバイクには触らないで」

坂井の目元にわずかに残っていた笑みが完全に消えた。ようやく、よけいなことをしてしまったのかもしれないと察したようだ。

「すみませんでした。勝手なことして。すぐに戻します」

あわててバイクの脇にしゃがんだ。

「もういいです。ほんとに、そのままでいいですから」

「でも、このままじゃ……」

波が防潮堤を越えた。

「だから、触らないでって言ってるの！　自分でできるから」

　握った拳に力が入った。鼻がつまったような声になったことに気がついた。自分で感情を抑えられなかった。

「本当にごめんなさい」

　坂井はもういちど頭を下げて、道具をまとめはじめた。わたしは、彼が庭のはしにある水道で手を洗い、建物の中に戻って行くまで押し黙って見ていた。

　わたしは一度思い切りはなをすすりあげて、バイクの脇にしゃがんだ。

　昔、はるか昔の景色が浮かぶ。

　急な坂道で自転車のチェーンが外れ、自分で直すことができなくなったことがあった。べそをかきながら押して帰ってくると、漁から戻って自宅にいた父が、あっけないぐらいにすぐ直してくれた。小学校の二年か三年生のころのことだ。たまに顔を合わせる父は、なんでもできるスーパーマンだった――。

　なんでもできたが、一番肝心なときに空を飛べなかった。スーパーマンの力は、自分のためにとっておいて欲しかった。

「はめればいいんでしょ」

　独り言を吐き、ほとんどはずれかかっているチェーンカバーを押し込んでみる。地面にねじが四本転がっている。たぶんこれで固定するのだろう。カバーをもう一度強く押し込んでみるが、うまくねじ穴があわない。さらに力をこめたら、カバーは音をたててはずれてしまい、地面に落ちた。もう一度試みる。また同じことだった。もう一度。もう一度――。

目の縁から涙があふれ、ほおを伝った。あごの先にできた滴を手の甲で拭う。なぜ泣いているのか、何に腹を立てているのか、何が悲しいのか、自分でもわからなかった。少なくとも、坂井を本気で恨んだり憎んだりしているつもりはなかった。

「このバイクに、だれも触らないでよ」

もう一度、はなをすすりあげた。波が静まった海は、ざんざん降りだ。

「触らないでよ」

これは、世界で一番好きだった父が、死の直前まで乗っていたスーパーカブだ。あっけなく星になってしまった、父の代わりに生き延びたバイクなのだ。


夕食の賄いをしたとき、坂井は料理に手をつける前に、さっきよりもいっそう神妙な顔で謝罪してきた。

「勝手にいじったりして、本当にすみませんでした。もし調子が悪いようでしたら言ってください。弁償させて……」

「いいんです」詫びの言葉をさえぎった。「わたしこそ興奮してすみませんでした」

まだ腫れの引かないまぶたを見られないよう、うつむいたまま答えた。

「そんなに大切なバイクだと知らなかったもので」

わたしは顔をあげて、ふふ、と小さく笑い返した。まぶたが腫れていなければもっと明るく笑うのにと思った。

「大切だからじゃないんです。子供みたいな理由なんです。ほら、お気に入りのぬいぐるみが真っ黒だからって、洗濯された小さな子が怒るのと一緒です。一度車にぶつかったからちょっと歪んでいて変な音がするんです」

「車にぶつかったの?」

坂井裕二が出会って以来、初めてといってもいい興奮した声を出した。

「はい。ぶつかって少し壊れたんですけど、バイクはまだ乗れるって言われて」

「バ、バイクは?」

「いいんです。もう忘れてください」

もう一度笑顔を作って、キッチンに戻った。

夕食後片づけものをしていると、中庭から車のドアを開け閉めする音が聞こえてきた。来客用の駐車場に停めるよう言ったのだが、荷物の積み下ろしに中庭のほうが便利なので、と頼まれて断れなかった。

わずかに背伸びをして窓からのぞく。坂井が、黒く細長いバッグのようなものを背中から降ろしてトランクに積むところだった。あえてたとえるなら、戦争映画に出てくるバズーカ砲の入れ物のようだと思った。たぶん、昨夜見つけた場所へ天体観測に行くのだろう。

星がきれいなことが数少ない売りの町に住んでいながら、最近はほとんど夜空を見上げたことがないことに気づいた。

母とキッチンの片づけをしたり、明日の朝食用に作った料理を冷蔵庫にしまいながら、久しぶりに海岸で星でも眺めてみようかと思った。

「千遥。お母さん、お風呂入ってから休むわね」

母が寝室に消えた。

午後九時過ぎ、わたしはもう一年以上使っていない客用の木製サンダルを下駄箱から出し、素足につっかけた。まだ三月だ。足のうらがひんやりとする。

キリキリと扉を鳴らし、一歩踏み出す。サンダルに踏まれた小石が、がりっと鳴った。

夜道にかこんかこんと音を立て、車通りの少ない県道を横切り、防潮堤沿いの狭い道へとあがった。少し歩いて、防潮堤の切れ目から砂浜へ続くコンクリートの急坂を、注意深くゆっくり下る。サンダルの下で、こんどは砂が鳴る。

穏やかな海が、月光にきらきらと輝いている。

この季節のこの時刻に、海岸にほとんどひとけはないが、海に突き出た防波堤の突端で、釣り竿を振っているシルエットが見えた。

そのまま少し砂浜を歩くことにした。つま先に乾いた砂があたる。指の先に砂粒が入り込む。わけもなく砂を蹴り上げながら歩いて、無造作におかれたコンクリートの塊に腰を下ろした。

　今日も切り出せなかった——。

　海風が吹いている。

　沖を行く漁船の灯りや、岬の先で回る灯台の光が見える。月明かりを受けて黒い海面が細かく光る。切れ目のない潮騒《しおさい》に被さるように、昼は聞こえない国道を行き交う車の音が降ってくる。意識を集中して騒音を切り離し、波の音だけを耳に受け止めた。

　空を仰ぐ。月夜だけれどいくつもの星が見えた。名前はほとんどわからない。星というのは、光の速度で進んでさえ何万年も何十万年も、いや遠いものになると何億年もかかるほど離れているのだと、父に聞いたことがある。想像することすらできない。

　父は、航海に出ると楽しみはぐっと少なくなるから、もともとは興味などなくても、いつしか星だとか星座に詳しくなるんだと笑って話してくれた。

「不思議な感じがしないか」

　何千年も何万年も前にその星を出発した光が、今、地球に届いているんだぞ。笑いながら空を見上げ、指さした。

「たとえば、あそこに見えている星は、実は十万年前の姿らしい。信じられないだろ?」

　もし、それが本当なら——。

　あれはたしか五年前の夏だった。当時親しくしていた男子やそのほか何人かの友人たちと、この砂浜で派手に花火をやったことがある。結局、町内会長にお目玉をくらって尻切れトンボに終わったけれど。

あのころは、自分たちが歩む道の先には、なんでもあると思っていた。なにかを失うという意味を考えたことなどなかった。

もしも光がそんなにゆっくり進むものなら、あのときの花火の光は、花火をふりまわしてはしゃぐわたしたちの姿は、十万光年離れた星に向かって、まだ二万分の一だけ旅を終えたに過ぎない。あと九万九千九百九十五年後に、あの夜のわたしたちの花火を、遠い星の住人は見ることになるのだろうか。

「そうだよ」

誰かに声をかけられた気がして、ふりかえった。

町を見下ろすように、笠取山の黒いシルエットが夜空に浮き上がっている。月の明かりを浴びて、道が白くうねるのが見える。ここからは見えないが頂上近くに展望台がある。あの坂井という青年がそこで星を見ているはずだった。

彼は今、運び上げた天体望遠鏡で、何万年も前にどこかの星で打ち上げられた花火を見ているのかもしれない。

視線を砂浜にもどす。組み合わされた消波ブロックのすき間に、漂着したゴミが無数にひっかかっている。月光に青白く浮かび上がるそれらをみつめているうちに、昔、母とこの砂浜を散歩したことも思い起こされた。

「ねえお母さん。もしも、もしもね。すごく目がよかったら、お父さんの乗ったお船が見える?」

「地球は丸いからだめかもしれないわね。ずっとずっと遠いところにいるから」

「どうして丸いと見えないの」

「さあ、お父さんが帰ってきたときに聞いてみたら」

「早く帰ってこないかな」

一日だけでいいから、帰ってきてよ——。

海に向かってつぶやいた。

話したいことも、相談したいことも、まだまだたくさんあったんだよ——。

あと一回だけ、相談に乗ってよ——。

いくら話しかけても、海は答えてくれない。

あのとき母が歌ってくれた、『椰子の実』という唱歌をいつのまにか口ずさんでいた。

4　津村裕二（八歳〜十二歳）

小学三年生の暮れ、「母を取り返すため」とそそのかされた裕二は、生まれてはじめて同意の上というだけでなく、みずから車に飛び込むことになった。

連れていかれた場所は、家から十五分ほど歩いた、農地と住宅地の境目を通る道路だった。

先を行く父親は、前回の怪我の後遺症でまだ少し右足をひきずるように歩く裕二を、ときどきふり返ってはせかすような視線を向けた。

「もう少しだから急げ」

我慢できなくなったのかそう言った。裕二にしてみれば、全力疾走に匹敵するくらいに頑張っているつもりだった。

「ここだ」ふいに父親が横断歩道で立ち止まった。「おれが合図するまでここで待て」

場所を横断歩道にするのは、そこだとたとえ飛び出しても、ほとんど百パーセント近く車が悪いことになるからだと父親が説明した。横断歩道のない場所だと、飛び出した歩行者にも責任があることになって、もらえる金額が違ってくるのだという。

連れて来られた場所は、裕二の遊び場のテリトリー内だったので、地形はわかっていた。

右手に伸びた道は、すぐに急カーブを描いている。車修理工場の大きな看板が、ちょうどカーブの先端あたりで道路ぎわまではみだしていて、先が見通しづらい。どうだ最高の場所だろう。ずいぶん探したんだぞ。そう言って父親は胸を張った。

「いいか、もうすぐ通るからな」

だまってうなずく。

「自分で飛び込めるな？」

再びうなずく。

父親は「いい子だ」とでもいわんばかりに裕二の肩を軽く二度叩き、一人でカーブのほうへ歩いて行った。

お互いの姿が見えるぎりぎりのところで立ち止まり、裕二に向かい軽く手をあげた。準備はいいか、の合図だ。父親がいる場所から向こうは道路が直線に伸びていて、これからやってくる車がよく見えるはずだった。

横断歩道の際に立っていると、親切な車がいちいち停まってしまうので、樹木の脇に身を隠すようにして待った。

何台か車をやりすごした。赤いスポーツカー。白い軽トラック。黒いセダン。そのたびに風にまかれて砂埃が舞い上がる。目の前の埃を手ではらいながら口もとを押さえる。五台、十台、二十台、さすがに飽きてきた。父親は調べたというが、バスではないのだから、決まった時間に通るとは限らないのではないか。

そんなことを何度目かに考えたとき、とうとう父の大声が響いた。

「裕二、来たぞ」

はっと顔をあげ、父のほうを見る。

「銀色のアウディだ。あと五秒」

裕二が車好きで、名前を諳んじていることを父も知っていた。車には痛い思い出しかない裕二だったが、なぜか車そのものは好きだった。三年生になると、道を走っている車のほとんどの車名を言い当てることができた。

「荷物の配送途中」だと言っていたのに、アウディというのはどういうことだろう？わずかに疑問も湧いたが、ゆっくり考えている時間はなかった。

気づけば歯を食いしばっていた。修理工場の看板の陰から、ついにシルバーメタリックのアウディが現れた。ぴかぴかに磨き上げられた車体が陽光をはね返している。運転席と助手席に人影が見えた。運転席の男が笑いながら助手席の誰かに話しかけていた。助手席に座っているのは女性に見えた。

あれが母なのか。だとすれば、母の「かけおち」の相手は、少なくとも父より金持ちなのだと、一瞬思った。一秒の何十分の一という短い時間に、だったら母をこのままにしてあげたほうが幸せなのではないか、という考えが浮かんだ。

でもやっぱり帰ってきて欲しい――。

踏み出しかけた足はいまさら止めることはできなかった。ポケットに入れたお守りをきつく握りしめた。

急ブレーキの音がした。急ハンドルも切ったようだった。

裕二はとっさに、痛めている右足をかばって体をひねり、背を向ける形になった。バンパーがわずかに裕二の腰を打った。

やはり心の準備をしていたせいか、運転手のよけかたがよほど上手かったからか、これまでより衝撃はずっと少なかった。よろけておおげさに電柱にぶつかる演技をする余裕さえあった。ただ、演技がすぎて勢いがつき、額をなにか硬いものにぶつけてしまった。

なぜそんなこと——父が喜ぶようなこと——をしてしまったのか、自分でもわからなかった。これをきっかけに普通の家族にもどれるという父の言葉を、どこかで信じていたのかもしれない。

倒れた裕二が大げさにうめいていると、バタンとドアの閉まる音がして、誰かが近づいてくるのを感じた。

「きみ、どうして飛び出した。大丈夫か」

男がそっと肩に触れた。父が走り寄る気配がする。

「おい、おまえ。大丈夫かじゃないだろう。おれの大切な息子をはねやがって。ただで済むと思うなよ」

「別にそんなこと思わないが、しかしきみ、怪我はないか。早く救急車を呼ばないと」

なるべくつらそうに痛そうにしろと命じられていた。うんうんうなりながら薄目をあけて車の助手席を見た。たしかに女の人が座っていた。しかし驚いて目を見張っているその女性は、母よりもずっと若くずっと美しくずっとお洒落な恰好をしていた。少なくとも母ではなかった。

父に視線を向けた。大きな魚をつりあげた少年のような満足げな笑みが浮いていた。

また、だまされたのだということにようやく気づいた。

父は裕二の身体を調べることもなく、とまどっている相手に向かって「賠償金」だの

「慰謝料」というような言葉を次々にぶつけていた。

二人の会話の成り行きを聞いていたいと思ったのだが、次第に声が遠ざかっていく感覚があった。さっき頭を打った影響かもしれない。あれ、なんだかおかしいな、と考えるうちに意識が急速に闇に覆われた。

裕二をはねた男は倉持《くらもち》という名だった。毎日病院へ見舞いに来た。

倉持はがっしりとした体型と丸い顔つきをしていた。父親と同年配に見えた。赤みがかった顔に愛嬌を感じさせる目をしており、体つきのわりに優しい声の持ち主だった。

「足の怪我に影響がないといいね。きちんと治さないと」

裕二が春先に負った怪我のことをどこかで知ったらしく、本気で心配してくれた。

それだけではない。お菓子や玩具といったものを、必ず買ってきてくれた。看護婦に「そういったものは病室にあまりもち込まないでください」とたしなめられ、謝っていた。

薬のせいか眠くて、目を開けるのが面倒だなと思っていると、倉持はベッドサイドにそっと立ち、「がんばれよ」と小声をかけて帰っていく。

父親はほとんど見舞いに来なかったが、入院して二日目に部屋にかけこんできたときには、裕二の肩をつかんで激しく揺すった。うとうとしていた裕二の頭が、がくがくと揺れた。

「裕二、でかしたぞ。とうとう金脈だ」

父は興奮しているが「でかした」も「きんみゃく」も意味がわからなかった。

「きんみゃく?」

「あの男は弁護士だ。金は持ってる。『いずれ正式に治療費と慰謝料はお支払いしますが』とかなんとかすかしたこと言いながら、ぽんと十万円出しやがった。入院の当座の費用とは別に、だ。だけどな、がっついて見られるのはしゃくだからな、おれは『見くびるな』って突き返してやった。そうしたらあの野郎、どうしたと思う? 『これは後ほどお支払いするものに加算しなくて結構です』だとよ。つまりプラスのアルファってことさ」

一気にまくし立てたあと一旦言葉を切って、はっとしたようにあたりをみまわした。会話を聞いている人間はいない。父は声をひそめ、裕二の耳元に口をあてささやいた。

「あんまり金払いがいいんで、おれはちょっと探ってみた。名刺をもらったからな。そしたらな、弁護士ったって、貧乏人相手の貧乏弁護士じゃない。金持ち相手の金持ち弁護士だ。おまえをはねた時に一緒に乗っていた女も女房じゃないぞ。ありゃたぶん愛人だ。愛人てわかるか?」

これほど嬉しそうな父親を見るのは初めてかもしれない。首の筋がいたかったので、必要最低限にうなずいた。

「だから示談にしたがってるんだ。おれの経験からすると弱みのある人間ほど金離れがいい。やったな裕二」

母の話はいったいどうなってしまったのか聞いてみたかったが、どうせ無駄だろうと思い始めていた。

父が嬉しそうに裕二の肩をゆすっているところに、看護婦が入ってきた。

「津村さん、何してるんですか」

とびかからんばかりの勢いで、父の腕を裕二からはがした。

「だいたい、面会時間外ですよ」

「まあ、そうかたいこといいなさんな」

父はポケットから無造作に出した千円札を二枚たたんで、看護婦の胸ポケットに押し込んだ。

「せがれがお世話になっていますんで、ほんの気持ちです」

「困ります。こういうことは規則で禁じられていますから」

突き返そうとする看護婦の指先を、札ごと丸めて押し返した。

「言わなきゃだれにもわからないだろ。口紅でも買いなって」

くるりと裕二を振り返って、じゃあなと手を軽くあげた。

「この次は、もっといい知らせを持ってくるかもしれないぞ」

口笛をふき、看護婦があきれて立ちつくすのに背を向け、病棟の廊下をだらしのない足音をたてて去っていった。

裕二は枕の下に手を入れて、そこに隠しておいたものを手にとった。こまかい傷がついて白濁したビニール袋の中に、くたびれて形のくずれたお守りがあった。

父が大喜びしながら帰った二日後、見たことのない男が見舞いにやってきた。

やせていて、ちょっと見た目は父に似ていなくもなかったが、全体から受ける雰囲気はまったく違っていた。

父が一歩一歩を踏みしめるように、いってみれば地面にやつあたりしながら歩くような印象を与えるのに対して、この男は流れるように動いた。父がうつむき加減の顔をあげるときは相手に難癖をつけるためだったが、この男は初めから視線を正面に向けていた。父は耳の穴だの鼻の頭だの顎だの眉だのをいつも落ち着きなく触っていたのに対して、この男の細い指は無駄な動きをしなかった。

今、戸口のところに立っていたと思ったら、次の瞬間にはベッドの脇でこちらの顔をのぞきこんでいる。そんな印象を持った。バネ仕掛けの精巧な機械を見ているようだった。

男は坂井隆《たかし》と名乗った。

「怪我のぐあいはどうだね」

同情も敵意も感じられなかった。医者が裕二に自覚症状を訊くような口調だった。わずかに茶色が強いように見えるその瞳は、すべてのことを知っているように感じられた。

そんな安っぽい嘘は吐くまえから見破られていそうな気がした。

父には「相手の男かその代理の人間が見舞いに来たら、痛くて死にそうだ、と言うんだぞ」としつこく念を押されていた。しかし、この男の瞳を見て声を聞いてしまうと、そんな安っぽい嘘は吐くまえから見破られていそうな気がした。


「痛いところは？」

「あんまりないです」

「そうか。それはよかった。さっき先生に聞いたら、後遺症の残りそうな怪我ではないらしいよ」

いつのまにか別人のような優しいまなざしに変わっていた。

「きみはメロンが好物らしいが、口の中を怪我しているので、もう二、三日は刺激のあるものはだめだそうだ」

坂井はベッドサイドの椅子に座り、ほんの十分も話すうちに裕二が関心のあるものをほとんど聞き出していた。裕二はなんとなく車の話題を出してはいけないような気がして、同じぐらい好きな星のことを話した。

「ほう。星が好きなんだね」

「はい」

翌日、星座や宇宙に関する本を何冊も買ってきた。

「こんなもので、賠償金を値切ろうと思っていやがる」

坂井が帰ったあと、めずらしく様子を見に来た父親が、そう毒づいてベッド脇にある本を捨てようとした。

「なるべくいたいふりするから、本はすてないで」

言ってしまってから、自分の言葉に情けない気持ちでいっぱいになり、涙が湧いた。一度こぼれると、止めようと思っても勝手に流れ続けた。

「本はすてないで」

「わかったから泣くな馬鹿」

「お母さんは?」ようやく訊けた。

「知らねえ」

吐き捨てるように答えたあとで、まったく関係のないことをぼやいた。

「——あの弁護士野郎、てめえが弁護士のくせしやがって、交渉役に代理人とかを立てやがった。あの坂井とかいう男、なんだかのらりくらりしていやな野郎だぜ。おまえもたらしこまれるなよ」


二週間の入院予定と聞かされていた。

骨折や傷を縫うほどの怪我もないのに、これまでの経験からして長い気がする。それは父がごねたせいか、倉持という弁護士がそう願ったのかわからなかった。退院の三日前、父はふたたび十万円せしめたと上機嫌で裕二をたずねてきた。息からは酒の匂いがした。

「退院祝いにはな、駅前のケーキ屋で一番でかいケーキを買ってやる」

裕二の体調を聞くことなどなく、丸めたスポーツ新聞で裕二の頭を叩き、肩をゆらしながら帰って行った。

この、二度目の十万円をせしめた夜、父親が自宅からバスで十分ほどの繁華街で、彼なりの「豪遊」をしたことは、いくつかの証言から明らかになっている。

競輪仲間のうち、仲のいい二人を行きつけの炉端焼き屋に誘った。「メニューを端から順に全部持ってこい」というような冗談を、何度も大声で店員に繰り返していたことを、複数の人間が覚えていた。

二時間ほど飲み散らかしたあげく、この二人を連れて飲食店街のはずれにある、これも行きつけのスナックへ流れた。溜っていたつけの二万円あまりを支払い、いつものトリスではなくジョニ黒のボトルを入れた。

正確に数えていたものはいなかったが、カラオケをすくなくとも十数曲は歌った。午前零時近くなって「もう看板だから」と促すママの手を「金を払えばいいんだろう」とはらいのけた。おごってもらった男の証言によれば、「よくそんなに金があるな」とたずねると「おれには金脈ができたから、これから毎日お大尽だ」とろれつのあやしくなったダみ声で答えたとのことだった。

午前一時をまわるころ、さすがにタクシー代までおごる気はなかったのか、仲間を先に帰した父親は、ひとりぼっちで屋台のラーメンをすすりながらコップ酒をさらに二杯飲んだ。

そしてバス通りで車にはねられ、あっけなく死んだ。

轢かれた場所は駅前の繁華街から二キロほど離れたひとけのない路上だった。

家まで歩いて帰ろうとしたのだろうと思われた。ただ、現場近くで歩いている父親の姿を誰も見ていない。午前二時近い時刻だったし、左側は公園、右手は工場の塀が続く場所で、深夜の歩行者はほとんどない。

道路に倒れている父親を、それと気づかずに轢いてしまい自ら通報したトラックの運転手の証言によれば、「道路に寝ていた。黒っぽい服を着ていたからぜんぜん気づかなかった」ということだった。

その後の解剖と調べで、死因は頭部強打による脳内出血だとわかった。トラックに轢かれたタイヤ痕は、腹から下肢にかけてであるうえに、傷には生体反応がみられなかった。父親は寝ていたのではなく、既に死んで横たわっていたのだった。

当然ながら、父親の「豪遊」の金づるとなった倉持という男のもとにも、警察は事情を聞きに行った。しかしその夜、倉持は仕事の関係で北九州市にいた。金を渡してだれかに始末を頼んだという可能性はなくもなかったが、警察で真剣にそう考えたものはなかった。

裕二の事故の補償には保険金を充てられたし、この父親がこずるい性格そのままに倉持からせびり取った「一時金」も、都合二十万円ほどで、仕事の順調な弁護士がそのために殺人を委託する金額とはとうてい考えられないからだ。

また、このころ知らされたのだが、あのとき倉持弁護士の車に同乗していたのは「愛人」などではなく、倉持の正式な妻だった。父親が勘ぐったように、スキャンダルを恐れて金払いが良かったわけではなかった。

父親の素行を誰かにたずねれば――最後に「豪遊」させてもらった連中を含めて――彼の酒癖の悪さを口にしないものはなかった。過去にも裕二に当たり屋のようなことをさせたり、詐欺容疑で取り調べを受けたことなども判明した。

さらに後日だめ押しのように、道路の向こう側の公園の水飲み場近くの岩に、こびりついた血とわずかな肉片がみつかった。父親のものだった。

警察の結論はこうだ。酔って帰る途中、喉が渇き水を飲もうとした。この水飲み場周辺は水はけが悪く、いつもぬかるんでいる。足を滑らせた父親は倒れて頭を強打した。一度は立ち上がり、ふらふらと道路まで出たところで脳内出血を起こした。

裕二は、父親が死んだことを最初に自分につげたのが誰だったか、思い出せない。看護婦がつい口を滑らせてあわてていたような気もするし、警察の人間がまわりくどい説明をしたような気もする。あるいは、誰にも聞いてはいなかったが雰囲気で察したのかもしれない。

いずれにしても、劇的な感情などなく、すんなりと父が死んだことを受け入れた。死に方も父親らしかった。

裕二のところにまた男がふたり話を聞きに来た。警察の人間だと名乗った。二人連れのうち、身体の大きいほうの刑事が裕二の顔を覗き込むようにして話しかけた。

「きみも悲しいだろうが、長い目でみるとこれでよかったかもしれない」

この刑事は「自分にもきみと一歳違いの子供がいる」と話した。さらに、裕二が春先に負った大けがの詳細を読んで、思わず泣いたと告白し、このときも目をうるませた。

「きみにとっては実の父親かもしれないが、あの男は人間のくずだ。いや、鬼畜とはあいう人間のことだ。きみにはまだ話せないような悪いこともずいぶんしている。いいか、もうあんな男のために痛い思いをしなくていいんだ。いまは悲しいかもしれないが、早く気持ちを切り替えて新しい人生を送るんだ」

刑事はそのほかにも、いくつかのことを教えてくれた。

退院したら、面倒をみてくれる人がいない児童を保護する施設に入れるよう、手続きが進んでいること。学校には連絡がついていること。先日裕二をはねた倉持という人物が、裕二のこれからの生活に援助を申し出ていること。

裕二がもっとも聞きたかったことは最後に教えてくれた。

「きみのお母さんは、今年の春先に亡くなったそうだ」

頭だけがぐるぐると回転しながら中空に浮いたような気がした。まわりの光景は目に入るが、なにも考えることができなかった。

ふいに視野が真っ暗になり、自分は赤ん坊に戻っていた。自分をあやす女のひとがいる。暗がりで顔はよく見えないが母に違いない。その背景には数え切れないほどの星が瞬《またた》いている。

「肝炎という病気でね、肝臓を悪くしてずいぶん長く苦しんでいたらしい。あの身体でよく働いていたと医者も驚いていたよ。——どうした、何も聞いてなかったのか」

刑事は慰めるような言葉を続けてくれたが、裕二の耳にはほとんど届かなかった。その夜は、看護婦の真夜中の巡回が終わっても泣き続けていた。

刑事が話してくれた「施設」には二週間ほどいた。

いままで住んでいたアパートから電車で十五分ほど離れている。アパートから私物を持って出て「もうあそこには戻れないから」と告げられた。ポケットには真新しいビニール袋に入れ替えたお守りがあった。

新しい環境に対する大きな不安とわずかな期待、そして刑事が教えてくれた「母はもう死んでいた」という事実に対する胸がつまりそうな息苦しさ。すくなくとも、父との生活をなつかしむ気持ちはみじんもなかった。

今度の施設は、春に入った場所とは違っていたが、似たような雰囲気だった。ただ、浜本がいなかったのでほっとした。

施設で転校の準備を終え、裕二はほかの児童にまじって共同生活をしながら、あたらしい小学校に通いはじめた。学校でも施設でもいじめられることはなかったし、朝がメロンパンひとつで夕食は具のないインスタントラーメンといった食事の続いたころとは、比べものにならないほど食生活も改善された。

ただ、母を恋しく思う気持ちは、薄らぐことはなかった。しかし、それならあのころの生活にもどりたいかと聞かれれば、もやもやとした気分に覆われる。以前の小学校に通っていたころから、自分の生活環境は、ほかの友人たちから聞く家庭の暮らしとはどこか違っていると感じていた。

単に貧しいとか部屋が狭いとか父親が人でなしだとかいう問題ではなく、自分はなにか他人と根本的に違う人生を歩んでいるのではないかという、漠然とした思いが消えなかった。

施設での暮らしが二週間をすぎ、ようやく新しい生活に慣れてきた頃、裕二を訪ねてきた人物があった。応接室に連れていかれ、そこに座っていた男を見るなり、短く声をあげた。

「あ、あのときの」

倉持に代わって何度か見舞いに来てくれた、坂井という男だった。倉持ほどやさしそうではないが、忘れられない人物だった。

「どうだい、調子は」

茶色がかった瞳を裕二に向けた。その顔はわずかに微笑んでいた。

「大丈夫です」

「それはよかった」

「こちらは、坂井さん」施設の責任者である荒川《あらかわ》という五十代の男が割り込んだ。「もう面識はあるよね」

「はい」

「坂井さんは、津村君の里親になろうと申し出てくださっている。わかるかな？」

首をかしげた裕二に、「里親」について簡単に説明してくれた。里親といってもいくつか種類があるのだが「籍を入れない育ての親」だと説明された。

「でもね、ふだんの生活は、普通の親子と何も変わらないんだ。きみはもちろんことわることもできる。だけどわたしは悪い話じゃないと思うよ。きみにこんなことを言うのは心が痛むけれども、現時点できみを引き取ろうと申し出てくれている親戚はいない。このままだと世間でいうところの『孤児』になってしまうよ。坂井さんはご自身でいろいろ事業をされているし、きみのこれからのことを考えたら……」

一気にまくしたてる荒川を坂井が制した。

「荒川さん、ちょっと待ってください」

苦笑いを浮かべ、手のひらを向けて軽く振っている。

「そんなに急に話を進めては、裕二君もとまどうでしょう。だいたい、いきなり『里親』だなんていわれても、いいとも悪いとも判断できないよね」

　裕二に向かって笑みを浮かべた。

「ああ、そうですね。失礼しました」

　荒川はきれいになでつけた、髪のややうすくなった後頭部をかくしぐさをした。

「なんだか、あんまりいいお話なんで、急がないと逃げていくような気がしてしまって」

「わたしなりによく考えた上での結論ですから、いまさら逃げませんよ。——さて、どうだろう裕二君」

　微笑んでいた坂井が真顔になって、裕二の目を見据えた。

「——いまも説明があったように、いきなり親子の契りを結ぼうとは言わない。とりあえずわたしと暮らしてみないか。わたしもひとりぼっちだが、家のことは家政婦さんがやってくれる。すくなくとも、生活費のために痛い思いをすることはないはずだ」

　穏やかな、しかしはるか遠くまで響きそうな声でそう言うと、じっと裕二の返事を待った。わずかな時間だったが、しばらく沈黙があった。所長の荒川が、なぜ迷う必要があるという表情で裕二を見ていた。

　裕二の胸には、これまで抱いたことのないほど多くの疑問が湧いていた。警察から来た男たちの話で、裕二親子が「当たり屋」というものをやっていたことは、知られてしまっているはずだ。当然、被害にあった倉持のところにも報告はいっているだろうし、だとすれば代理人であるこの坂井という人物も、それを知っているはずだった。

それなのに、なぜ自分をひきとりたいなんて言うんだろう——？

養子という制度があることは、この施設に入って間もなく知った。裕二と入れ替わるように去っていった少女の身の上を、そう説明されたからだ。そんなことが自分の身におきるとは信じがたい。

話がうますぎると警告する声が、頭の中に響いている。

ベッドの脇で泣いた刑事が教えてくれた。裕二が車にはねられたのは、小学校の入学式直後が初めてではなかったのだ。実は四歳のころにも一度はねられたことがあったらしい。小学校にあがる一年半も前のことだ。

このときは軽い怪我で済んだが、裕二はそれ以前の記憶を一時的に失っているようだと当時のカルテにあるらしい。いまでも思い出せないのだから、一時的ではなかったことになる。

父親はこのとき、思わぬ額の補償金を受け取って、これはいけると思ったのだろう。つまり裕二を「当たり屋」の手先に仕立てることだ。自分の息子を、困ったときに金を産みだす道具として見るようになったことは間違いなかった。

自我というものが芽生え始めたころから、車に向かって父親につきとばされ、母はそれなりに優しかったもののあまり長い時間接触した記憶がない。おだやかで居心地のいい家庭というものに縁のなかった裕二が、急に「新天地につれていってやる」と言われて、素直に喜べるはずもなかった。

「やはり大人は信用できないかな？」

坂井はそんな裕二の心をも見抜いていた。笑顔だが寂しそうだった。裕二はさっきこの男が口にした「わたしもひとりぼっちだ」ということばを思い出した。大人だけどかわいそうな人なのかもしれない。

「津村君。いいよね」

荒川所長が不安げにのぞき込む。

「はい」

裕二の返事を聞いた坂井が、伏せていた視線をあげた。

「よし。よく決心したね」坂井よりも先に荒川がよろこびの声を上げた。

こんどは無言で、しっかりとうなずいた。

「よかった」坂井が手のひらを数回、短くこすりあわせた。「それじゃあ、さっそく準備をしましょう」

「よろしくお願いします」

荒川所長が、裕二の肩に手を置いた。

「では、きみはむこうでほかの友達と遊んでいてくれるかな。さきに先生は坂井さんと大事なお話を済ませてしまうからね」

その日のうちに荷物をまとめるように言われ、翌日には施設とお別れすることになった。

　これもまたあとで知ったことだが、これは異例中の異例ともいえるスピードだったようだ。

　午前中に職員たちが簡単なお別れ会を催してくれたが、入所して二週間では、全員と友情が芽生えるにはまだ短すぎた。どこか授業の一環のようなお別れの儀式が淡々と進み、涙もなく終わった頃、窓から外をのぞいていたマサシという少年が声をあげた。

「あ、べーエムべーだ。左ハンドルだ」

　マサシは裕二と同い年で、同じぐらい車好きの少年だった。こっちへ来てみろという顔で裕二を見た。裕二も窓からのぞいてみる。濃紺のＢＭＷから、坂井が降りるところだった。

　マサシが裕二の顔をまじまじと見た。

「もしかしてユウジ君、あのひとの子供になるの？」

　マサシはおなじ車好きということもあって、入所の日から裕二に親切にしてくれた。どんないきさつでここへ来たのか聞く機会もなかったが、はきはきしゃべる元気のいい少年だった。ただ、左の耳が不自然な形にゆがんでいた。そして、その理由を訊いてはいけないような気がしていた。

　マサシはこの施設では古株のようなので、裕二が養子になるという情報を職員から仕入れたのかもしれない。

「わからない」

窓から離れ床を見つめたまま不機嫌な口調でこたえた。そうなんだ、あの人と暮らすんだよ、と答えることは、マサシやほかの子に申し訳ないような気がした。しかしマサシは気にする様子もなく、裕二の肩をこづいた。

「だったらすげえな。ベーエムベーだぜ。あれに乗ってドライブか。ユウジ君いいなあ。たまにはさ、乗せてくれよ。おれ、まだ当分ここにいるからさ」

マサシはわがことのように喜んで、身体をゆすりながら窓の外に見入った。

「あ、こっち来る。あの人かっこいいよ。早く見てみなよ」

マサシに腕を取られて、もう一度窓際に引き寄せられた。自分でもわからない理由で涙が湧いてきた。あわてて目をしばたたかせたが、ごまかせそうになかった。裕二はマサシに摑まれた腕を振りほどき、たったひとつの荷物であるスポーツバッグをつかんで走りだした。

「あっ、ユウジ君」

マサシのほかに二、三人が声をかけたが、裕二は振り向くことも声をたてることもせずに、職員たちがいる部屋を目指して走った。

新しく住む家は東京都の南西にあった。

多摩川を越えればすぐに神奈川県という、二子玉川園駅から歩いて十分ほど、大きな邸宅が並ぶ一帯の、坂を登り切ったあたりだ。

　前に住んでいたアパートの部屋からは、子供たちが遊び回る大きな声がいつも聞こえていたが、このあたりでは路上で鬼ごっこをするような子供の姿をほとんど見ない。その代わりに、テレビのドラマに出てくるような身なりをして、両親と車で出かける姿をよく見かけるし、子供をしかりつける母親の怒鳴り声の代わりに、ピアノを練習する音があちらこちらから漏れてきた。

　坂井隆は独身だった。朝と夕に、鈴村《すずむら》美鈴《みすず》という少し変わった名前の中年の女性が、手伝いにやってくる。

　二階建ての洋風の家は、ひとり暮らしをするには少し大きすぎる気がした。「寝室」と呼ぶ部屋がいくつかあるのだが、この一室だけで、裕二が暮らしていたアパートの二間ぶんぐらいはありそうだった。

　そして隆との生活の中身は、家の造り以上に裕二が想像したものとは違っていた。

「あの方のことは前からちょっと知ってるんだけど、会社をいくつもお持ちで、お金持ちなんだよ」

　引き取られることが決まった日に、施設の荒川所長がそう教えてくれた。知り合いであることがなんとなく自慢のような口ぶりだった。

　それを聞いて、裕二にも多少の期待はあった。おとぎ話のような生活を望んだわけではないが、朝食は焼きたてのパンとコーヒーが湯気をたて、冷蔵庫には新鮮な牛乳やオレンジジュースが並んでいて、年に何回かは夕食のテーブルにケーキが置かれる、そんな絵を漠然と心に描いていた。

実際には、たとえば朝食は焼き魚とおひたしに野菜の煮付け、少し茶色いご飯に豆腐のみそ汁、といった具合に和風の献立が多かった。しかもどれも薄味である。裕二は最初の晩、おひたしや一夜干しに醤油をかけまわして、鈴村にたしなめられた。

「裕二さん、身体に毒ですよ。どれにもちゃんと味がついていますから、素材の味をかみしめてみてくださいね」

叱られた裕二は、思わず向かいに座る隆の顔をうかがった。救いを求めたわけではない。隆も怒っていないか気になったからだ。

しかし隆はちらりと裕二に視線を走らせ、右目を素早くつぶった。テレビの外国映画では見たことがあるが、本物のウインクを見るのは初めてだった。

鈴村という手伝いの女性は、隆よりも年上に見えた。はじめは夫婦のような関係なのかと思ったが、三日も過ごすころには、坂井に雇われて、通いで食事や洗濯をしに来る女性なのだと理解した。

雇い主である以上、この家のことは隆に決定権があるはずだと子供心に思ったが、隆が鈴村に対して命令口調で喋るのを聞いたことはなかった。

醤油事件のときも、隆はキッチンに何かを取りに戻った鈴村にわざと聞こえるような声で言った。

「ぼくも最初はね、鈴村さんに叱られた。たしかに薄味だけど、美味しいからそのまま食べてごらん」

キッチンでそれを聞いた鈴村が、得意げにほんの少し背中を反らせるのが見えた。隆が嬉しそうに続ける。

「年のせいかやっぱり日本食がうまくてね。それと、最近血圧も下がって体調がいい」

裕二は、湯気のたちのぼるやわらかい鯵の身をほぐし、口に運んだ。海水がしみ込んだそのままと思われるほんのりとした塩味が、旨味とともに口に広がった。

少し茶色いご飯にも最初はとまどった。こういうのは、アパートにいたころ何度も食べたことがある。炊いてから何日も経って、臭くなっている米だ。おそらくそれが原因で腹をこわしたこともあった。これはあれよりも色が濃い。

とまどっている裕二に隆が説明した。

「その、少し茶色い米は『玄米』といって、栄養がたくさんあるんだよ。本当は少し硬いんだけど、鈴村さんが工夫して柔らかく炊いてくれているんだ」

言われたとおり口にすると、嚙むほどに味がするような気がして驚いた。

そして料理の味つけもそうだが、食材ひとつひとつにこだわりを持っているという事実が新鮮だった。今までは、父親が茶碗に押し込んだ冷飯に、何回も沸かし返した具のないみそ汁をかけてかき込む姿を、いやというほど見てきた。

もっと驚いたのは、小鉢に入っている漬物が、ぬか漬けやしょうゆ漬けではないことだった。キュウリや大根、人参にまで酸っぱい味がしみ込んでいる。口にした瞬間裕二は、思わず口からはき出してしまった。腐っていると思ったからだ。

あわてている裕二を見て、二人は笑った。これは「ピクルス」といって、酢につけてあるのだと聞かされた。驚くことばかりだ。

ピクルスの味にもすぐに慣れ、しかも好物のひとつになった。なかでもオリーブという木の実が好きだった。皿に盛られていると裕二が際限なく食べてしまうので、鈴村が一度に出す量を少なくしてしまったほどだ。

ただ、隆が必ずしも鈴村のメニューに何の不満も抱いていない、というわけでもなさそうなことに気づいた。

週末の昼間は、鈴村の賄いはない。隆が家にいれば、みずから簡単な料理をつくることが多い。そんなときは、一転して洋風のメニューが多くなった。とりわけごくシンプルなスパゲッティが好みのようだった。

ある日「冷蔵庫にこれだけしかなかった」と、具材が小松菜だけのスパゲッティを作った。

そんなはずはないので、もしかすると、ふだん小松菜のおひたしを裕二が残すことに気づいていたからかもしれない。たっぷりのオリーブオイルとニンニクに、味付けは塩がメインで、香りづけ程度に醬油が入っているようだ。

小松菜の緑色を見て食欲が減退したが、せっかく作ってくれた隆の機嫌を損ねないためにも、なんとか食べようと思った。

小松菜があまり混じらないように、麺を狙ってフォークですくった。すると、オリーブオイルで煮込んだようにしんなりやわらかくなった小松菜の塊が、去年一年間に口にしたよりも多く混じってきた。

あわててフォークをふると、なぜか麺はほとんど落ちて小松菜だけが残った。しかたなくひと口食べてみて驚いた。いままで知っていた小松菜とはまったく違う味が広がった。なにか別な野菜ではないかと思い、もう一度口に入れた。結局は、皿に盛られたスパゲッティを、緑色のひとかけらも残さずにたいらげた。

微笑みながらそれを見ていた隆は裕二と目が合うと、また右目をつぶってみせた。

隆はこれという好き嫌いはないようだったが、あるとき「焦げた肉だけはちょっと苦手なんだ」と告白した。

古くなってかちかちになったカレーパンに熱湯をかけ、「まだ食えるんだからもったいない」と囓っていた父を思い出す。おなじ陸続きのこの狭い国の中に、これほど生活習慣の違う人間が暮らしていることに、まだ八歳の裕二も驚いた。

連れてこられたころは、お城のように大きな家だと思ったが、周囲の邸宅に比べるとむしろ控えめともいえた。

洋風の建物は建ってからずいぶん経っているように見える。ただ、あまり樹木の生えていない、芝がしきつめられただけの殺風景ともいえる庭は、ちょっとしたキャッチボールができそうなほど広かった。

「この庭が気に入って決めたんだ」テラス窓から庭をながめながら隆が説明した。「さっぱりしてるだろ。木が鬱蒼《うっそう》と生い茂るのはあまり好きじゃなくてね」

そのほかにも、隆は車を運転することも好きなので、東名高速や首都高のインターチェンジが近いわりに、騒音も排気ガスも感じないこの場所が気に入っているというようなことも言った。

たしかにガレージには、裕二を迎えに来たときに乗っていたBMWのほかに、趣味で乗るのか、ずいぶん走り込んでいるように見えるジープのチェロキーがあった。工具類も、簡単な修理は自分で済ませられるほど揃っていた。

母屋の一階には、間仕切りのない十五畳ほどのリビングダイニングがあり、そのほかに、誰かが弾くのを見たことがないアップライトピアノが置いてある洋間と、鈴村が控え室に使っている少し小さめの部屋があった。二階には四室あり、裕二はそのうちのひとつ、南東角の部屋をもらった。

すでに机や本棚が置いてあった。裕二のために買ったばかりの新品ではなさそうだったが、子供の目から見ても高価そうな家具だということはわかった。

これがきみの机だから今後は好きに使っていいと言い残して、隆が部屋を出ていったあと、裕二はしばらく机の上をなでまわし、そのひんやりとした木の手触りを楽しんだ。

ポケットからお守りを出し、机のすみに置いた。

「ユウジ君いいなあ」

マサシの声が聞こえたような気がした。

小学校は、地域にある公立の学校へ通うことになった。周囲では「私立」の学校へ通う小学生も少なくないようだった。

家の近所を少し探検してみたが、草野球ができそうな空き地もないし、子供たちが何人も集って大騒ぎする姿も見かけない。克明たちとよくやった「缶蹴り」や「三角ベース」を懐かしく思いながらも、学校から帰ったあとは家で本を読むことが多くなった。

食生活に関しては、裕二がなんとなく想像していた「お金持ちの食事」とは少し違っていたが、予想すらしなかったよいこともあった。

裕二が読書好きであることを最初の出会いのころから知っていた隆は、知識に関するものは惜しみなく与えてくれた。自分で好きな本があればいつでも買って良い。そう言って、一万円ほどの現金が入った小さなポーチを渡してくれた。

「買う前に許可を求める必要はないよ。レシートを入れておいてもらえば、定期的に鈴村さんに補充してもらう。これで足りなかったり、ひとりで行くのが心配なときは鈴村さんに頼みなさい」

そんなふうにも言ってくれた。

夢のように嬉しかったが、まだ小学三年生の裕二が歩いていける距離には、知っている限り小さな書店が一軒しかなかった。かといって、鈴村に渋谷や新宿——当時は具体的にはその名を知らなかったが——まで連れていってと頼むこともできない。結局は、訊かれるまま隆に頼むことになる。

隆は平均して週に一度ほど、裕二のリクエストに応じて星や宇宙に関する本を買ってきたし、歴史物語の本、昆虫や植物動物にはじまって魚類、鳥類などの図鑑一式も買いそろえてくれた。ひと月もすると地球儀、月球儀、天球儀が三つ揃った。

あるとき、隆がこんなことを切り出した。

「きみが、大学までつながった私立の小学校に行きたいというのであれば、今から編入の手続きはする。いくつか心当たりはあるしね。だけど強要はしない。人はそれぞれしたいことや得意なことは違っているからね。ぼくの価値観を押しつけるつもりはないよ」

裕二は、このまま公立の小学校に通うことを希望した。

なにかことを決めるたびに、隆は裕二の意見をまず聞いた。それがそのまま通らないこともあったが、なぜそうしないのかをきちんと説明してくれた。

一緒に暮らしはじめて、ちょうど三カ月が経った夜、隆はいつになくあらたまった口調で裕二に話しかけてきた。夕食が始まる直前だったが、なぜか鈴村も少し離れた場所で手を休めて成り行きを見ている。

「さて、どうだろう」真剣な目つきだった。「ぼくたちは親子としてやっていけそうかな。つまり——きみを正式に養子としてぼくの戸籍に迎えてもいいだろうか」

一緒に暮らしているだけではいつまで経っても親子とはいえない。それはわかっていた。

裕二の答えは決まっていた。

それでも黙ってうなずくのがせいいっぱいだった。はい、という言葉に出すと目から涙があふれてしまいそうな予感がした。

「そうか」短く答えて、隆は両手のひらをこすりあわせた。「そうか」それがうれしいときの隆の癖だった。

「正直にうちあけると、そういってもらえるだろうと思っていた。だから買っておいた」

隆はそういって、右目でウインクした。すっと立ち上がり、冷蔵庫から裕二の好きなジンジャーエールと、自分のためにシャンパンを出して来た。

裕二が思わず耳をふさいだほどの派手な音をたてて、シャンパンの栓が抜かれた。それが合図だったかのように、鈴村が料理を運びはじめた。

ほとんど名前のわからない料理が並んでいった。ふだんと違って洋風のメニューも多かった。茶色い液体のかかった薄切りの肉は、中心部がピンク色をしている。グラタンと呼ぶらしいものの上ではチーズがとろけている。色鮮やかなサラダ、魚介のたっぷり入ったスープ、和風のメニューもあった。おひつには、やはり具だくさんのちらし寿司、いくつかの刺身に魚の煮付け。とても食べ切れそうもない。

配膳が終わると、裕二がこの家に来て以来はじめてのことだったが、鈴村もテーブルに座った。

「記念日だから、一緒にとお誘いしたんだ。そして、今日だけは特別にきみの好きそうな料理にしてもらった。だけど――」

隆はテーブルを見回してから、いたずらっ子のような笑みを浮かべ声をひそめた。

「ちょっと気合いが入りすぎだと思わないか」

隆は、鈴村の前におかれたグラスと自分のグラスにシャンパンを満たした。そして裕二のコップにはジンジャーエールを。

「では、いただきます」

隆の発声を合図に、三人でご馳走と戦いはじめた。裕二はしばらく、生まれて初めて目にし口にした料理に感動していた。しかししだいに、料理をテーブルに並べるときも、食事がはじまってからも、ひと言も口をきかず、真っ赤にはらした目をハンカチでぬぐい続けている鈴村のことが、気になってしかたなくなった。

日頃はあまり優しい口はきいてくれず、調味料は足すなだとか洗濯物はすぐに自分でたたんでタンスにしまえだとか小言ばかり言うのは、本当は自分のことが嫌いなのではないかと思っていた。

「ほんとによかった」

鼻をすすりながら、鈴村がようやく声を絞り出した。

それからまもなく、津村裕二は坂井裕二となった。

姓が変わり、新しい父親ができても、日常生活はまったく変わらない。

朝、起きる頃には鈴村が朝食の支度を済ませている。学校へ行き帰ってくると、クッキーやドーナツなど手作りのおやつが用意してある。遅くともそれを食べ終えるころには、鈴村が午後の賄いにやってきて、仕事をはじめる。

料理だけではない。午前中に干しておいた洗濯物が乾けばとりこみ、ゴミをまとめ、簡単に庭の手入れもする。そうして夕食の支度を終えると帰っていく。

ほとんど不満をいだきようのない毎日だったが、裕二が養子になったころから、隆は留守がちになった。二日ほど連続で帰宅しないこともめずらしくない。

「お父様はとてもお忙しい方なのよ」

裕二の疑問を察して、鈴村が説明した。

「会社をいくつも持っていらして、しかもそれが大阪だとか九州だとかにもあって、しょっちゅうあちこち飛び回っていらっしゃるの。裕二さんが来る前は一カ月くらい帰ってこないこともあったのよ」

それがとても嬉しいことのように話した。

幸せな時間は早く過ぎ去ると本に書いてあったが、たしかに坂井裕二となってからの日々は、あっというまに過ぎた。

裕二の通知表には、ほとんどの教科で五段階評価の「5」が並んだ。特に算数と理科が得意でもあり、好きだった。

ただ、三年生になる直前に負った大怪我のため、走ることが苦手だった。徒競走やドッジボールのときに、どうしても右足をわずかにひきずるようにして歩く。その姿を見て笑っている級友が何人かいることは知っていたが、目立ったいじめというほどには発展しなかった。

やがて小学校を卒業し、通学区内にある公立中学に進学することになった。入学祝いに何が欲しいと聞かれ、遠慮がちに「望遠鏡」と答えた。

「どの程度の倍率のものが欲しいんだい」

「月のクレーターが見られるくらいの」

隆はにやにやと笑いながら、もう一度聞いた。

「ほんとうは？」

裕二は、すぐには言いだしかねて、しばらく膝のあたりをこすっていたが、意を決して答えた。

「木星の大赤斑《だいせきはん》が見てみたいです」

「わかった」

とうとう望遠鏡を買ってもらえる――。

思い出すたびに、つい顔がほころんでしまうほど嬉しかったが、その一方で機材のグレードには、それほど期待はしていなかった。

金を出し渋るという意味ではない。これまで話をしていて、隆の天文に関する知識は裕二にさえはるかに及ばないことはわかっていた。

おそらく隆ならば、都心のデパートの文具売り場へ、望遠鏡を選びに行くだろうと思った。そうすれば、相談された店員は用途を聞くだろう。そのやりとりが目に浮かぶようだ。

——中学一年生が趣味で使うんです。

——それでしたら、入門機としてはこちらの型は人気がございます。

おそらく隆は、勧められた中で最高クラスのものを買ってくれるだろう。だがそれは口径が五十ミリかせいぜい六十ミリの望遠鏡にちがいない。それだって中学生の玩具としては、相当高価だ。自分にはもったいないかもしれない。そう、それで充分贅沢なのだ。

一方で、話に聞く級友たちの父親と、隆は少し違うとも感じていた。至極常識的なことを言うくせに、型やぶりなところもある。それは鈴村さんもいつも言っている。あの方はときどきとっぴなことをされるから、驚いてしまいます——。

だから、もしかすると、と想像はふくらむ。うまくすれば八十ミリクラスの屈折式を買ってもらえるかもしれない。

「もしかしたら、八十ミリかもしれない」

口に出してみた。もしもそんなことになったら、嬉しすぎてどうにかなってしまわないだろうか。もしもそんなことになったら、自分は毎晩星空をながめるだろう。もしもそんなことになったら、自分はどんな感謝の言葉を返せばいいのだろう。もしもそんなことになったら――。

数日後、夕食の席で隆がついでのように言った。

「言うのを忘れていたけど、明日、ご希望のものが届くよ」

隆は自ら楽しんでいるときはきまってそうするように、右目で素早くウインクした。

「残念ながら、ぼくは仕事で遅くなりそうなので、荷物が届いたら開けてかまわないよ」

「ありがとうございます」

鈴村さんには申し訳ないと思ったが、そのあとの食事の味はわからなかった。

その夜、裕二は寝つけなかった。しかたなく、本棚二段分を占める星や宇宙に関する写真集を片っ端から眺めた。

ふと気づいて時計を見れば、深夜の一時をまわっている。いくら春休み中とはいえ、さすがにそろそろ寝なければと思いベッドに入るのだが、目がさえて、眠りの扉の向こうへ行くことができない。

しかたなくベッドサイドの灯りをつけ、夜が白々明けるまで頁をめくり続けていた。もちろん枕の下にお守りを入れることを忘れなかった。

ごく短い時間うとうとしただけで、鈴村が朝食の支度をはじめるころには、また目が冴えてしまった。

「なんだか眠そうな顔をしているから、もう少し寝ていたほうがいいと思います」

学校の先生のような口ぶりの忠告に逆らって、なんとか昼までは起きていたが、昼食に用意してくれた具の多い焼きうどんを食べ終えると同時に、気を失うように寝込んでしまった。

銀河宇宙を旅する長い夢を見て、ようやくリビングのソファから起きあがったときには、すっかり窓の外は暮れていた。鈴村が毛布をかけてくれたようだ。

「そんなところで寝て風邪ひきませんか」

キッチンで夕食の支度をしながら鈴村が声をかけた。それどころではなかった。

「なにか届いてますか」

「なにかってなんです？」

「なにか、荷物」

「べつになにも届いてないですよ」

いくつもの感情が同時に湧きあがった。これはなにかの間違いなのだろうか。隆が嘘をついたとは思えない。到着の日を勘違いしたのか。それとも運搬の途中で事故でもあったのか。間違って近所の似た名前の家に配達されてしまったのではないか。あるいは配達人がたまたま望遠鏡に興味があって、横取りしてしまったのではないか。

ごく短い時間に、それだけのことを考えた。深刻な顔でしょげている裕二に気づいて、鈴村がコンロの火を止めた。

「ごめんなさいね。ごめんなさいね。そんなに楽しみにしてたなんて思わなくて、ちょっと意地悪してしまいましたよ。だって、ご飯を食べるのも上の空だったから」

裕二が顔をあげると、鈴村が困ったような笑みを浮かべていた。

「ほら、ちゃんとそこに届いてますよ」

言われてみれば、ステレオセットの脇に、荷造り用の紐を巻いた段ボール箱が、三個置いてある。かなり大きな箱だ。

裕二はソファから飛び降り、これが望遠鏡本体だろうと思われる箱を持ち上げてみた。重い。想像していたよりはるかに重い。

はさみを持つのももどかしく、大慌てで紐を切り蓋をあけると、発泡スチロールに挟まれて白い筒状の鏡筒があった。

裕二はそれをかけがえのない宝物のように抱え、そっと取りだそうとした。発泡スチロールと箱の摩擦でなかなか抜けず、ようやく持ち上がった勢いで、包みを抱えたまま後ろに転がった。ソファに後頭部をぶつけたが、痛みなどまったく感じなかった。心臓の鼓動が速くなるのを感じる。

もしかすると、自分はとんでもない勘違いをしていたのかもしれない。そんなふうに思った。包みをそっと床に置き、両側の保護材を丁寧に取り除いた。胸騒ぎは収まらなかった。これは自分が考えていたものとは違う。これはきっと違う——。

二重のビニール袋から出した望遠鏡の本体をのぞいた裕二は、しばらく言葉もなくそのレンズに見入っていた。それは夢想していた八十ミリ級の望遠鏡ではなかった。

定規を持ち出して計るまでもなく、それは百十五ミリ級のレンズを備えた屈折式望遠鏡だった。雑誌などで読む限り、天体観測を趣味にする大人でも使っている本格的なものだ。

しばし見とれたあと、ほかの箱も開けた。がっしりした三脚、架台も星の動きに合わせて追尾できる、赤道儀式のものだった。

嬉しすぎて死んでもいいと思ったが、死んだら星が見られないと考え直した。

歓喜の一方で、あきれてもいた。中学生に買い与えるグレードではない。隆と話していて、むこうから星の話題が出たことはない。いったいどこで、これらのことを調べたのか。

裕二はそんなことを考えながら、息がかからないよう、少し顔を離してレンズの球面に見入った。これならば木星の大赤斑どころか、土星の環《わ》の観察もできそうだ。こんな幸運が自分の人生に起きていいのだろうか。

「だけど——」この機材一式で、おそらく三十キロほどあるだろう。鈴村が何かを刻むリズミカルな包丁の音しか聞こえないリビングで、天体望遠鏡のボディをさすりながら、つい笑みとひとり言をもらした。

「車の運転もできないのに、この一式、どうやって運べばいいんだろう」

5　清田千遥（一九八八年　三月）

母はずいぶん早起きして、生鮮市場に出かけたようだった。

やはり久しぶりの客に気が昂《たかぶ》ったのかもしれない。あるいは、坂井裕二が生の桜えびに感動していたことに、気をよくしたのかもしれない。母の心の中をのぞくことはできないが、いずれにしてもあと一泊で坂井は東京へ帰ってしまう。

はじめにわたしが期待した奇跡など、やはり起きそうもなかった。

坂井が起きてくるのを、留守番役のわたしは調理場の椅子で待っていた。ここなら、降りてきた坂井が廊下を歩くのが見えるからだ。

食事は部屋でなく、玄関脇の「待合い処」でとってもらうことになっている。宿をやっていたときの原則では、釣り客が多かったこともあり、朝食は七時半までだったが、母が八時までならいいですよと甘やかした。

だから坂井は八時ぎりぎりに起きてくる。昨夜も門限の十一時を少し回ってから帰ってきた。星を見るのはそんなに楽しいのだろうか。わたしも浜辺へ見に行ったが、感傷という調味料を加えても、眺めているのは三十分がせいいっぱいだった。

坂井を待ちながら、調理場の隅に置いたテレビをつける。朝のワイドショー的な番組で数人が元気にしゃべっている。東京に昔からあった『後楽園』という野球場のかわりに、屋根がついた『東京ドーム』という新しい野球場ができたらしい。『後楽園』にはたしか遊園地もあって、東京へ親戚の法事で出かけたついでに、家族で一度だけ遊びに行ったことがある。父とジェットコースターに乗った。わたしより、父のほうが大きな悲鳴をあげていた。いつも船に乗っているのに怖いの？　と訊いたら、海には地面がないからなと笑っていた。あの遊園地はどうなったのだろう。

「おはようございます」

坂井裕二は、昨日とおなじように寝癖がついたままの髪を押さえながら戸口に顔を出した。

「あ、おはようございます。いま、お茶お持ちしますね」

昨夜のバイクの一件はなかったかのように、なんとか笑顔で挨拶できた。さっきから何度もほほえむ練習をしたせいで、かんじんなときにほおのあたりが少し強ばってしまった。

「すみません、毎朝ぎりぎりで」

坂井が寝癖の直っていない頭を下げる。顔を上げたときに、目が合った。

「大丈夫です。ほかにお客さんもいませんから」

つい、思っていることと違うことが口から出る。顔もいくらか上気していたかもしれない。理屈では説明できない。奇跡を起こす力はなさそうだが、この坂井という人物は、冷たく突き放すことのできない不思議な魅力を持っている。

待合い処に座った坂井にお茶を淹れてやってから、出かける前に母が用意していった朝食の膳を運んだ。給仕をしながら話題を振る。

「昨夜は晴れていましたけど、星はよく見えました？」

「おかげ様で。あの展望台は北面以外の三方、だいたい二百七十度くらいが水平線近くまで見えるので、条件はいいですよ。灯りの邪魔がないし」

「よかったですね。天体望遠鏡だとよく見えるんでしょうね」

坂井は少し考えてから返事をした。

「持ってきましたが、昨夜は双眼鏡タイプを使いました。なんとなく空を広く見たくて」

「見る物で望遠鏡が違うんですか？」

「まあ」坂井がどう説明しようかとこまったらしい笑みを浮かべていた。「説明すると長くなりますが」

「ごめんなさい、お食事の邪魔ですよね。済みましたら、呼んでください」

調理場に戻り、つけっぱなしにしているテレビをぼんやりと見ていると、母が帰って来た。

「悪かったわね。まかせて」

元気いっぱいだと思っていたのだが、この二日ほど急にはりきったことの反動か、少し疲れが顔に出ているように感じる。

「大丈夫？　無理しないほうがいいよ。今夜の夕飯、わたしが作ろうか」

「そうもいかないでしょ」

疲れた表情に笑みが浮いた。

「だって坂井さん、明日は東京にお戻りでしょ。帰る途中でお腹の具合でも悪くなったらお詫びのしようがないわ」

「ねえ。それ、どういう意味？　まあ、それだけ悪口が言えれば元気な証拠ね」

食事を終えるころを見計らって、こんどはコーヒーを淹れてやった。

頼まれもしないのに淹れてやったくせに、やはり好待遇すぎるな、と自分に腹が立つ。母の桜えびも似たようなものなのかもしれない。

しかしひとくち飲んだ坂井が「とても美味しいです」と笑みを見せたとたん、腹立ちは消えた。

そのまま待合い処の椅子に座り、今日の天気の話でもするように、坂井自身のことについていくつか質問した。

――東京では家族と暮らしているのか。

――学生生活は楽しいか。

――この町では、星を見る以外にどんなことを調べているのか。博物館が建つのか。

坂井は淡々と質問に答えた。父親と二人で暮らしている。わりと広く古い家にふたりきりなので、子供のころは少し恐かった。学生生活はそこそこ楽しい。

この町で調べていることについても、きちんと説明してくれた。白亜紀だとか玄武岩だとか、そのほか専門的な言葉を持ち出して熱心に説明したが、わたしにはほとんど理解できなかった。しかし、博物館の計画のことは知らなかったようだ。本当に大学の学問的な調査で来たらしい。もしもおもしろい化石でも見つけたら、調べたあとで町に提供しますと軽く笑った。

時計を見ると、すでに午前九時二十分を少し回っている。

「ああ、もうこんな時間だ。いっけない。遅刻する」

『村山理髪店』には九時半までに出ることになっている。ギリギリに飛び込むのは毎度のことだが、それにしても大急ぎで支度をしなければならない。

「それじゃ、ぼくも」

「あの」

わたしの呼びかけに、腰を浮かしかけた坂井の動きが止まる。

「何か?」

「――いえ、お気をつけて。岩場で転ばないように」

坂井はちょっと驚いたような表情を浮かべてから、笑みを返した。

「ありがとう」

大あわてで部屋にもどり、ニットシャツの上からパーカーを羽織り、両足同時にジーンズをずりあげてバッグを持った。化粧もせずに飛び出す。

スーパーカブを見て驚いた。カバーが元どおりになっている。

そういえば、夜中に庭のほうから、何だかがたごと音がすると思った。めずらしく早めに寝ついていたわたしは、夢うつつに、どうせまた望遠鏡でも運んでいるのだろうと思っていた。

これを直していたのだ。

「菊の間」があるあたりを見上げる。詫びと礼を言いたいが、時間がない。そのままシートにまたがってセルのボタンを押す。急いでいるときに限ってかかりが悪い。しかたなく、キックスタート用のアームを出して——不器用だからあまりやりたくないのだけれど——体重を乗せて一度、二度、蹴り下げる。三度目でようやくエンジンがかかった。

しぶしぶヘルメットをかぶる。一昨年から原付バイクに乗るときでも義務化された。理髪店まではバイクで一分、ガラガラと派手な音を立てて疾走する。坂井でも異音までは直せなかったのか、それともまたわたしが怒るからあえてそのままにしたのかわからない。たぶん後者ではないかという気がした。

店のわきの空き地にバイクを停め、店に飛び込む。息をきらしながら時計を見ると、九時三十分あたりを指している。秒針がないので間に合ったことにする。

「すみません」

ワゴンの上に、鋏《はさみ》や櫛のセットをしている村山マスターに、一応頭を下げた。

「ちょうど、早朝組が一段落したとこだよ。ほかに客もいないし。あわてなくていいよ」

ぼそりと答えた。いつもどおりの無愛想だが、怒ってはいないようだ。おかみさんは奥で家事かひと休み中だろう。

本来、まずは白衣に着替えるのだが、先に蒸し器に火をつけることにした。いちばん奥まったところにある、金属製の蒸し器の前に行く。これが最初の仕事だ。実は早朝に一度おかみさんが火を入れるのだが、早朝の客が引けるころに一度火を落としてしまう。再点火がわたしの役目だ。

昨日のうちに洗っておいた赤い線の入ったタオルを、水に濡らし軽く絞ってくるくると丸め、ふたを開けた蒸し器の底に並べていく。このタオルは髭を当たる前に蒸すためのもので、載せるほうも載せられるほうも「あつ、あつ、あつ」となる。赤い線はただの模様だと思っていたのだが、「このラインを鼻筋に当てれば顔の中心に来る」という意味があって、ちゃんと「赤線タオル」という名前まであるらしい。

赤線タオルを並べ終えたら、ガス栓をひねりながらそっと着火用のライターを近づける。なんどやっても緊張する「ボンッ」という小爆発を起こして、無事バーナーに火がつく。強すぎず弱すぎない火力に調整して二十分もすれば蒸しタオルの完成だ。

最近は電気式に替えるところが多いらしいが、この店は昔ながらのガスタイプにこだわっている。

蒸し器の湯が沸くあいだに、白衣に着替えた。どうもさっきから頭が重い気がしていたが、鏡を見て驚いた。まだヘルメットをかぶったままだった。あわてて脱ぎ、ぺしゃんこになった髪を手櫛でとかした。

マスターは当然ヘルメットに気づいていたはずだが、たぶん教えるのが照れ臭かったのだろう。

次の作業にとりかかる。

昨日、自分が帰ったあとに溜まった使用済みタオルが入った籠をもち、裏口に回る。

二槽式の洗濯機にタオルを放り込み、洗剤をふりかけ、水道栓をひねる。

適当なところで水を止め、タイマーを十五分に合わせ、次に竹箒と大型のチリトリを持って表に回る。これは「文化チリトリ」と呼ぶらしい。長い取っ手がついていて、持ち上げるとくるりと回転して蓋が閉まり、ごみが落ちないしくみになっている。『清風館』でもひとつ置けばいいのにと、ふっと思うことがあるが、休業状態にあることをすぐに思い出す。

店の前の歩道と車道の路肩、さらに両隣の分まで掃き掃除をする。ごみの始末をして、わたしに課せられた朝の作業は一段落となる。

店の中に戻ると、客が一人入ってマスターが刈り始めたところだった。

ちょうどそのとき、窓の外を坂井が乗ってきた車が通り過ぎて行った。頭を刈られていた客が言った。

「お、ランクルだ。おれもあれ欲しいんだよね」

ウインドーに朝日が反射して、運転席で坂井がどんな表情を浮かべていたのか、もしかしたらこちらを見ていたのか、まったくわからなかった。

今日も定時前に仕事をあがらせてもらい、リストにある買い物を済ませ、いつものようにバイクをガラガラと鳴らし、少なくとも百メートル四方に存在を知らしめながら帰宅した。

「ご近所さんにご迷惑」と口癖のように説教していた母も、ここ数日は何も言わなくなった。

風呂場の前を通るとき、中から桶の音が聞こえた。ようやく夕方の五時になろうかという時刻だ。野菜を冷蔵庫にしまうためキッチンに入ると、母が夕食の準備を始めているところだった。

「誰かお風呂に入ってるの？」

荷物を整理しながら母にたずねる。誰かといっても答えは決まっている。

「坂井さんがシャワー浴びてるのよ。まだ沸いてないって言ったんだけど、埃まみれになったからシャワーで流したいって。——ねえ、それより千遥」

買い物の中身を吟味していた母が顔をあげた。

「坂井さんをお祭りにご案内したら」

「お祭り？」

「お夕飯の支度は、お母さんだけですませておくから」

今日から三日間、春の彼岸であるこの時期は、地元の千里見神社の春祭りがあることを思い出した。今年一年の豊漁と豊作を祈って桜がぽつぽつほころびはじめるころに毎年行われる小さな祭りだった。

「やだよ。坂井さんはそんなものに興味ないでしょ」

即座に拒否した。しかし、母は一度言い出すとしつこいところがある。わたしは言い争いになる前に自分の部屋に逃げ、ＣＤを聞きはじめた。

十分ほどしてノックの音がした。

「坂井さんがお祭り行きたいって。案内してあげて」

まったく、余計なことをして――。

クッションを壁に投げつける。好きなロックバンドのポスターは避けて。

おそらく、坂井も断れなかったのだろう。しかたがない、自分で謝ろうと思った。

「わかった。いま行くから」

わざと不機嫌そうに答えたが、母に伝わったのかどうかわからない。

断ると決めたが、念のためシャツとジーンズを取り替えた。

洗面所で顔を洗い、薄く化粧をした。明るいブルーのパーカーを羽織った。坂井も一見似たようなパーカーを着ているが、あれはわたしでも知っている有名なアウトドア向けファッションブランドだ。ロゴが、胸のところに入っているのですぐわかる。わたしが持っているのは地元の大型スーパーで買ったものだ。

待合い処へ降りていくと、坂井が外出する恰好で星の写真が載った雑誌を見ていた。おそろいのようなパーカーを羽織ったわたしに気がつくと、笑みを浮かべながらよろしくお願いしますと頭を下げた。

「バイク、直していただいてありがとうございました」

「いえ、カバーを元どおりにはめただけですから。こちらこそすみませんでした」

嫌な間が空きそうなところへ母が顔を出し、浴衣を着て行けばいいのに、と言った。めんどくさいからいいよ、と答えた。

すでに、行くのは止めましょうと言えなくなっていた。

坂井を案内して外に出る。二、三分国道に沿って歩き、山側に折れて東海道本線の踏切りを渡ると、ゆるやかな上りになる。すでに山道のはじまりだ。この坂道を五分ほど登れば、すぐに石段が見えてくる。これが千里見神社への登り口だ。

石段が見えたあたりで、笛や太鼓の音が聞こえてきた。もう踊りがはじまっているらしい。豊漁豊作を願って神に捧げる踊りだ。

「ここから、けっこうきついですよ」

声をかけて先に階段を上った。途中立ち止まって坂井をふり返る。一定の間隔をあけてしっかりついてきている。息を切らしているようすもない。少し見直した。その姿勢のまま視線を上げ、遠方に向けると、残照を照り返す海がきらきらと光っていた。

階段をゆっくりと上りながら、千里見町という名の由来について説明する。

その昔、なんとかいう偉いお坊さんが笠取山の頂で、「ここからならば千里の先まで見渡せる」と感嘆したという故事から、この名がついたと言われている。

途中で立ち止まり、もういちど海を眺めた。たしかに、ほとんど暮れゆく空と海との境界が溶け合うあたりまで、はるかに見渡すことができた。坂井も隣に立ち、同じように海を見ている。

坂井はわたしが話す町名の由来について、感心したように聞いていた。ただ、理由はわからないが、彼はすでに知っていたのではないかという気がした。

神社の境内に組まれた仮設の舞台では、色とりどりの衣装をまとって踊っている若者達がいた。太鼓や笛のお囃子を受け持っているのは、青年というよりまだ小中学生に見える子供達だった。

舞台を囲むように、境内や参道沿いには出店《でみせ》が並んでいる。日本の郊外にいけばどこにでもありそうなごくありふれた祭りだ。

わたしたち二人はしばらく踊りを見たあと、どちらから誘うということもなく、出店をのぞきながらぶらぶらと歩いた。

境内の真ん中あたりの少し幅が広くなったところに射的場があった。

「やってみませんか」

坂井が誘った。

「わたし、運動オンチだから、お金がもったいないのでやめておきます」

「でもせっかくだから。──おじさん、弾二皿下さい」

坂井は、はちまきをした店主から五発で百円のコルク玉を二皿買い、ひとつをわたしに手渡した。

コルク玉の射的は、わたしがまだ幼かったころ、まさにこの祭りで父と一緒にやったことがあった。その遠い記憶を呼び覚まして、銃口からコルクを押し込んだ。どの景品を狙おうかとながめているうちに、パチンと乾いた音がして景品のお菓子が倒れた。左側を見る。撃ち終えた坂井が銃を持ち直すところだった。目が合ったので、わたしはあわてて自分の銃で狙いを定めた。

パチン。パンダのぬいぐるみを狙った弾は二十センチ以上離れたあたりを飛んで後ろのテントに当たった。

「残念」店主が景気のいい声をあげた。「お姉ちゃん、惜しいね」

もう一度同じぬいぐるみを狙った。こんどはさっきよりも近かったが、やはりテントに命中した。

「うん、惜しい。だんだん近づいて来た」

「あのう」

坂井が笑みを浮かべてこちらを見ている。

「よけいなお世話かもしれないけど、あれを狙っても弾がもったいないですよ」

「どういう意味ですか？」

「ちょっとやらせてください」

坂井は、ほとんどわたしに触れんばかりのところまで寄った。左腕を伸ばし、狙いを定める。半身になっているので正面がこちらに向く形になった。喉がむずがゆくなって、小さく咳払いをした。

「いいですか」

二秒か三秒の静寂――。

坂井の銃が音をたてた。コルクは糸で引かれたようにパンダに当たった。ぬいぐるみは一センチほど身をひねったが、倒れそうな気配すらなかった。

「というわけです」

坂井裕二がこの三日でいちばん大きな笑みを浮かべた。

「あれは当たっても倒れません。もっと背が高くて硬くて重心の高いものでないと。たとえば――」

そう言いながらパンダの三つとなりに置かれたラムネの空き瓶に載った小箱に狙いを定めた。金属質の光を放ち、高価な景品が入っていそうだった。

坂井が放った弾はラムネの口のところにあたり、ビンは前後にゆれた。しかしわずかにバランスを崩した程度で箱は落ちなかった。

「残念。もう少しだった」

ふたたび、短い静寂。次の弾は、見事に箱の真ん中に当たった。「命中！」となり声をあげた店主が落ちた箱をつかみあげた。坂井の手に渡す。

「お兄さん、商売あがったりだよ、手加減してくれよ」

坂井は苦笑しながら店主から箱を受け取る。

「バイクに触ったお詫びに、高そうなものだったらプレゼントします」

そう言って蓋を開け、笑い声をたててわたしのほうへ差し出し、中身を見せた。

「これはすごい」

その言葉に釣られて、わたしは顔を近づけた。箱だけは宝石の入れ物のように立派だったが、中に入っていたのはあきらかにプラスチック製の指輪だった。

「これじゃあ、お詫びになりませんね」

坂井が箱ごとポケットにねじ込もうとした。

「あの、いらないならください」

「いいですけど、ごみになるだけですよ」

「いいんです」

「そう、それなら」

騎士ではないが指輪をくれた。ふとそんなことを考えて、小さく笑ってしまった。

「何か？」

「いえ、なんでもありません」

「そろそろ帰りましょうか」

「はい」

射的屋から少し離れたあたりで、坂井がまじめな口調で言う。

「それにしても、さっきの指輪がもし本物のエメラルドだったら、この神社を丸ごと買えますね」

ぐるりとあたりを見回す。わたしもまねて空を仰いだ。ところどころ電球に照らされた黒い樹木のシルエットと夜空。星もいくつか見える。

「売ってはくれないんじゃないですか」

「神社でなくてもいいです。このあたりの土地を買い取ったら、ぼくは全ての街灯を永久に消して、お祭りのとき以外は毎日この場所から星をながめます。まわりを森に囲まれているから、住宅街に近い割に環境はいい」

千里見町でこんなことを言う人間に今まで出会ったことはなかった。少なくとも自分のまわりにはいなかった。

わたしも指輪のことで軽い冗談を返し、石段を帰りかけたとき、下から登ってきた三人組の男に気づいた。

そのうちの一人が早野聡《はやのさとし》だった。ほかの二人にも見覚えがある。

わたしはすれ違う瞬間、無理に指輪のことで冗談を言って、顔を坂井に向けていた。

早野の顔は見えなかったが、階段をのぼったせいでわずかに息を荒くしている気配は感じた。すれちがいざま「おっ」というような短い声が聞こえたが、早野の友人があげたものだろうと思った。連れの友人に肘でつつかれながら、あいまいにうなずく早野の顔が想像できた。

そのままゆっくりと階段を下ったが、自分を呼び止める声は聞こえなかった。

「こんど天体観測に連れていってください」

石段をほとんど下りきったあたりで、自分でも考えていなかった言葉が口をついて出た。

「天体観測？」

坂井が立ち止まり、こちらを見る。

「星に興味があるんですか」

「お話を聞いて、なんだか見たくなってきました」

坂井はそうですかと答え、では機会があればとあっさりつけ加えた。

それきり清風館までの道のりは会話が途絶えた。坂井はなにか考えているようで、わたしはその思考を中断する勇気がなかった。

「ほんとに見たいですか」

いよいよ木戸をくぐるときになって坂井が聞いた。

「え？」

「星です。さっき見たいと言ったでしょう?」

「見てみたいです」

「だけど山の中にはトイレも自動販売機もないですよ」

「自販機はないけど、トイレなら展望台にあります」

あ、そうだったと坂井が笑った。

「さすが地元の人だ」

玄関で立ち止まった。

「じゃあ、また泊まりに来てもいいですか。ここ以外の旅館には泊まりたくないし、かといって野宿もしたくないので」

「母に言っておきます。いつごろになりますか」

気軽に「そのうち」というようなあいまいな返事をするものだと思っていたら、坂井はしばらく考え込んでしまった。

「ひと月ほど時間を下さい。梅雨になるまえに、なんとか都合をつけてみます」

真剣な坂井の表情を見て、この人は少なくともひとつひとつのことに誠実なのだ、と思った。

「ひと月後には、わたしはここにいないのです」とは言い出せなかった。

わたしはなかなか寝つけずにいた。

坂井裕二とたくさん話したせいだろうか。何年ぶりかで祭りをのぞいたせいだろうか。それとも早野聡とすれ違ったせいだろうか。

すべてが正解かもしれないが、やはり一番大きな理由は、今日もとうとうあのことを母に切り出せなかったことだろう。

母はよほどのことがないと、わたしの部屋に入ってくることはないから、押し入れの中に積み上げた段ボール箱には気づいていないかも知れない。

引っ越しというほど大げさなものではない。わたしが入る寮の部屋には、作り付けのベッドがあり、前の住人が残していったカラーボックスが残っているらしいので、必要最低限の身の回りの品を持って行けばそれで済む。ひとり分の寝具はすでに購入して、配送の手続きは済んでいるし、段ボール箱も宅配便で送ることになっている。

それでわたしはこの家の住人でなくなる。

毎朝、今日こそは「この家を出ていきます」と母に切り出そうと思いながら目覚め、明日こそはと決心しつつ眠りについて、四月はもう目前だ。

たまの観光客を除けば、理髪店の客を含めても、毎日顔を合わせる人間は三十人程度しかいない。

どこにいても干物と海藻の匂いのする町。夜になればどこからでも潮騒が聞こえる町。どこにいこうと山が優しく見下ろす町。白いカモメと白い雲と白い波が見える町。父の生涯があっけなく終わった町。母が笑いを失った町。希望が残されているかもしれないと信じていた町。

白馬の騎士など現れなかった町。

その町から、わたしはもうすぐ出て行く。

6　坂井裕二（十二歳～十六歳）

坂井裕二としての生活には、順調に慣れていった。

小学三年生までに受けた仕打ちのわりに、明るく素直な子供だと、転校した小学校の教諭に言われた。

ほめてくれているようだが、昔のことをどこで知ったのだろう。隆が話したのだとすれば、裕二の心に傷が残っている可能性があるからと、気遣ってくれたのかもしれない。

最後の交通事故から三カ月ほど経ったころ、隆につきそわれて、未成年者専門の精神科で診察を受けたことがあった。

半日ほどかけて、あれこれ質問されたり作文や絵を描かされた結果、事情を聞いているらしい担当医師が「この子供さんは奇跡的に心に深い傷を負わなかったようです」と大きくうなずいていた。

隆は、それでもまだ何かのきっかけで、ふいに嫌なことを思い出すかもしれないと考えたのだろう。

鈴村美鈴は相変わらず朝と夕の二度現れて、ほぼ完璧な家事をしてくれた。ときおりふともらす短い言葉には、隆の話以上に人生の指針となるようなものもあったが、個人生活の領域には立ち入ろうとしなかった。

たとえば、裕二が理由もなく偏食したようなときは、頑として残すことを認めなかったが、学校でのできごとを根ほり葉ほり訊いたりはしなかった。

あとになってあることに思い当たった。もしかすると彼女自身が〝家政婦〟の範疇《はんちゆう》を超えて〝母親〟の領域に踏み込まないようにと、言動を抑えていたのかもしれない。ただ、その理由まではわからない。

それでも、鈴村は裕二の顔色を見ただけで、裕二に今何が必要なのか——温かいココアなのか、消化がよく栄養価の高い食事なのか、あるいはもう一枚カーディガンを羽織るべきか、冷たいシャワーで汗を流すべきなのかを、ほとんど的確に見抜き、そしていつのまにか裕二に受け入れさせていた。

一方、父親となった隆については、いつまで経っても人間像を深く把握することができなかった。

たとえば友人に「きみのお父さんはどんな人？」と尋ねられて「こんな感じの人だ」と簡潔に説明することは困難だった。南の島でアロハシャツを着てくつろいでいるのが似合いそうな笑みを浮かべることもあったし、ときおりみせる感情を押し殺した表情は、冬のコンクリートのように冷たく乾いた印象を与えた。

そしてあいかわらず不定期に、一週間の半分ほどを留守にした。

裕二は、隆が家にいないときはリビングで時間を過ごすことが多くなった。望遠鏡の手入れをしたり、天文雑誌を飽かず眺めたり、ときたま学校の勉強もここでした。

鈴村は必要なこと以外は言葉をかけなかったが、たとえ口を開かなくてもお互いの耳にまるで糸電話がくっついているように、意思の疎通ができていると、裕二も、おそらく鈴村も思っていた。

しかし、隆の気遣いと鈴村の情愛にもかかわらず、幼少期に特異な育てられかたをした傷は、癒えてはいなかった。それはまるで山頂にしみ込んだ雨や雪が、長い年月を経て思いもしない場所からしみ出してくるように、徐々ににじみ出てきた。

結局、裕二が誰かに感動する姿をみせたり声をたてて喜んだりするのは、小学校を卒業した春休みに、屈折式天体望遠鏡をプレゼントされた日を最後に、しばらく封印されることになった。

中学に進んだ裕二は、試験の成績は上位だが、口数が少なく、椅子を三階の窓から投げ捨てたりしないかわりに、率先して学校行事に参加することもない存在になった。

反抗的ではないが従順でもない。教師に対する恭順という点においては、宿題の提出率が皆無に近い生徒や、学生服に煙草の臭いがしみ込んだ連中と、ほぼ横並びだと思われているようだった。

裕二はいつも「放っておいて欲しい」と思っていた。教師にもクラスメイトにも世の中のあらゆる人たちに、放っておいて欲しいと。

自分でもコントロールの利かない感情であり、なぜそう感じるのかわからないことで、一層いらいらが募った。

気分しだいでは、ろくに返事もしない裕二の態度を、教師の一部は反抗的であると目の敵にしはじめていた。わざと難しい問題ばかりあてるのなどはましなほうで、裕二の存在を完全に無視するという、いじめのような扱いも受けた。

その反面、裕二の過去を知って同情し、なんとかして乾いてしまった、あるいは凍ってしまった裕二の子供らしい心をとりもどしてやりたいと、放課後に特別カリキュラムを組もうとした教師もいた。だが、裕二が「誰にもかまわれたくない」という態度をとり続けたために、しだいにそれもなくなった。

級友との関係も同様だ。裕二は極力私生活や趣味に踏み込んだ関係を持たないよう距離を置いていた。しかし、級友達はあからさまな悪意を裕二にぶつけるか、逆に友愛の押し売りをしようとする。そういった〝極端〟は、裕二のもっとも苦手なもののひとつだ。

体育の授業から帰ってくるといいかげんに脱ぎ捨てたはずの学生服がきれいにたたんであったりする一方、机の上に広げた制服に上履きのあとがはっきりついていたこともあった。あるいはバレンタインデーの朝には机の中にチョコレートがいくつか置いてあったが、その数日後には、カビだらけのパンが押し込んであることもあった。

だが、ある水準以上に、事態が深刻さを増すことはなかった。裕二が、自分に寄せられる好意にも悪意にもほとんど反応しなかったことが要因かもしれない。しだいに、あいつはつきあいづらいやつだという評価が定着し、休み時間にはひとりぼっちで天文関連の本を読んでいることがほとんどとなった。裕二に好意を寄せているらしい一群——不思議なことに男女が混在していた——は、ときおり心配げな視線を向けるが、話しかけられることはほとんどなくなっていった。

中学三年の一学期に、隆が仕事の都合をつけて三者面談に臨んでくれたが、担任教師の感想は当然ながら好意的とは言い難かった。

「ただその日にすべきことをこなして、トラブルに巻き込まれるのを避けるだけの毎日に思えます。もう少しはつらつとした中学生活もあったのではないかなと、先生は思います。いえ、テストの成績はほとんど問題ないですけどね」

隆はその場ではあたりさわりのない冗談でごまかしていたが、帰りの道で真剣な口調になった。

「さっきは、それで何がいけないんだと言い返しそうになったよ。ただ、そんなことして裕二がにらまれたらかわいそうだと思って、口を閉じていた」

答えようもなく黙っていると、急に表情と口調を柔らかくした。

「大切なことを言うのを忘れていた。こんどの夏休み中に、泊まりがけで天体観測に行こう」

小淵沢に三泊で宿をとり、見晴らしがよいことで有名な展望台にのぼって星空を観測する計画だった。

「ほら、覚えてないかな。きみが車に当たった弁護士の倉持さん。あの人は多趣味なんだけど、天体観測もやるんだ。すでに望遠鏡を何本も持っていて、置き場所にこまるからもう買わないでくれって奥さんに叱られるらしい。こんどの宿は倉持さんに紹介してもらったんだよ。それから、これは内緒にしてくれと言われてるんだけど——」

隆はいたずらっ子のような笑みで右目をつぶった。

「そもそもは、ぼくからきみの話を聞くうちに、興味を持ったらしい」

泊まりがけの観測はこれがはじめてではない。去年も、一泊だったが奥多摩の旅館へ隆と行ったことがある。しかし、今まで三連泊などしたことはなかったし、ペンションという施設に泊まるのもはじめてだった。

現地について荷を解き、夕食を済ませたあと、いよいよ隆の車に望遠鏡を積んで丘に登った。

隆が忙しい身なので宿泊の機会は少なかったが、星の観測に向いているといわれる場所につれていってもらったことは、これまでも何度かあった。その中でも、この丘は最高クラスの条件だった。

念のため防虫対策はしっかりしてあったが、標高のせいか気温のせいか、藪蚊《やぶか》に悩まされることもなかった。

幸い、三晩とも好天に恵まれ、裕二はゆっくりと夏の星座をながめることができた。隆は裕二のじゃまにならないところでコーヒーを沸かして飲んだほかは、そばに置いたディレクターズチェアに座って、ただ時間を共有していた。ときどき視線を向けると、本を読むでもなく、何かについて深く考え込んでいることが多かった。

「いま、話しかけてもいいかい」

最初の晩、裕二が観測をはじめて一時間ほど経ったころ、隆にはめずらしく遠慮がちに聞いてきた。

「はい」

赤い覆いをつけた懐中電灯で星座早見盤を照らしていた裕二は顔をあげた。

「レンズをのぞきながらでいいんだけど、なにか、ぼくにもわかる面白い星の話をしてくれないか」

「星座の話とかですか。たとえば、へびつかい座の名前のいわれとか」

隆は、軽く声をたてて笑った。

「もちろんそれでもいいよ。でも、なんていうか、科学的な驚きがいいな」

裕二は腕時計を見て、天空を見上げた。

「今日は八月七日で、夜の九時半を少しまわったところです」

「うん、それで」

興味が湧いたらしい隆が、椅子ごと裕二に近づいた。

「夏の大三角形は知っていますか」

「ええと——正直にいえば名前を聞いたことがあるっていう程度だ」

「真上を見上げてください」

裕二はやや背をそらせて天空を仰いだ。隆も真似をしようとしたらしいが、バランスをくずして椅子ごと倒れそうになった。結局椅子はあきらめて、防水シートに座る裕二のとなりに寝転がった。

「ああ、このほうがよく見える」

「あれ」裕二はほとんど真上の星を指差した。「そしてあれとあれを結んだ、少し不揃いの二等辺三角形がわかりますか」

「ああ、あれかな。あの明るい星三つ？」

「はい。あれが有名な夏の大三角形、デネブ、アルタイル、ベガ、です」

「なるほど。それも名前は聞いたことがある」

「ベガの別名を知っていますか？」

「知らない」

隆はあっさり白旗をあげた。

「七夕の伝説で有名な『織り姫星』です。今日のいまの時刻には、天頂といって、天空のほぼ中心にいるはずです」

「へえ、あれが織り姫星か。そういえば天の川のほとりにいるなあ。じゃあ『彦星』はどれかな」

裕二は軽く鼻を鳴らして笑った。笑ったのは久しぶりのことだった。

「今、見たじゃないですか。二等辺三角形の一番鋭角のところにある星です。本来の名はアルタイル」

「おお、見つけた。あれだね。たしかに天の川を挟んで向かい合っているように見える。へえ、そうやって眺めるとたしかに面白いのかもしれないな」

隆はうなずいてくれているが、本題はこの先だった。

「あの『織り姫星』つまりベガは特別な星なんです」

「特別？」

「はい。ベガはあらゆる星の明るさの基準となった星なんです。よく星の明るさを示す単位で何等星という言い方をしますけど、それはあのベガを基準にしているんです」

「ほう、それは――いや、正直に言おう。それも知らなかった」

二人同時に少し笑ったあと、裕二は天上に向かって語りかけるように言葉を続ける。

「こと座α星ベガ『織り姫星』が特別というのはそれだけじゃないんです。今から約一万二千年後には、現在と地軸がずれた地球の、『北極星』となる運命を背負った星なんです」

「新しい『北極星』？　北極星は北極星じゃないのかい」

「北極星というのは、北の極星という意味で、固有の星の名前じゃないんです。たとえて言うと、『大統領』とか『皇帝』みたいな名称です」

「じゃあ、第三代北極星とかあるのかい」

隆は冗談のつもりで言ったようだが、裕二は真顔でうなずいた。

「あります。現在はこぐま座α星が北極星ですが、たとえば、クフ王のピラミッドが建てられた四千五百年前は違う星でした。――ピラミッドの四面が、正確に東西南北を向いていることは知ってますか？」

「ああ、聞いたことがあるよ」

「北極星を目印にしたというのが定説ですが、彼らが見ていた『北極星』は今のこぐま座α星《ポラリス》ではなく、少し離れたところにあるりゅう座のα星ツバーンでした」

あの辺です、とりゅう座のあたりを指さす。ツバーンは四等星なので、肉眼では見つけづらい。

「そうなのか。でも、四千五百年前といえば、宇宙の物差しにしたらごく最近じゃないか」

「そうですね。瞬きするぐらいの時間です」

「へえ、なるほどねえ」

ほかにもいくつか、せがまれて星にまつわる話をした。

日付が変わる頃になって、隆が「そろそろ」と声をかけた。

「宿に帰ろうか。夜も更けたし」

「できれば、もう少し」

隆は少し考えてからウインクした。

「まあ、夏休みだし、たまにはいいだろう。しかしさっきの話、深く考えたことはなかったけれど、漠然と北極星というのは絶対的な存在だと思っていたよ。入れ替え戦があるとは思わなかった」

裕二は、北の地平から昇ったばかりのペルセウス座の方角に望遠鏡を向けた。もっと夜が更けてから、そして運がよければ、流星群が見えるかもしれない。裕二は座標を合わせることに集中していた。


十月末のやけに冷たい風に乗って、欅《けやき》や楓《かえで》の落ち葉が路地を舞っている。

裕二の中学生活もあと半年を切った。

裕二は、中学校から自宅までの一キロ半ほどの道を、制服のズボンに手をつっこみ、やや前屈みになって歩いていた。

そろそろ空気も澄んでくる。星空の観測には向いた季節となるが、このところ隆は忙しそうだ。おそらく、泊まりがけの旅行は無理だろうし、こちらから観測につれていってくれと頼むつもりもない。そもそも、高校受験に本腰を入れなければならない。

夏休みに山梨の高原に寝転がって、星空をあおぎながら過ごした隆との時間を思い返していた。

うつむき加減で歩いていたために、二メートルほどに近づくまでその人物に気づかなかった。

足もとに差した人影が動かないことに不審を感じ、顔をあげた。若い男がポケットに手を入れ立っている。裕二よりも十センチほど背が高そうだった。普通ならばそのままやり過ごして行くのだが、青年はじっと裕二を見ていた。裕二も立ち止まり相手を見た。

なんだか紙のようだ――。

それが青年を見たときの第一印象だった。鋼のように硬くはないが、手を触れればすっと血の筋を引きそうな鋭利な白く冷たい紙を思い浮かべた。

「おまえ、坂井裕二だな」

青年はポケットに手を入れたまま、表情をまったく変えずに口もとだけで喋った。年齢を推測しづらい顔つきをしているが、大学生くらいだろうかと漠然と思った。表情全体の印象は無機質なのに、口もとだけは微笑んでいるように見える。

「そんなに睨まなくていいぜ。世が世ならおれたちは兄弟なんだから」

混乱と同時に、こいつは何者かと考えをめぐらせた。だれかれかまわず支離滅裂な難癖をつけるタイプの人間か？　それにしてはこちらの名を知っていた。だとすれば、脅迫が目的なのか？　そもそも、兄弟とはどういう意味だ。突然現れて何を言い出すのだ。疑問が多すぎて、裕二は口を開かずただ相手の目を見つめ返していた。カバンの上からそっと、お守りを入れたあたりに手を当てて。

「ちょっといいかな。話がある」

無視して立ち去ることもできたが、不思議に青年の目には興味を抱かせる光があった。慎重に答える。

「どんな話ですか」

「ここで立ち話はちょっとね。そこの路地に車を停めてある。その中で話さないか」

やはりそれはまずいだろう。

「すみません。用事があるので」

脇をすり抜けようとした瞬間、青年が裕二の腕をつかんだ。反射的につかんだ手をふりはらう仕草をして睨み返した。

「そんな目で睨むなって。さっきも言ったが、おれたちはまんざらの他人じゃないんだ。おれの名前は矢木沢了《やぎさわとおる》。こういう字だ、覚えておいてくれ」

あらかじめ用意しておいたらしい、名を書いた紙を見せた。裕二はうなずくこともせず、ただそこに書かれた文字を覚えた。

「さあ、来いよ。べつに変なことはしない。たぶんおまえにも興味がある話題だと思うぜ。たとえば――」効果を狙ったのか、一拍おいて続けた。

「おまえの父親、坂井隆の正体」

「正体？」

裕二が聞き返したときには、矢木沢と名乗った青年は背中を向けていた。

父の名まで知っているということは、やはりこちらの素性を知っている。坂井隆の息子、坂井裕二に狙いをつけて待ち伏せていたのだ。しかし、何か凶器を隠し持っているようにも見えなかった。単に危害を加えることが目的なら、出会いがしらに凶行に及んだはずだという冷静な判断もあった。

いつでも駆け出す心の準備をして、矢木沢の後をついていく。角を曲がった公園脇の歩道に半分乗り上げる形で、白いフェアレディZが停まっていた。全長の半分ほどあるのではないかと思えるような長いボンネットが、秋の陽を照り返している。3ナンバーの外車が多いこの一帯でも見劣りしない存在感だ。

「乗れよ、おれの車だ。親父に買ってもらった。おまえの趣味には合わないかもしれないけどな、少なくとも風はしのげる」

矢木沢は助手席のドアを開けて、裕二を招き入れるしぐさをした。十年ほど前に世間を騒然とさせたという、連続強姦殺人事件のことが頭をよぎった。あの事件の犯人もたしか、車種は違ったが白いスポーツタイプの車に乗っていたのではなかったか。

周囲を見回す。ぽつりぽつりと人影はある。いよいよとなれば、大声をあげて騒げばどうにかなるだろう。この男がさっき口にしたことに対する好奇心が警戒感に勝った。

裕二は促されるまま真っ黒いシートに座った。矢木沢は表からドアを閉め、自分は運転席に回った。車内に染みついた煙草の匂いにまじって、わずかに新車の香りがした。

「少し暖めるか」

矢木沢がエンジンキーを回しながらアクセルを踏み込んだ。いきなりブオオンという低いエンジン音が響き、回転計の針が一気に赤いところまで回った。

「さてと」

アイドリング状態でエアコンの温度調整をしたあと、矢木沢が両手をこすりあわせた。どこからか水筒型のポットをとりだし、カップになった蓋に注いだ。コーヒーの香りが立ち上った。

「飲むか？　インスタントじゃないぜ」

裕二が首を横にふると、矢木沢は「毒は入っていないけどな」とつぶやき、自分だけすすった。

「だいたいこの時間にここを通ることは調べてあった。念のため三十分前から待った。データを信用すべきだったな。少し冷えた」

蓋をダッシュボードにそっと置いた。アイドリング中も、隆のステレオセットから流れ出るクラシック音楽の重低音を連想させるエンジン音が、腹に響いてくる。

「話ってなんですか」

「今日のところは挨拶みたいなものだ。さっきも言ったがおれたちはいろいろな意味で兄弟みたいなもんだ。それなのに、つい最近までおまえのことを知らなかった」

「どういうことですか」

「おれたちは同じ境遇ってことさ」

「同じ境遇?」

「ああそうだ。おれの両親はろくでもない人間だった。おまえの両親に負けず劣らずのな」

矢木沢青年が裕二を見た。目の色は暗かったが、あいかわらず口もとは笑っているようだった。

近くで見て、ようやく裕二はその理由に気づいた。唇の右端にひきつったような傷跡があった。黙っていればうっすらとした線しか見えないが、口を動かすとその傷跡がひきつって、まるで口のはしだけで笑っているように見えるのだった。

「あいつらと暮らしたのは五歳までだから、すべてをはっきりと覚えているわけじゃない。まあ、おれとしちゃ思い出なんか欲しくないけどな。とにかくひどい奴らだった。親父は酒を飲んで母親にあたり、母親はおれにあたる。よく聞く話だろう。だが、殴られるほうはよくある話じゃすまない。養護施設が最初におれを保護したとき、三歳になったばかりのおれの体には、いくつと数えられないくらい痣があって、平均体重より三キロも少なかった。いまじゃこんなに伸びたけどな」

裕二には矢木沢がこれから話そうとしていることにぼんやりと想像がついた。黙ってカバンの取っ手のあたりを見ていた。

「施設に両親が来やがって、改心したとか嘘の陳述をして、三カ月でおれは親のところまえに帰された。甘いよな。人間は改心なんかしない。どうなったと思う？　そうさ、よりひどくなった。あと二カ月で六歳になるという秋の初めだった。折檻しすぎてぐったりしたおれを見て、さすがに母親は救急車を呼んだ。病院に運びこまれたとき、おれは死にかけてた。死にかけた原因、あとで見せてやる」

矢木沢はコーヒーの残りをすすった。

「あの、父の話は――」

「ああ、そうだった。おれの身の上話なんて興味ないよな。他人事だからな」

「いえ、そういう意味じゃなくて」

「ははは、やっぱり見た目どおり馬鹿がつくほど真面目だな。さっきも言ったけどな、おまえの生い立ちもだいたい知ってる。だからこうやって来たんだ。――さてと本題に戻るか。毎日、死と背中あわせのような生活をしていたおれは、ある人物に救いだされた。たぶんあのまま放っておかれたら、いまごろはこの世にいなかった可能性が高い。

――その恩人の名は坂井隆。そうさ、おまえが知ってるあの男だ。よく右目でウインクをするし、楽しいときに両手をこすり合わせる癖がある。鈴村という家政婦がいないときは、自分で洋食を作るが、焦げた肉は食わない。気が向くと金に糸目を付けずに欲しいものを買ってくれる。どうだ、そのとおりだろう？」

細めた目で裕二を見てくすりと笑った。

「しかしおれは、おまえみたいに養子にはしてもらえなかった。形ばかり引き取ったあと、少しだけ一緒に暮らして、別な家へ養子に出された。それが矢木沢夫婦だ。つまりおれはもともとは矢木沢姓じゃない。おまえが坂井じゃなかったように」

矢木沢の説明する内容はごく単純だったが、すぐに理解することはできなかった。ぽうっと見返している裕二に、矢木沢はもういちど笑いかけた。

「世話がやけるな。もう少しわかりやすく説明してやるよ。坂井隆は、おれの生みの親であるくそみたいな両親からおれを引き取った。その後、半年ほどあの男と暮らしたよ。六歳ながら、おれはてっきりあの男の子供になれるもんだと思って、天にも昇る思いだった。おまえならわかるだろう」

裕二はついうなずいていた。隆にひきとられた直後に、これは本当に現実だろうかと、幾度思ったことだろう。

「だけどな、引き取られて半年ほど経ったある日、えらくごちそうの並んだ日があった。──おっ、どうした？　何か思い当たることがあるのか？　まあいい。そのときは坂井隆より年配の夫婦がゲストとして同席していた。おれは彼らに紹介された。そしてこう言われた。『きみのあたらしいご両親だ』ってな。そのショックがわかるか？　だが、ノーと答えれば養護施設に逆戻りだ。見たところ坂井と同じ程度に裕福そうだったから、おれはそのまま貰われて行くことを選んだ」

裕二はどう反応していいのか迷っていた。自分よりも先におなじような体験をした人間がいたことは驚きだった。そして、新品ではなかった机や本棚のことを思い出した。

この矢木沢という青年は、半年ほど身を寄せただけで、別な夫婦の養子になったという。ならば自分もそうなるのか。すでに六年の月日は経ったが、それはもらい手がみつからないからなのか。裕二は、ダッシュボードの中でときおり細かく震える回転計の針に目をやったまま、うなずくことも忘れて耳を傾けた。

矢木沢がポケットから煙草を取り出し、ライターで火をつけた。ウインドーを半分ほど下げる。冷たい空気が流れ込む。

「我慢してたけど、一本だけ吸うぞ。煙かったらそっちの窓をあけてもいいぜ」

「話ってそれだけですか」

矢木沢の顔を見た。目を細めてくわえた煙草を吸い込むところだった。窓の外に向けてふうっと煙を吐いたが、三分の一ほどは風に乗って車内に逆流してきた。

「煙草を吸うってことは二十歳を過ぎているのか、とか考えていそうな顔だな」

図星だったが「別に」と答えた。

「まあいいさ、話を戻す。それだけなら単なる兄弟のニアミスだ。いいものを見せてやるよ」

矢木沢は煙草の吸いさしを窓から投げ捨て、濃いえんじ色のカーディガンごと、シャツを胸のあたりまでまくりあげた。むき出しになった背中を裕二に向けた。

「見ろ」

「あっ」

おもわず声をたてた。肩口から腰の上部まで広範囲に——背中全体の半分ほどもあった——ひきつったような痕がある。原因が何にせよ、これほど大きな傷跡はみたことがなかった。

「なんだかわかるか。火傷《やけど》だよ。さっき言った最後の折檻の夜だった。原因は忘れた。たぶん、コップの水を少しこぼしたとかいう、どうでもいいようなことさ。母親が急に怒り出してな、はじめは三十分くらい水風呂に座らされたんだ。そのあとで『どうだ』って聞くから『寒い』って言ったら、親を睨んだとか、口の利き方がどうだとか言って、こんどは服の上から熱湯のシャワーをかけたのさ。ほら」

シャツを持っていた手を見せた。熱湯を避けようとしたのか、さっきは気づかなかったが、手の甲にも数センチ四方の歪んだ傷跡があった。

「このせいで入院しているあいだに、母親が交通事故にあった。そして死んだ。轢き逃げだった。刑事がおれのところに報告に来た。父親は来なかったね。話を聞いておれは泣いた。火傷のときでさえ泣かなかったのに。どうして泣いたかわかるか？　わかるよな。おまえだったら。

そう悔しかったからだ。おれは大人になったら絶対にあいつに復讐してやると思っていた。この手で殺してやると思っていた。それなのに、あっさり死んじまった。ほとんど即死だったらしい。だから悔しくて泣いた。親父はその半年前から家を出て別な女と暮らしていた。施設に入れられたおれを引き取ることを親父は拒否した。大人達はおれの始末に困っていたと思う。そんなとき親切なおじさんが現れた。なんどか通って話をするうちにおれのことを気に入ってくれたらしく、おれは彼にひきとられることになった。それが坂井隆だった。

　そのときは当然あの人の家の子になると疑うことなく信じてたけどな。――どうだ。どっかで似た話を聞いたことがないか」

　またポットのカップにコーヒーを注いで、ほんとにいらないのか、と微笑んだ。

「おれはな、プールに入ったことがないんだ。小学校にあがってプールの時間にどうしても入るのをいやがるおれを、教師が三人がかりで無理矢理裸にしたことがあった。おれの背中を見てあいつら絶句していた。『聞いてなかった』とか言い訳してたな。家まで詫びに来たよ。それ以来、プールの時間は自習していいことになった。はじめは親しくしてくれようと近づいてきた連中も、しだいに距離を置くようになった。せいせいしてよかったよ。親に対する恨みが消えたとはいえないが、まあ新しい人生も捨てたもんじゃないかと思い始めていた。ところが最近、ショックなことがあった。

　おれの二度目の父親、つまり矢木沢泰三《たいぞう》は、もともと関西方面で金融会社を経営していた。あずかった資金で不動産に手を出しては転売で儲ける、という幸運が続いた。もちろん客の許可なんかとってなかっただろう。今は『矢木沢開発』という社名になって、ゴルフ場から貸しビルまであらゆる分野に手を広げている。金持ち度合いとつきあいの多さじゃ、たぶん坂井隆の上をいってるだろう。まあ、読みは当たったたってことだ。

ところで、今年の正月に、おれは矢木沢の家に大量に届いた年賀状を、仕分けしていた。大げさじゃなく段ボール箱ひとつ分はあった。おれはその中から自分あてのものを抜き取っていた。そしたら、親父あてだったけれど、見覚えのある名前を見つけた。坂井隆だ。そしてその脇に連名で裕二となっている。おれは一瞬、あいつ結婚して子供ができたのかと思った。それにしては母親の名がない。離婚したのか死別したのか。おれは矢木沢の親父にどうでもいいことのように聞いた。あの人に子供ができたんだね、ってな。そしたら教えてくれた。五年前に裕二という養子をもらったとさ。そいつがおれと似たような境遇にいたこともな」

矢木沢は新しい煙草を取り出して火をつけた。

「そしておれはおまえのことを少し探った。ほかに趣味もなかったから専念できたよ」

「それで結局、ぼくにどんな用ですか」

矢木沢はすぐに答えず、ゆっくり煙草を根もとまで吸った。吸い終えるとさっきとおなじように窓から投げ捨てた。

「おまえに協力して欲しい」

「なんの協力ですか」

「ほかに何人くらい子供を斡旋《あっせん》しているか、調べたい」

一度に多くの疑問が湧いて、どの角度から質問していいのか迷った。とりあえず、もっとも包括的な質問からぶつけてみた。

「どうしてそんなことを調べるんですか」

「坂井隆の正体をあばくのさ」

「正体って――」

「考えてみろ。おれたちの親はどうなった？　あいつらは偶然死んだのか？　そうだ、ひとつ言い忘れていた。おれが中学生になったころ、元の親父、つまり本当の親父の代理とかいう弁護士から手紙が来た。あて先はその時の保護者である矢木沢の親父だった。

　要旨は、元の親父が死んでおれが法定相続人のひとりだというんだ。驚いたよ。親が離婚しても養子に出されても、実子には相続権があるのだと、そのとき知った。ただし、遺産を債務と相殺するとマイナスの相続になる可能性がある、とも書いてあった。もちろん、断ってもらった。それより、興味を持ったのは死因が病気じゃなく事故だったことだ。なんでも、酔ってどこかのビルの屋上から落ちたらしい。こんな偶然があるか？　おまえ、全死因に占める自殺や事故死の割合を調べたことがあるか？」

　考えすぎだと言い返す自信がなかった。人から親切にしてもらっても、ふとひどいことをされた昔のことが頭に浮かび、素直に受け入れられないことがある。

　だがそれとは別に、両親と過ごした時代を忘れたことはない。生きていたとしても父親とは顔をあわせたくないが、母には会ってみたかった。だが、母は入院中に死んだとだけ伝えられた。もしも矢木沢の言うとおりなら――隆が彼らをどうにかしたというのか。母は本当は病死ではなかったとでも言いたいのだろうか。

「調べたかといえば、施設が介入した『里親』の制度についてはどうだ」

だまって首を左右に振る。

「まあ、そうだろうと思った。たいていの人間は、自分を可哀想だとは思うが、世の中の真実からは目を逸らす。――いいか、『里親』だの『養子』だのというのは、その子供の人生を左右する案件だぞ。普通は何カ月もかけて慎重にやる。おまえはどうだった？　犬や猫じゃあるまいし、二週間や三週間でそんなに早く話が決まるわけがない。あの男が、大金か強力なコネを使ったと考えるのが妥当だろう」

突然現れたこの矢木沢了という男に、どうしてこんなことまで言われないとならないのか。そんな腹立ちもあるが、今まで考えもしなかったことを次々ぶつけられて、完全に気持ちは乱れていた。言葉を失っている裕二に、矢木沢が言い放つ。

「どうだ、真実が知りたくなってきただろう？」

裕二はうつむき、返事をしなかった。カバンのお守りがしまってあるあたりを、じっと押さえていた。裕二が黙っているので矢木沢が具体的に説明を始める。

「郵便物でも住所録でも、それこそゴミ箱に捨ててあるメモ書きでもいい。あいつの知り合いをかたっぱしから調べて、まずはおれたちぐらいの子供がいないかあたるんだ。両親の歳のわりに幼い子なんかだともっといい。

次に、適当な理由を書いて役所に申請し、そいつの戸籍謄本を発行してもらう。おれもやったから大丈夫だ。身元の確認には住民票でもみせれば充分だ。その住民票も、三文判ひとつあればすぐに発行してもらえる。該当者を探し出す方がよっぽど大変だ。だからそこのところを、一緒に住んでいるおまえに協力してもらいたい」

矢木沢了の言葉が、どこか遠くの学校から聞こえるアナウンスのように、切れ切れに心に届いた。それをひろいあつめて結論を出した。

「できません」

「なんて言った？」

「そんなこと、できません」

「そんなに難しく考えるなよ。作業としては簡単だ」

「簡単かどうかじゃありません。あの人のことを探るようなことはできません」

「どうして？」

裕二を見つめる矢木沢の目は、大きく見開かれていた。あきれているようにも見えた。

「だって、すごく親切にしてもらったから。――それに、あなただってそうじゃないですか。死にかけるほど虐待されてたのに、あの人にやさしくしてもらったって言ったじゃないですか。それで今、こんな高級車に乗っているんじゃないですか」

「だからって人を殺していいことにはならない」

窓の外を若い女の二人連れが通った。車に目をやってから、運転席に視線を向けた。

矢木沢は愛想笑いを浮かべ、軽く手をふった。二人は口に手をあてて笑いながら去った。

「――いや、そんな正義感はどうでもいい。頼み事をするからには正直に言う。おれの本当のくそ親なんか殺してくれてかまわない。おれが許せないのは、どうしておれを手放したのかってことだ。おまえは養子として手元に残し、おれをよその夫婦に出した。その理由を知りたいし、恨んでいる。おれを手放したことを後悔させてやる」

「とにかく、できません」

矢木沢はへっと吐き捨てるように笑い、助手席のドアノブを開けるよう身振りで示した。降りろという意味だろう。裕二はそのとおりにした。降り際に矢木沢が言った。

「おまえの中の正義感と相談して、考えておいてくれ」

エンジンがブォンブォンと音を立てた。矢木沢が空ぶかししたのだ。立ち去れずに、歩道にぼんやり立って車を眺めている裕二に、排気ガスを浴びせかける。

そしてすぐにタイヤが甲高い音を立て、摩擦の白い煙と焦げたゴムの臭いを残して走り去った。

突然現れたあの矢木沢という青年が言い放ったことは、突拍子もないことではあった。しかし、まったくの戯言《ざれごと》、妄想と断じることができないのは、自分の中にこれまでもやもやとしていたことに対する、ひとつの回答であったからだ。

車が完全に見えなくなっても、裕二はまだそこに立ち、後悔していた。

最初の判断は過ちだった。矢木沢はたしかにナイフや金属棒のような凶器は持っていなかった。しかし、想像もしなかった言葉の刃を持っていた。

＊＊＊

「来週、天体観測の集まりがあるそうだ。倉持さんのところで」

高校二年の二学期、中間テストが終わって二週間ほど経ったころだった。

夕食を終えてひと息ついたところで、自分の部屋へ戻ろうかと思った矢先に、隆がいつもの気さくな表情で語りかけた。

「天体観測の集まりですか？」

高校生という年齢のせいか、最近また言葉遣いが他人行儀になってきた。隆はいやがるのだが、ついそうなってしまう。

「ほら二週間前にそんな話が出ただろう」

「そういえば」

がっしりした体つきに人懐こそうな笑顔の倉持のことが浮かぶ。

事故直後はもちろんだが、隆の知人としてその後も何度か顔を合わせたことはあった。しかしいずれのときも、二人とも仕事の話で忙しそうだったため、ごく簡単な挨拶をしただけで、星にかかわる突っ込んだ話などはしていない。

天体観測を始めたきっかけは、裕二に影響を受けたからだと教えられたが、今ではかなり深みにはまっているようだ。セミオートの赤道儀がついたものも含め、望遠鏡も十本近く持っているらしいという話も、隆を通してなんどか聞かされている。

ついニ週間ほど前の晩も、何かの集まりで飲んだあとに、隆が倉持を連れてきた。部屋にいた裕二は、ちょっとリビングに来てくれと内線電話で呼ばれた。

——どこかで飲みなおそうかという話になったんだけど、家も近かったし倉持さんも裕二と話がしてみたいと言ってね。

倉持は、格闘家のような体に乗った、赤くて丸い顔いっぱいに笑みを浮かべて「お久しぶり」と握手を求めて手を差し出した。

——裕二君も会うたびに立派になっていくね。

そのあと、大人二人はウイスキーのロックをちびちびとやりはじめた。折を見て部屋に戻ろうとしている裕二の心中を察したらしく、倉持が話しかけてきた。

——じつはね、年に何度か泊まりがけで観測ツアーを企画してるんだ。来月あたりどうかと思っている。今回、裕二君も一緒にどう？

反射的に隆の顔を見た。にこやかにうなずいている。

——ぜひ、お願いします。

——ただし、若い女の子はいないなあ。まあ、裕二君なら彼女に困ってないか。

倉持は自分の言葉に受けて大笑いしていた。

「あのとき話に出た観測会のことですか？」

「うん。たしか行き先は伊豆高原とか言ってたな。かなりの山の中だそうだ。もともとが、屋上から天体観測できるのが売りのペンションを、一軒まるごと借り切って、家の中も外も全部消灯して楽しむらしい。そこまで行くと立派な道楽だね」

「そうですか」

季節的に、そろそろ空気は澄んできた。シンチレーションと呼ばれる空気のゆらぎも収まってきただろう。夏の星座もいいが、やはり秋から冬にかけての夜空は迫力が違う。

「いつも言うけど、裕二も高校生になったことだし、一人でも友人とでも、泊まりがけの観測に行ったっていいんだ。今回も大人にまじって観測してきたらいい」

望遠鏡を担いで遠隔地まで出かけていくというのは、車が運転できない身にとっては隆が思っているよりもハードルが高い。荷物を分担して一緒に出かける友人がいないのも理由のひとつだった。

「どう。行くかい？」

「でも、ぼくなんかが行くと邪魔じゃないかな」

「天体観測っていうのは、最近わりと人気は出てきたが、まだそんなに趣味人口が多くないらしい。若い新メンバーは歓迎だそうだ」

突然、目の前に夜空が広がった。百十五ミリの屈折式は、三脚や台座を含めると現実的には担いで歩きまわれるものではない。ふだんは、深夜にベランダから、なるべく暗い方角のせいぜい三等星ぐらいまでを見て満足している。山の稜線近くまで街の灯りに邪魔されずに観測できたのは、隆に連れていってもらったわずか数回の夜にすぎない。しかも四回目のとき、隆がどこかで聞き込んできて「冬のオリオンを見たい」と言い出した。隆は冬の海岸で念願のオリオンを見て感嘆の声をあげたものの、翌日から熱を出して三日間寝つくことになった。

それ以来、観測に行く話題はなんとなく避けているように感じていた。

「倉持さんに聞いたが、完全な冬支度をしたほうがいいらしいね」

隆がわずかに身震いした。オリオンを見た夜を思い出したのかもしれない。

「見晴らしのいい場所は、だいたい風が強いので」

「いつかの晩も寒かった」

「たぶん、あの晩のことを思い出していると思いました」

どちらからともなく声をたてて笑った。

この人が本当に自分の親を殺したのだろうか。ほかの虐待する親たちも殺したのだろうか――。

矢木沢了とはじめて話をした日以来、それこそ星の数ほどにも浮かんでは消えたその疑念が、また頭をよぎった。矢木沢からはあれから三度電話がかかり、一度はふたたび待ち伏せされた。そのつど、ぐずぐず言わずに隆のことをさぐれと催促されたが、断り続けてきた。

認めたくはないが、年を経て隆との距離がむしろ開いていくような気がするのは、矢木沢の存在が無関係ではないだろう。

「なあ裕二、今持ってるダウンジャケットは小さくなっていないか。一度、袖を通しておいたほうがいいぜ」

隆は、自分は行かない気楽さからか、遠足前の小学生のように楽しそうだ。この人にまったく別の顔があるとは考えにくい。

「もう何年かあとだったら、フラスコにワイルドターキーを入れて持たせるんだけどな」

つい質問しそうになる。

――お父さんがどうして死んだのか知っていますか。お母さんは本当に病気で死んだのですか。

矢木沢のくすくす笑いが耳もとに蘇った。

――子供を引き取るためにわざと孤児にしたなんてばかげていると思うかい。

「――ラフは大げさかな」

「え？」

「なんだ、聞いてなかったのか。今から星空を想像してうっとりしてたんじゃないのか。シュラフは持って行くかいって聞いたんだ。何年か前にキャンプに誘われて、道具を一式買いそろえたんだけど、結局のところ一度夜露に濡らしただけで、納戸の隅にしまっておいたままだ。この前倉持さんが言ってたじゃないか。秋口になるとシュラフにくるまって星を待つ、とかってさ。使うかい？」

「はい。シュラフはあると役にたつかもしれません。あれにくるまって一晩中眺めているひともいるそうです」

「道楽もそこまで行くと底なしだね。それほど引きつけるものがあるのかな。星には」

「ぼくはそこまで突き詰めていませんけど、気持ちはなんとなくわかります」

あれこれ世話を焼く隆を見ながら、二度目に会ったときに矢木沢が言った内容を思い出した。

——おまえ、鬱陶しいぐらい、他人に構われるだろう。

矢木沢は唐突にそう切り出した。

——え？

思わず聞き返した理由は、意味がわからなかったからではなく、どうしてそんなことを知っているのかと驚いたからだった。

——放っておいて欲しいと願っても、いろんな奴からあれこれと構われないか。世話を焼かれると言い換えてもいい。

黙ってうつむいた。

——この前に会ったときに気づいた。おまえは、他人が世話を焼いたり構ったりしたくなる何かを持ってる。言葉や理屈では説明できない何かをな。愛情とは限らない。とにかく、人を引きつける磁力がある。ただし、愛されるか、憎まれるか、紙一重な感じがするな。愛と憎しみは紙一重だ。

あまりの正確な推測に言葉を失った。それは物心ついたときから漠然と感じていたことだった。

どうしてみんな放っておいてくれないのか。いつもそう感じていた。親切にしてくれるのはありがたいが、相手が期待した反応を示さないと、一転してこんどは「好意を無にして」と憎まれる。そんな体験は数え切れない。

——あの男が、おまえを養子にした理由もそれかもしれない。

矢木沢了はにやっと笑った。

現実に戻る。

目の前では隆が、まだ観測会について思いをめぐらせていた。

「携帯用のカイロもあったはずだ」

＊＊＊

「はははは」

闇の中から立ち上る笑い声は、湧き上がるたびに大きくなるようだ。

「それはちょっと言い過ぎだよ、倉さん」

「いや、まだ言いたりないね」

「そうだぞ。おれも倉さんに一票」

「おまえ、いいのか。二度とうちのビーフシチュー食えないと思えよ」

「だったら、今の一票は撤回」

そしてまた爆笑。

「ちょっと、いくら山の中だからって、どんちゃん騒ぎはマナー違反よ」

男たちのはしゃぎすぎともいえる会話に、女の声が割って入った。参加者十名のうち、夫婦で参加しているメンバーも二組あった。未成年は二名だ。

「平気だよ。五百メートル四方にはヤマネかミミズクくらいしかいないよ」

「だから彼らに迷惑だっていってるの」

裕二もめんくらっていた。一度だけ、おなじ趣味をもつ級友の家の車に乗せてもらって数人で観測をしたことがあったが、その時は宇宙から届く磁力線の音まで聞こえそうなほどの静けさだった。

ところが、このペンションの観測場所は、少し離れた邪魔にならない場所に竈《かまど》があって、大人たちは開始早々、焚火《たきび》をはじめた。そのうち、厚切りにしたハムやどこから用意したのか季節外れのトウモロコシなどを焼きはじめると、胃を刺激する煙が立ち上りはじめた。やがてウイスキーらしいビンが男達のあいだを手渡されていった。

裕二は酒の種類に詳しくなかったが、隆が「ワイルドターキー」といっていたのを思い出した。男たちが手元のカップに乱暴に注いでは回している酒瓶には、たしかに七面鳥《ターキー》の絵が描いてある。きっと隆の差し入れに違いないと思った。

「きみは静かだね」

ふたたびアイピースに顔を近づけようとした裕二に、声をかけたものがいた。そちらを見る。裕二の顔の位置に合わせて腰をかがめた、若い女の顔があった。もう一名の未成年だ。いや、勝手にそう思い込んでいるだけで、年齢は聞いていない。名前だけは紹介を受けた。たしか大橋香菜子《おおはしかなこ》という名だった。

彼女は、肩の少し上で切りそろえた髪を耳のあたりでかき上げた。

「ええと、坂井裕二君だったよね」

「はい」

倉持は若い女の子はいないと言ったが、車三台に分乗してきたうちの一台に乗っていたのが彼女だった。はじめてグループ全員が顔を合わせた、海老名サービスエリアで紹介された。同い年ぐらいだろうか、というのが第一印象だった。よろしくねと頭を下げたときに揺れた髪から流れた香りは、しばらく裕二の鼻に残った。

「高校生？」

「はい、二年です」

「へえ、大人びてるからもうすこし上かと思った。じゃあわたしの方が二つも年上だ」

彼女は逆に実際より幼く見えた。

「大学生ですか」

「そ。大学の名前は聞かないで。モラトリアムのために行ってるようなものだからね。

——それよりさ、坂井君のお目当ては何？　見せて見せて」

　裕二がいいとも悪いともいわないうちに、香菜子はアイピースに顔をつけてしまった。ふたたび、ふわりと髪が香った。小柄でほとんど高校生にしか見えない香菜子が、大人びた態度と口のききかたをすることに、なんとなく安定感の悪い椅子に腰掛けたような印象を受けた。

「お、渋いね。これはM78星雲じゃない」

　アイピースに目をあてたまま香菜子が言う。裕二は驚いて彼女の横顔を見た。

「星座、詳しいんですか」

「まあね」ようやく顔を離して、えへへんと咳払いしてみせた。「少し勉強したの」

「そうなんですか」

「なんだったら教えてあげようか」

「はい。——でも、これはプレヤデス星団ですから、M表示でいうと45番です」

「あ、そうだった」

　香菜子は舌を出し、頭をかいた。

「勉強してる途中なんだ」

　少し興味が湧いた。

「だれか家族と来てるんですか」

「ひとり」

「ひとりですか？」

「そ。倉持さんの知り合いの知り合いのそのまたつてで連れてきてもらったの。わたしも今日が、この会に初参加。新人同士よろしくね」

「あの——」話題を探した。「本当のM78星雲、見ますか？」

「え、本当にあるの？」

自分で言っておいて驚いている。

「ありますよ」少しだけ得意な気分だった。「でも、ウルトラマンが住んでるかどうかは知りませんけど」

「なんだ、住んでないんだ」

裕二は座標を計算しながら、オリオン座の散光星雲M78にレンズを向けた。ビルの窓をのぞくように簡単にはいかない。

そのあいだ裕二の手許を香菜子が見つめているのがわかった。彼女の吐く白い息が、すぐに夜の空気に溶け込んでいく。

「へえ、器用なんだね。すごいね」

裕二は観測用の赤い懐中電灯で手許を照らしながら、このライトのおかげで顔があからんだことはわからないだろうと考えていた。

「ねえ、もうひとつ聞いてもいい？」

「はい」

「よくさあ、何等星とかっていうけど、あれってどうやって決めてるの？　一等とか二等とか、競走みたいだよね。もしくは船室とか昔の寝台列車とか。星の序列ってなに？」

「明るさの等級のことです」

　もともとは、肉眼で見た感覚をもとに一等から六等まで分けていたが、計器で測定できるようになってから小数点以下まで刻まれるようになったし、シリウスのようにマイナス等級もある。ちなみに、一等ごとに約二・五倍の差があり、一等と六等で約百倍の差になる、というようなことを簡単に説明した。香菜子はふんふんと聞いている。

　次に、北西の空、地平ぎりぎりのところに光る星を示した。

「あの星の名前がベガ、日本では『織り姫星』って呼びますけど」

「え、あれが織り姫星なの。もっとよく見せて」

　裕二は、望遠鏡ではなく、三脚に載せた双眼鏡をベガに向けた。明るい星はこれでも充分に見える。

「織り姫星って、七夕にしか見えないんだと思ってた」

「そんなことないですよ」

　裕二は笑ってからそれもまた説明した。

　あのベガが、さっき説明した「等級」の基準になっていること、約一万二千年後には地球の自転軸がずれてあのベガが北極星になることなど。いつか、隆にもそんな説明をしたのを思い出す。

「理由はわからないんですけど、ぼくはあのベガが好きなんです」

どうしてそんなことを口にしたのかわからない。これまで誰にも言ったことはない。ただ、星空を見上げるたびにベガが気になってしかたない。何かを語りかけてくるような気がするのだ。

「『織り姫星』が？」

香菜子は双眼鏡から目を離さずに、訊き返してきた。

「はい」

「まさか星が理想の彼女とはねー」

返答に困っていると、双眼鏡から目を離した香菜子が笑った。

「ねえ、もっと星のこと教えてよ。あっちの人たち、ただの酔っ払いになってててつまんない」

香菜子に乞われるまま、つぎつぎと有名な星や星座の探し方、それらにまつわるエピソードを説明した。香菜子は飽きずに聞きいっていた。

「さあ、まもなく午前二時だ。そろそろ寝た方がいいんじゃないかい」

倉持が皆に声をかけた。夢中で星の話を続けていた裕二は、そんな時刻になっていることにまったく気づかなかった。

「わたしたちも引き上げようか。すごく楽しかった」

香菜子が髪を耳元でかき上げながら微笑んだ。

「はい」

そう答えるのがせいいっぱいだった。こんどは暗さのせいで、顔が赤らんだのはわからなかったはずだ。

7 清田千遥（一九八八年　三月）

坂井裕二の最後の朝食を賄うため、わたしは調理場で待っていた。

昨夜も祭りから帰ったあとで、また星を見に行ったようだ。食事を終えたあと、夜の九時ごろに車が出て行く音がした。念のため確認すると車がなかった。

戻ってきたのは、やはり十一時をわずかにまわった時刻。そのあともすぐに寝た様子はなかったから、夜更かしをしていたのかもしれない。

そろそろ八時近いので、声をかけようかと思ったとき、寝癖を押さえながら坂井が顔を出した。

「すみません。また寝坊してしまって」

「昨夜も、あのあと観測に行かれたみたいですね」

坂井がお茶を含みながら、こくりとうなずく。

「毎晩で疲れませんか？」

ごはんと味噌汁をよそってテーブルに置いた。

「まあ、好きなことなので。――ありがとうございます。いただきます」

坂井は軽く頭を下げて、茶碗と箸を持った。

「あのう」さりげなく切り出す。

「なにか」

「昨日の約束、覚えていますか」

「ええと、天体観測に行く話？」

「そうです」

「もちろん、忘れていません。今度、泊まりに来たときに」

最初に軽く味噌汁をすすってから、母が炊いた白米を口へ運ぶ。

「このあたりはお刺身や干物ばかりでなくて、お米も美味しいですね。東京に帰ったら食べ物に困るかもしれない」

たぶんこれは社交辞令で、ふだんはもっと美味しいものを食べているのだろう。そう思ったが話を合わせる。

「東京へ嫁いで行った知り合いが、お魚が不味くて食べられないってこぼしているのを聞いたことがあります。――ええとこれは、前に旅館をやっていたころの母の受け売り。だから相当昔の話」

「なんだ、受け売りですか」

坂井は笑いながらうなずいて、また味噌汁に口をつけた。こんどはずずっと音をたててすりあげ、少し濃いめで美味しい、と笑った。

そういえば、『清風館』がどうして休業しているのかを、坂井が一度もたずねていないことに気づいた。母から聞いたとは思えない。仲介した水谷さんに聞いたのだろうか。それとも、単に興味がないだけなのか。だとすれば、どうして名指ししてまで泊まったのだろう。

坂井はしばらく黙って食事を続けた。不機嫌には見えないが自分から話を続ける気がなさそうなので、わたしは席を立ちかけた。ちょうど箸を休めた坂井が茶をすすった。

「きっとまた、来ます」

「はい。お待ちしています」

目を見ないままそう返した。終わったら声をかけてくださいと告げて、調理場に戻った。そのまま椅子に腰掛け、ぼんやりとテレビを見ていた。

「ごちそうさまでした」

食事を終えた坂井が顔をのぞかせて、礼を言い部屋に戻っていった。ほんの短い時間、視線が合ったが、特に別れの挨拶はしなかった。

二十分後、わたしが出勤の支度をしているあいだに、遠慮する母に押しつけるように営業していたときの規定料金を支払い、東京へ帰って行ったとあとで聞いた。

いつものように村山理髪店へ出勤したわたしは、毎朝の作業を始める。バーナーに再点火して、今日は先に店先の掃き掃除をはじめた。

ついつい道路に目がいく。坂井が出かけるのは夜だけではない。毎日このぐらいの時刻に、この窓の外を通ってどこかへでかけて行った。だが、今日はもう通らないだろう。インターチェンジをめざすなら逆の方向だ。

必要以上に長引かせた掃き掃除を終えて室内に戻ると、マスターの村山勝正が道具を載せるワゴンの整理をしていた。ほんとうは準備をすべて自分で済ませてしまいたいらしいのだが、それではわたしの仕事がなくなるとおかみさんに叱られて、必要最低限以外のことには手をださないと決めたらしい。

——辞められたら困るでしょ。千遥ちゃんを目当てに来る男もいるんだから。

——ほんとか。

ひと月ほどまえ、そんな村山夫婦の会話が聞こえて、手をかけたドアノブを回すことができなくなったことがあった。つい、そのまま立ち聞きしてしまった。

——ほんとに鈍感ね。たとえばさ、白井《しらい》の信《しん》ちゃんだよ。どうして月に二回も散髪に来ると思ってるのさ。いままでいくら言っても、使い古した竹ぼうきみたいな髪の毛してたくせに。今じゃへたな中学生よりこざっぱりしてるじゃない。

——え、そうなのか。あの白井のとこのせがれが千遥ちゃんに懸想《けそう》してるのか。

——懸想ってなによ。あんたも古くさいわね。まあとにかく、お気に入りなのは間違いないよ。

——気がつかなかった。

——だったら、なんでこの数カ月、急に客足が増えたと思ってるのよ。

——いや、世の中なんだかんだで景気がいいからさ。

——好景気で儲かったんなら、こんなしょぼくれた店に来ないでしょ。

——しょぼくれた店で悪かったな。

——だからさ、このままの客足が続けば、せめて電気の蒸し器くらい買えるでしょう。いつまでもガス使って爆発でもしたらたまらないもんね。

そのガス蒸し器に入れるためのタオルの山をかかえたまま、店内に入るに入れず、二人の会話が一段落するまでしばらく戸口の脇に立ちつくしていた。

一週間前に、四月になったら東京へ出るので辞めさせて欲しいと告げたとき、おかみさんは本当にがっかりしたようすだった。母とは小さなことでもめている最中だからと理由をつけて、母にこの話題は出さないようにと頼んだ。


そろそろ昼の賄いの支度をはじめようかというころ、ガラスドアを押してひとりの客が入ってきた。

「いてて、自動ドアだと思ってぶつかっちゃったよ」

「あら、めずらしいじゃない」

座って帳簿付けをしていたおかみさんが、大きな声をあげた。

た。

「こんちは」

声に聞き覚えがあった。たった今帰ったばかりの客から落ちた髪の毛を掃き集めていたわたしは、思わず顔をあげた。早野聡が額に手をあて、照れ笑いを浮かべて立っていた。

「こんにちは」

早野は額を押さえていた右手を、わたしに向かって軽くあげた。

「元気？」

馴れ馴れしい挨拶に、マニュアルどおりの挨拶を返す。

「いらっしゃいませ」

おかみさんが会話に加わってくれた。

「早野君、久しぶりね。いつこっちに帰って来たの？　今、春休み？」

「そうです。ほんとは先々週から休みだったんだけど、バイトがあったんで、帰ったのは一昨日なんです。昨日のお祭りはちょっとのぞきました」

早野がちらりと視線をこちらに向けた。

「東京はどう？　可愛い子いっぱいいる？」

わたしを助けるつもりはないのだろうが、おかみさんが早野に話題を変えるすきをあたえずに喋り続ける。

「ぼちぼちですね」

「法学部だったよね」

「ええ」

「やっぱりさ、弁護士とかなんの?」

「そんな、とても……」

「あらあ」おおげさに手を振った。「あんたのお母さんはそういうつもりみたいよ。近所の人はみんな知ってるわよ。このあいだ会ったときだって……」

「おまえいい加減にしろよ。べらべらと」

奥に一服つけにいっていたマスターが、騒ぎを聞きつけて出てきた。吸いさしを客用の大きなクリスタルの灰皿におしつけて手を洗った。

「聡君、いらっしゃい。どうぞ座って」

「それじゃあ、お願いします」

三つ並んだ椅子の一番右端、つまり窓際に腰掛けた。たしか正月に帰ってきたときもあの席に腰掛けた覚えがあった。

「どうした、千遥ちゃん」

マスターに声をかけられて、われに返った。ここから先はわたしの受け持ちだった。国家資格である「理容師免許」がなければ、お客さんに触れることはできない。カットや髭剃りはもちろん、本当はシャンプーもだめなのだ。だから、その下準備だけさせてもらえる。

鏡の下の扉を開けて、布をワンセット取り出す。まずは剃布《そりふ》という名の、赤ん坊のよだれかけのようなクロスを、後ろから回しかける。

早野の首筋から、覚えのある男性化粧品の匂いがかすかに立ち上る。

祭の夜の神社の石段ですれちがったことは、気がつかなかったで押し通すことに決めた。

「苦しくありませんか」

事務的に聞く。

「大丈夫」

鏡に映った早野の視線をとらえてしまわないよう、手元だけを見ていた。見覚えのある襟首の周囲にタオルを巻き、その上からペーパーを押し込む。

「苦しくないですか」

「大丈夫」

さらに全体を覆う、ポンチョのような刈布《かりふ》を巻く。

つい、耳にも目がいった。少し伸びたもみあげにも。昔、早野に触れられた胸の先がわずかにうずき、いつか二人で眺めた波とカモメのコントラストが脳裏に蘇った。

「苦しくは、ありませんか」

早野もまったく同じことを三度答えた。

「大、丈、夫」

セットが終わり、ようやくマスターにバトンタッチとなった。

「わたし、タオル洗ってきます」

使用済みのタオルが、三分の一ほどたまった籠をさげて奥へ行こうとした。おかみさんが見とがめた。

「あらまだいいわよ。第一、水がもったいないから最後にまとめてで。それよりさ、壁の時計の電池替えてくれない。なんだか最近遅れるのよ。たぶん電池だと思うのね。はいこれ」

エプロンのポケットから未使用の電池を差し出した。おかみさんのエプロンには、何でも入っている。

「わかりました」

踏み台を持ってきて乗ろうとしたわたしに、髪をとかされている早野が声をかけた。

「あとでやってあげるよ」

無視したかったが、村山夫婦の手前、事務的に応えた。

「大丈夫です。届きますから」

踏み台に乗り、時計に手を伸ばしかけたときだ。

「そういえば昨日の昼間、本岡ニュータウンの近くで品川ナンバーのランクルを見かけたよ」

早野の声に、あやうく踏み台から落ちそうになった。別な客が、坂井の車をランクルと呼んでいたので、すぐにそれとわかった。正式名称が「ランドクルーザー」だということも知った。動揺を気取《けど》られないように、しっかりと時計をかかえゆっくり降りた。

「その車って、なにかめずらしいの？」

腰をすえて油を売ることに決めたらしいおかみさんが訊き返す。

「いえ、特別めずらしい車というわけでもないけど――。でも、夕方には千里見川の土手の近くでもたぶん同じ車をみかけました。ほら、あの廃墟みたいになった元ラドンセンターのところ。番号までは覚えてないけど、型が一緒だったし、そう何台も品川ナンバーのおなじ色のランクルがこの町にいるとは思えないから。きっとおなじ人だね。いまどき観光客かな」

おかみさんが予想通りの反応を示した。

「それってさ、もしかしたら千遥ちゃんのところのお客さんじゃない？」

早野が鏡に映ったわたしを見る気配があった。

「お客さん？　じゃあ、旅館再開したの？」

早野の質問はおかみさんに向けたようでもあり、わたしに問いかけたようでもあった。

「そう思うよね」

おかみさんが嬉しそうにうなずいている。

「前髪はどうする？」

マスターが興味なさそうに割り込んだ。

「ええと、一センチくらいカットしてください。あまり切らないで」

「違います」

思ったより、声がうわずってしまった。

「え、もう切っちまったよ」

マスターがあわてた声をあげた。切った前髪をだれにともなく見せる。わたしは言い訳のように説明する。

「すみません。違いますっていうのは、前髪のことじゃありません。知り合いのお客さんを泊めただけで、旅館は再開してません」

「なんだ、よかった」とマスター。

「どうしていいのよ」とおかみさん。

「ばか、前髪のことだ」

「へえ、そうなんだ。観光旅行のお客さん？」と早野が訊く。

「ばかってことはないでしょ」

「もみあげはどうする？」

「残してください。昔みたいにわざと間違って切らないでくださいよ」

「誰だっていいじゃないですか」わたしは早野に冷たく答える。

マスターが鋏の動きを止めた。

「ちょっとうるさいぞ」とうとう怒鳴った。「ややこしいからそっちの話は散髪が片づ

を片づけはじめた。

「またあんたは、そんなこと言うから若い人が来なくなるんだよ。もう」

おかみさんが割り込んでくれたのをきっかけにして、前の客が読み散らかした週刊誌を片づけはじめた。


「本岡ニュータウンの近く」という言葉に少しだけ引っかかっていた。

もしもその「ランクル」が坂井裕二のものだとしたら、あんなところで何をしていたのだろう。断層の地質調査は千里見川の周辺と言っていた。本岡ニュータウンからでは、いちばん近い河原でもたぶん五キロ以上は離れているし、そもそも恐竜の化石が出たのはもっと上流だ。

ニュータウンの周囲は住宅地で地質調査をするような土地とは思えない。もちろん星を観測するような場所ではないし、だいいち昼間のことだ。東京から来た人が足を運ぶ名刹《めいさつ》もない。

しかも、そのあと元ラドンセンターの廃墟近くにいたという。あのあたりはかなり河口に近いが、何か地質調査するような対象があるのだろうか。

それとも、地質の調査というのはやはり口実で、開発や博物館建設の話が再浮上したのだろうか。坂井はその下調べに来たのか。ならばなぜわたしがそう聞いたときに知らないふりをしたのか――。

マスターの声が、そんなどうどうめぐりから引き戻してくれた。

「千遥ちゃん。カップにお湯を張ってクリームを溶いてくれないかな」
「あ、はい」
わたしは急いでシェービング用クリームのもとになる粉末を、白い陶器のカップにあけ、湯にひたしたブラシで溶きはじめた。

早野聡が髭を剃られているあいだ、わたしは時計を壁に戻してから店を抜け出し、裏の庭で草をむしっていた。

花でも咲いていなければ、コスモスとセイタカアワダチソウの区別もつかない。しかたなく、目につく緑の草をはしからむしっていった。ぼんやり考え事をして、思ったより時間が経ってしまったようだ。人の気配を感じて顔をあげた。わたしを呼びにきた村山夫婦のどちらかだと思って、無警戒だった。

約一年ぶりに、まともに正面から見あげることになった。

おそらく本人が望んだ以上に刈り上げられ、もみあげまで落とされて、さっぱりした頭の早野が立っている。

「どうしても一度話したくて。こんなふうにされるのを覚悟でやってきた」

うぬぼれるわけではないが、わたしと話すきっかけ作りのため、就職活動中の大学生みたいな髪型にされるのを承知で来たことは分かっていた。あのマスターは、客の要望にほとんど耳を貸さない。

しかし、わたしの口から出た言葉は、自分でも驚くほど不愛想だった。

「べつに話すことはありません」

「ほらね。そうやって会ってくれないし、祭りで会っても、わざとらしく知らんぷりしているし……」

「いま、仕事中なので」

「草をむしってるだけに見えるけど」

「だけですみません。それが仕事です」

「でも、そこは花壇じゃないの？」

「早野さんには関係ありません」

「とにかく少しだけ……」

「もうあのころのことは忘れました」

昔、――そう、はるか昔のことに思える。わたしと早野はつきあっていた時期があった。わずか一年前までのことだ。

世間は恋人同士と見ていたようだが、ほんとうのところどうだったのかわからない。学校帰りに早野の部屋に寄ったりすると、早野がその先を望んでいると感じていたが、最後の一線を越えることは拒んでいた。

ただ、二人とも東京の大学を志望していたから、そろって合格して、ときおりは勉強のことで相談したり、観光雑誌に載っているような有名な場所でデートする日が来ることを、わたしは普通の少女らしく楽しみにしていた。

わたしの父の通夜があった日のことだ。わたしとはあまり親しくなかった白田《しろた》燿子《ようこ》という名の幼なじみと、もう一人の女が、早野とその友人をカラオケに誘った。通夜で顔を合わせた帰り道で。

あとから知ったことだが、酒も飲んで四人で盛り上がったあと、二組に分かれた。もうひと組はどうなったか知らないが、燿子と早野にはその晩肉体関係ができた。

翌日の告別式にも彼らは来てくれたが、焼香を待っているあいだ、燿子が得意げな表情で早野に腕をからめているのが遺族席からも見えた。

あわただしく二週間ほどがすぎて、道で偶然顔をあわせたとき、こちらから聞きもしないのに燿子がこころもちあごをあげて言った。

「子供じゃないんだから、あんまりもったいぶると男って飽きるよ」

要するに、キスをしたり胸を触らせるところまでは許すのに、その先へ進ませないことを言っているのだろう。

燿子に対して腹は立たなかった。そうか、もう子供じゃないのかとぼんやり考えた。つきあった最初の晩に望むようにさせてやれば、男は飽きないのかとも。

しばらく経ってから、あのときほとんど怒りの感情が湧かなかったのは、冷静に受け止めたからではなく、父を失った悲しみが大きすぎたせいだと気づいた。

とにかく、早野の顔は見たくなかった。なんどか電話もしてきたし家の前で待ち伏せされたこともあったが、そう長い期間続かなかった。彼には東京での学生生活が待っていたからだ。

わたしは、父親と、ぼんやり夢見ていた恋人候補との学生生活を、同時に失った。気がつけば、それはわたしの中にあった希望のほとんどすべてだった。

「もう一度、元へ戻れないかな」

抜く草もなくなって、そこに転がっていたスコップで土を突いているわたしに、突っ立ったままの早野が声をかける。

「時間は元へ戻せないでしょ」

あのころ地球を発った光は、はるか彼方を飛んでいる。引き戻すことはできない。

「じゃあ、あらためてつきあってくれないか」

「どうしたの？　東京の女の子にふられたの？　それで身代わり？」

またしても、自分でも驚くほど辛辣な言葉が出た。

その後燿子と別れたことは、というより関係があの一回きりだったことは、噂で聞いていた。燿子も上京して、今はブティックの店員をしているらしい。

半年ほど前、燿子が帰省したときにまたばったりと顔を合わせた。狭い町だから、合わせないほうが難しい。このとき、聞きたくもないのに彼女のほうからそう説明してくれた。意外につまんない男だから千遥もあれでやめといてよかったんじゃない、とも言われた。

このときは殴りたいほど腹が立ったが、愛情の冷めた男のために喧嘩をするのもばかげていた。

「こんな頭になったけど」早野が刈り上げた後頭部をしゃりしゃりとなでた。「なんだったら、坊主にするよ」

「くだらない」

「え?」

「つまらないから、もう帰って」

「きついな」

ポケットから煙草をとりだして指でつまみかけたが、気が変わったのか、吸わずにしまった。

わたしはスコップをがしがしと突き立てた。

ほじくり返した土の中から、元がなんだったのかわからないほど錆びた空き缶が出てきた。おかみさんは花を愛するが、ずぼらさかげんはわたしといい勝負だ。どうして花壇から錆びた空き缶が出てくるのだろう。早野の言葉をシャットアウトしたくて、そんなことをぼんやり考えていた。

じゃあ、東京で会えないかな――。

わたしがもっとも警戒したのはそのせりふだったが、そんなおかみさんでも、わたしがあと数日で上京することを、早野に話さずにいてくれたようだ。

「ごめん、まだそんなに怒っているとは思わなかった」

早野の短い沈黙に被さるように、建物のすき間を縫って潮騒が届いた気がした。早野は組んでいた腕をほどいて腰にあて、そのまましばらく空を見上げていた。もしもうひとことでも彼が言葉を吐いたら、わたしは錆びた空き缶を投げつけてやろうと思っていた。そしてこう言ってやろうと。

「すべてがあなたのせいだとは言わない。でも、あなたの顔を見るたび、声を聞くたびに、無くしたものと無くした時間を思い出して、体が震えそうなほど不愉快になる」

「悪かった」

まるでわたしの声が聞こえたかのように早野は突然頭を下げてから、くるりと半回転した。二、三歩進んで振り返った。

「もう、道で会っても話しかけないから」

視線を伏せ、ゆっくり去っていく足音を聞いた。

どれくらいの時間が経っただろう。いつまでも戻らないわたしを心配したおかみさんが探しに来て、花壇の惨状に短い悲鳴をあげるまで、手にした空き缶をじっとにらみ続けていた。

もしかすると、自分は世界で最低のいやな女なのかもしれないと思った。

客が去り、母の買い物リストが一気に三分の一に減った。

「悪いけど、今夜は千遥が作ってね。お母さん、このところちょっと頑張りすぎて、なんだか疲れちゃった。明日からきちんとやるからね」

生鮮品を冷蔵庫にしまっているわたしに、後ろから母が声をかけた。ちょうど肉をしまい終えたわたしはふりむいた。

「いいよ、無理しないで。それに、そんなことだろうと思ってカレーの材料を買ってきたから。多めに作れば、今夜と明日の朝と、たぶん明日の夜まで持つでしょ」

「まったく、この子は」

母は笑って、わたしの頭を軽く叩いた。

「でも、千遥がいてくれて本当に良かった。お母さんひとりだったらきっとごはんも食べられないと思う。お父さんだってこの家のことが心配で成仏できないだろうし。いまのこの家は千遥でもってるようなものね」

成仏もなにもないでしょ。お父さんの姿は、秒速三十万キロとかいう光の速さで進んで、一年も離れた場所へ行かないと見られないんだから。

それに、もしも〝成仏〟できないのだとしたら、お母さんがしっかりしないからだよ――。

このところ、わたしは母に対してどんどん物が言えなくなっている。

「やだな、どうしたのよ。いくら誉めてもいつものカレーだよ」

「千遥のカレー、好きよ。シンプルで」

「なんだか、それって誉めてんのかなあ。――それより、坂井さんて今度いつ来るとか言ってた？」

ステンレスのボウルに移したじゃがいもを洗いながら、どうでもいいことのように尋ねた。

「ゴールデンウィーク前後かもしれないって」

「ふうん。また買い出しが増えるのか」

また心にもないことを言ってる。わたしはやっぱり最低の人間だ――。

「ほんとに来るかどうかわからないわよ。もうこりごりかも」

「そんなことない。食べ物が美味しいって喜んでたよ。あの人が泊まるとお母さんの元気が出るみたいだし。また料理が作れるね」

母がはにかんだような笑みを浮かべた。

「ほんとにね。お客様がいらっしゃるって幸せなことなんだなあって、あらためて思った。もっと元気を出すようにして、いつか『清風館』を再開させたいわね」

わたしはむりに笑顔をつくったが、きっとひきつっていたに違いない。

今だ。今こそ言ってしまおう。

――わたしは、あと何日かでこの家を出て行くんだよ。四月からこの家にいなくなるんだよ。

「そうなるといいね。看板も塗り替えないと」

「そうね、なんだかできそうな気がしてきた」

顔見知りに会うたびに、バイクを指差され「新しくて、もっと可愛いのを買ってもらいなよ」と言われても無視し続けたのにはわけがあった。

父の形見という大きな理由ももちろんあるが、もっと自分勝手な理屈があった。

新しいバイクに買い替えるということは、まだ当分ここで生活する、ということを意味する。この町で、さらに数年暮らすことを認めたことになるからだ。

父が事故にあったときに乗っていたバイクを、そのままの状態で完全に壊れるまで乗って、動かなくなった翌朝に出て行こうと決めていた。

それなのに――よほど頑丈にできているのか、どんなに乱暴に乗ってもあんな音を立てながらも動いている。まるで、最後の力をふり絞ってわたしを引きとめるかのように。しかも、もう少しで坂井に修理されてしまうところだった。

わたしが坂井に怒った、もうひとつの理由はそれだった。

「ねえお母さん」

「なあに」

「いま、わたしが出て行ったら、お母さんひとりでやっていける?」

母の顔が一瞬で曇った。

「そんな悲しいこと言わないで」

母は、そんな話題はこれ以上ごめんだという顔つきをして、キッチンから出て行ってしまった。その後ろ姿を見ながら、わたしは心の中で続けた。

「わたしはお母さんの子だけど、お母さんのための子じゃないんだよ」

さっきの早野の言葉が、引き金になったのかもしれない。ずっと抑えてきた言葉をとうとう思い浮かべてしまった。自分がますます汚いものに思えた。むきかけのじゃがいもを放りだし、鈍く光るシンクをみつめた。ひと滴、またひと滴、鼻先を伝って水が落ちる。

坂井の消えた『清風館』は、事故のあと道路わきにひっそり置かれていたあのバイクのように、つめたく静かだった。

8　坂井裕二（十六歳）

「裕二さん、お電話。オオハシさんですって」

リビングで雑誌を読みながら夕食を待っているときに、鈴村が電話をとった。オオハシという名前から、あの夜の髪の香りを思い出すまで、ごく短い時間だった。

「二階で受けます」

裕二は階段をかけあがって、内線電話を兼ねた子機をとった。

「もしもし」可能な限り息を抑えて名乗った。

「お電話代わりました」

〈こんばんは。裕二君?〉

間違いなくそれは香菜子の声だった。

「はい」

〈まずかったかな?〉

「え、どうしてですか」

〈だって、走って来たみたいだし、ひそひそ声だから〉

一気に顔が赤らむのを感じた。電話でよかったと思った。

「大丈夫です。ちょっと離れた場所にいたので」

〈あのさ、こんどの日曜日、暇?〉

どういう意味だろう。特に予定はない。

「ええと」

〈ちょっとつきあってもらえない?　本屋さん。どこがいい?　新宿の紀伊國屋なんてどう?〉

こちらに答える隙を与えず、つぎつぎに言葉を続ける。

〈ねえ、聞いてる?〉

「たぶん、行けますけど」

〈じゃあ、決まりね。お店の前で十一時ね〉

それだけ言って電話を切ってしまいそうな気配だった。

「あ、ちょっと」

〈やっぱりまずい？〉

「いえ、そうじゃなくて、何しに行くんですか？」

受話器の向こうからけらけらと笑う声が聞こえた。

〈何よそれ。本屋さんだもの、本を買いに行くに決まってるじゃない〉

「ええと、どうしてぼくが――」

〈一緒に本を選んでもらおうと思って。星座の本。うちの近くの本屋だと、せいぜい星占いの本ぐらいしかなくて〉

短いセンテンスをテンポ良くつないでいく独特の話し方に、あの夜の会話を思い出した。

――彼女と一緒に星を見たりするの？

――いえ、あんまりそういうことは。

――なんだ。もしかして、誘う相手がいないとか。

言葉に詰まった裕二の背中を軽く二度叩いて「はっきり言っちゃってごめんね」と笑った。

「わかりました。お役に立てるかどうかわかりませんけど」

〈裕二君てさ、なんだか言うことが年寄りくさいよね〉

「そうですか」

あははと笑い声を引きずりながら電話が切れた。

裕二は、短い夢でも見たような気がしていた。たった今まで香菜子の声が流れていた受話器をながめた。現実のことだ。

彼女はいったいどういうつもりなのだろう。多少のうぬぼれを加味して考えても、自分を恋愛対象に見ているとは思えなかった。まだ高校二年だ。ならば本当に本を探す手伝いをさせるだけか。あるいはからかって、裕二の緊張を面白がっているのか。

――おまえ、鬱陶しいぐらい、他人に構われるだろう。

矢木沢の言葉が浮かんできた。そういうことなのだろうか。不思議に、こんどばかりはそれならそれでいいと思った。

ゆっくりと受話器を戻した。

それならそれでいい。自分に気を遣って声をかけてくれる人には何人も出会ったが、あれほど無邪気にからかってくれる人ははじめてだった。

新宿駅東口、アルタの前あたりは、よくテレビ中継される。おそらくそれを意識して、雑誌から抜け出たようなデザイナーズブランドに身を包んだ若者が、待ち合わせの場所にする。だからすごく混んでいる――。

前に、学校でそんな会話を聞いたことがある。たしかに混んでいる。その人波をかき分けるというより、すれ違う人に撥ね飛ばされながら先へ進む。

「裕二君」

まだ二十メートルも離れているのに、歩道の一段高くなったあたりに立っていた香菜子が、先に裕二を見つけ、大きな声をあげて手を振った。

歩道からあふれそうな通行人の何人かが、何ごとかときょろきょろしたが、すぐに興味を失ってもとの人波に戻った。

洗いざらしたジーンズに黒い革のジャケット、という恰好がこの場所でもなんだか目立った。ざっくりとした生地のタートルネックがゆるやかに身体の線を描いている。

「どうも」

こわばった笑顔で挨拶するのがせいいっぱいだった。

できることなら、今ここで知り合いに会いたくないと思った。立ち止まっている裕二に、邪魔だといわんばかりに次々と通行人がぶつかっていく。香菜子が裕二の腕を引いて書店内に入った。

「ごめんね。強引に誘って」

書店の中も混んでいたが、立ち話程度はできそうだった。

「いいえ。ぼくも買いたい本があったから」

「えー、じゃあ、そっちを優先していいよ」

「ぼくが探すのも『星』関係です」

「なんだ、いっしょか」

並んで立つと裕二より十センチほど身長の低い香菜子が、さりげなく裕二の左腕に右の手首をまわした。おどろいて裕二が見る。肩のあたりから香菜子がいたずらっぽい目を向けていた。

「さ、エスコートしてよ。年下君」

裕二が見立てた、天体観測について書かれた入門書を、香菜子は三冊も買った。それだけに一時間以上かかったので、裕二の本は先送りにし昼食をとることになった。香菜子の案内で小さなスパゲッティ専門店に入った。落ち着いた雰囲気の店内は満席に近かった。

「最近、こういうのを『パスタ』とか呼ぶのがお洒落らしいよ」

スパゲッティをスプーンの上でくるくるとまわしながら、香菜子が笑った。

「パスタ、ですか」

「ねえそれよりさ、今度は映画見ようよ、映画。嫌い？　だったらプラネタリウムでもいいよ」

あっけらかんとした誘いに、裕二は顔が赤らむのを感じる。今回は隠しようがない。

「やだ、照れてる。純情ね」

香菜子は薄く形のいい唇でつるつるとスパゲッティをすする。最後の一本がしっぽをふって唇を汚した。

「裕二君だってデートくらいするでしょう」

ナプキンで口もとを拭いながら、また首をかしげた。そのたびに髪がゆれてあの香りが漂う。

「あの」たまには自分から話題を変えようと思った。

「なあに？」

「香菜子さんはミニスカートとかはかないんですか」

訊いてしまってから、しまったと思った。自分は何を言っているのだ。そんなことを訊くつもりはなかった。さっき、すれ違う女性を見ながら、香菜子がはいたら似合いそうだなと思ったのだが、それがそのまま言葉に出てしまった。

香菜子が目を細め、フォークの先を軽く裕二に向けた。

「はいたらどうするの？」

よく嚙まずに飲み込んだアサリが喉にひっかかった。

「いえ、深い意味はなくて、なんていうか――」

「なんだ、裕二君もやっぱり男だね。でも、わたしさあ、あんまり足に自信ないからスカート持ってないんだよね。ミニスカはいたらデートしてくれるの？」

「いえ、いいです。今日の服装がいいです」

「また、無理しちゃって」

「いえ。ほんとです」

「ねえ、今日はそっちの趣味に合わせてあげたんだから、次はわたしの好きにさせてくれない？」

あまりにあっけらかんと言われてしまい、反論もできなかった。

「裕二君て、渋谷とか好き？」

話があちこちに飛ぶ。

「ええと、あんまり行ったことがないです」

本当は、ときどきひとりで渋谷に出て買い物をしたり、三本立ての映画を見たりすることがあったが、デートに似合いそうな場所も店も知らなかった。

「わたし、渋谷とか原宿はあんまり好きじゃないのよね。若い子ばっかりであふれかえってるでしょ。歩きながらクレープとかかじるのもねえ。——ねね、だったら、新宿で映画見たあと二丁目とか探検してみない？」

「ぼく、まだ高校生ですから」

「堅いなあ」

隣のテーブルでランチを食べている女性二人組が、こちらをちらりと見てから、顔を見合わせて笑いをこらえているようだった。

結局、翌週は新宿にある「二番館」と呼ばれる映画館に入り、夏に公開された『フットルース』を見た。

前の晩に緊張でほとんど眠れなかったせいで、途中で寝てしまったのだが香菜子には気づかれずにすんだようだ。映画を見たあとで、香菜子の知っている和食の料理店に入って食事をした。

いま、世間で流行っているイタリアンだとかビストロだとかいうのは嫌いなのだと言った。先週は迷いもせずスパゲッティの店に入ったが、そのことに関する整合性はどうなのか。疑問には思うが口には出せない。

「ねえ、一度遊びに来てよ」

「ええと、マンションにですか？」

「そ、掃除しとくから」

香菜子は、小田急小田原線の豪徳寺駅から徒歩で十分ほどのところにある、賃貸ワンルームマンションに住んでいると聞いている。

「新宿まで一本だし、まわりは住宅街だから静かでいいところなんだけど、駅前になんにもなくてね。夜はちょっと寂しいんだ。誰かに送ってもらわないと。ね、来るでしょ？」

行くと答える前から、来週は横浜にあるドリームランドへ行こうと誘われた。本当に話がよく飛ぶ。

「遊園地なら寝ないでしょ」

やはりばれていた。

しかし、人混みは嫌いだといやがっていたのに、どうして遊園地に誘うのかわからない。要するにどこでもなんでもいいのだとしか思えない。

香菜子には適当にごまかしたが、実は今まで、遊園地に行ったことがない。一緒に行くような相手がいなかったし、隆も親子二人で遊園地で遊ぶタイプの人間ではなかった。

翌週、ドリームランドへ行った。

あれに乗るこれに乗ると引っ張り回された。なんとかついていったが、ジェットコースターに乗ったときは、さすがに言葉にならない悲鳴をあげた。

「へえ、裕二君でもそんな声を出すんだ」

「出しますよ」

コーヒーカップに乗って、わざと高速回転させた香菜子が、裕二に肩をぶつけてきた。

「こんどは笑い声を聞いてみたいな」

そんなことを言われたのも初めてだった。とにかく、香菜子との会話は初めてづくしだ。

もちろん、笑ったことはある。隆の会話に織り込まれるジョークはとても楽しい。食事のたびに笑っている。香菜子と一緒のときも笑っていたつもりだ。

「ぼく、笑ってませんか」

高速回転のめまいに耐えながら声をあげた。

「笑ってるけど、顔の筋肉だけ。心から笑ってないでしょ。笑い声を聞いたことないもん」

香菜子はカップの回転の勢いを止める気配がない。乗車時間が終わったあと、ふたりともすぐ近くのベンチに倒れ、横になった。しばらく起き上がれそうにない。

「気持ち悪いよ。だめだ。吐くかも」

回した当人が弱音を吐いている。

「回しすぎですよ」

「そう思ったらとめてよ」

青白い顔を見あわせて笑った。

「ねえ、裕二君の家、ビデオある？」

「はい」

「映画とか、何か持ってる？」

リビングにあるビデオデッキの脇に並んでいるライブラリーは、ほとんどすべて隆のコレクションだったが、好きなように見ていいと言われている。その中から、覚えている名前をいくつかあげた。香菜子の瞳がきらきらと輝く感じがした。

「渋い。ねえ、今度見せてよ」

「ええと、聞いておきます」

香菜子と話していて不思議に思うことがあった。

たしかに星に関して多少の興味はありそうだが、いまだに流星と彗星の区別もつかない。自分の望遠鏡を持っているとか、買おうとしているという話も聞いたことがない。あの晩、ほとんどが中年男性か夫婦がメンバーの天体観測会に、なぜ彼女は参加したのだろう。

それに年下であり、どう考えても華のないこの自分と、どうしてつきあうのか。香菜子だったら、その気になれば相手は選り取り見取りだろう。ただの暇つぶしなのか、あるいは——。

あるいは、の先が思いつかない。

理由どころか、彼女の存在すら百パーセント現実のこととはいまだに信じられない。もしかすると、これはやはり夢かもしれない。ずっと長い夢を見ているのかもしれない。だとすれば、夢はいったいどこから始まったのか。はるかに遡れば、はじまりは隆の養子になったころかもしれない。ある朝目覚めると、自分はまだ小学生で、車にはねられ大けがをして病院のベッドに寝ているのかもしれない。

これは病院のベッドの上で見ている夢なのか?

それはいやだ——。

それはもう耐えられない。あのころの現実に戻るくらいなら、いっそ最後まで夢を見たまま死んでしまったほうがいい。だとしたら、彼女の気まぐれに対して、細かい詮索《せんさく》をすることはやめようと思った。

昔から、夢の中で矛盾に気づいたとたん、目が覚めることを体験で知っていた。

ほぼ、週に一度の割で香菜子と会い、共通の時間を持った。ただ、香菜子が腕をまわしてきて軽く組む以外に、肉体の接触はなかった。

さすがに裕二の小遣いが続かなくなった。隆に言えば理由も訊かずに追加してもらえたと思うが、それはしたくなかった。結局、香菜子が費用を持つようになった。

「実家がそこそこ金持ちでさ、毎月仕送りしてくれるのよ。気にしない気にしない」

裕二がそれでもやはり気になると答えると、「じゃあ、きみの小遣いが貯まるまで、会うのやめる？」と冷たく言い放ち、顔をあからめてもじもじする裕二の表情を楽しんでいるようだった。

年の暮れが迫るにつれ、あちこちで電飾の明かりが増えていき、街頭でも店内でも流れる曲はクリスマスソング一色に染まった。「クリスマスイブをどう過ごすか」というテーマのドラマまでやっていたが、裕二と香菜子の予定は早々と決まっていた。

「ごめんね。わたし、クリスマスは家族と過ごすことにしているから」

裕二にも特に不満はなかった。毎年、クリスマスイブには、鈴村が張り切ってローストビーフかターキーの丸焼きを作ってくれる。もっとも、隆がいたとしてもほとんど口をつけないので、大半が残ってしまい、鈴村が持ち帰ってご近所にお裾分けすることもまた恒例のようになっていた。

だから、裕二がイブの夜に外食するとなると、鈴村ががっかりするはずだ。

「そのかわり」香菜子が裕二の腕をとった。「初詣行こうよ」

「はい」

「どこがいい？」

「どこでも」

「じゃあ、明治神宮。そのあと少し表参道とかぶらつこうか」

「原宿は嫌いって言いませんでした？」

しまった。矛盾をついてしまった。

「いいんだよ。気分なんだから」

男なら細かいことをぐずぐず言わない、と背中を叩いて笑う。よかった。夢から覚めなかった。

「はい。でも、たぶんすごく混みますよ」

「いいんだよ。雰囲気楽しむんだから」

あははと笑って腕にすがりついた。いつもとおなじ髪の香りがした。

ほかの何を失ってもいいから、この夢だけは覚めないで欲しいと願った。

＊＊＊

元旦に初詣に行こうと約束していたが、香菜子に急用が入ったため、そろって明治神宮へ行けたのは一月の三日だった。

それでもまだ相当に混みあっている参道を、二時間ほどかけてのろのろと進み、ようやくそろって賽銭を投げることができた。

香菜子はいつもと変わらないラフな恰好をしている。カーキ色のボマージャケットの下は黒いハイネック、ジーンズにスニーカー。紺色の地に白い模様の入ったマフラーを巻いていた。

まわりを見回せば、カップルで来ている女性はほとんど晴れ着や毛皮のコートに身を包んで、華やかな雰囲気をふりまいている。金ぴかのアクセサリーをじゃらじゃらいわせるのも流行っているらしい。

ただ、香菜子がそういう恰好を好まないことは、すでに理解していた。

口もとを半分覆ったマフラーの中から香菜子が聞いた。

「ねえ裕二君、なにお願いしたの？」

「ええと、秘密です」

「へえ」さぐるような目つきで裕二の顔をのぞき込んだ。「裕二君もわりとエッチだね」

「どういう意味ですか」

出店で買ったバナナチョコをかじりながら、香菜子は裕二に射的をやれとせがんだ。

裕二はひと皿五発入った弾を買い、それだけで三つの景品を落とし、店の男にいやな顔をされた。玩具の指輪をはめた香菜子は上機嫌だった。

「自分で稼げるようになったら、ちゃんとしたの買ってよ」

香菜子はそう言って、景品のプラスチック玉がはまった指輪をかかげて見せた。

「どういう——意味ですか」

顔を火照らせた裕二を香菜子が笑う。

「いちいち、すぐに赤くならないでよ。こっちが照れるじゃない」

香菜子が腕をまわした。

「温かいものでも食べようよ」

正月とあって、開いている店は限られており、二人が入りたいと狙いをつけた飲食店は、どこも満員だった。

「だったら、わたしのマンション来る？」

マフラーを巻き直しながら香菜子が聞いた。

今までも、何度かそんな話題にはなったが、結局はまだ一度も、香菜子の住むマンションを訪れたことはなかった。

「いいんですか？」

「ちょっと散らかってるけど、死にはしないと思う。ピザかハンバーガーでも買ってさ」

一度渋谷へ出て、正月営業していたピザ店でシーフードのLサイズとサラダを買い、私鉄を二本乗り継いで豪徳寺駅に着いた。

新宿駅から各駅停車でも十五、六分だと聞いたが、香菜子が言うように「駅前には何もなく」すぐに住宅街が広がっている印象だった。

香菜子のマンションは比較的新しい物件のようで、落ちついた雰囲気の住宅街に煉瓦の建物がやや浮いて見える。

「散らかっているから、あちこち見ないように」

部屋の鍵をまわしながら香菜子が睨んだ。

「わかりました」

「とくに押し入れを開けたら、殺す」

「わかりました」

ドアをあけた香菜子が先に立って裕二を導いた。

「さ、こっち。余計なとこは見ないでよ。ここがリビング――」

先をゆく香菜子の、言葉と動きが同時に止まった。裕二は何ごとかと肩越しにリビングをのぞいた。香菜子の硬直が伝染したようにしばらく動けなかった。

ソファに身を沈めるようにしてくつろいでいた若い男が、読みかけの雑誌を閉じた。

一瞬、よく似た別人だと思った。こんなところにいるわけがない。

だが、その鋭利な紙のような顔に浮いた冷たい笑みは、見間違いようがなかった。香菜子の部屋で雑誌を読んでいたのは矢木沢了だった。

「女の子向けの雑誌って、どうしてこうなんだ」

ふんと鼻で笑ってテーブルに放りだした。

「トオル！」

香菜子がきつい声をあげた。

なにがどうなっているのか。なぜ矢木沢了と香菜子が知り合いなのか。

「『男子はアナタのココを見てる』とかさ、『この冬定番！　とっておきの小物！』だとかさ、だいたい、みんなしておなじ柄のハンカチを持つのって気持ち悪くないのかね」

「ねえ。こんなところで何してんのさ」

香菜子の声は、これまで聞いたことがないほど怒っている。

「だから雑誌を読んでるんだよ。どうせきみは女の子向け雑誌なんて買わないだろうから、途中で買ってきてやったよ。大失敗だったけどさ」

「留守中に勝手にあがらないでよ」

「冷たいこというなよ。いくら新しいボーイフレンドができたからって」

にやにやと笑っているように見えるのは、口もとの傷のせいばかりではなかった。

「こんちは、裕二君。変わったところで会ったな。これで本当に兄弟になれたってわけだな」

自分の冗談がよほど楽しかったのか、めずらしく声をたてて笑っている。

「出てってよ」

「裕二君との話が終わったら出ていくよ」

「じゃあ、わたしが出て行く」

香菜子が裕二の顔をちらりと見て、脇をすりぬけた。

「香菜子さん」

「ごめんね、わけはあとで話す」

香菜子は、そのままふり返らずに玄関から出て行った。裕二はまだ笑っている矢木沢を見たが、とっさに言葉がみつからず、ピザの入った袋を床に置き、香菜子のあとを追った。

エントランスを抜けると、早足で去る香菜子が見えた。裕二はあえて声をかけず、そのままついていった。香菜子は二百メートルほど歩いたところにある公園に入った。

そこそこに広い公園で、銀杏《いちょう》の並木や遊具が点在している。香菜子は鉄棒と砂場の近くにあるベンチに座った。裕二も無言のまま、少し間をおいて腰を下ろした。

「ごめんね。あとでちゃんと話す。いまはあんまり腹が立って――」

香菜子が視線を向けた先に、いつの間に追ってきたのか、矢木沢が立っている。

「ちょっと寒いけど話ならここでもいいか。煙草が吸えるしな。知ってたか？　彼女、部屋で吸うと髪に臭いが移るって、激怒するんだ。怒ると恐いんだぜ」

香菜子は顔をそむけて、反応しなかった。かわりに裕二が答えた。

「どうしてこんなこと――」

その先の言葉が浮かばなかった。香菜子と矢木沢が、単なる顔見知り以上の関係であるらしいことはわかった。ということは、裕二と香菜子があの天体観測の夜に出会ったのは、偶然ではないだろう。当然、その後のことも。

いったい何のために、なにが目的でこんな手のこんだことをしたのか。腹が立つのか悲しいのかすらわからなかった。

香菜子を見ると、下唇を嚙みごつごつとした銀杏の木肌を見ている。

「まあ、あえていえば嫉妬かな。それと証明だ。ぼくの方がいろいろ持っているし、主導権を握っているというね」

「嫉妬と証明——」

そう聞かされても、理解できないことにかわりなかった。眉間にしわを寄せたままの裕二を見て、矢木沢はくすくすと笑った。

「養子探しの一件、覚えてるだろう？　いくら頼んでもおまえが協力してくれないから、ひとりでいろいろ調べたよ。ずいぶん苦労した」

深々と吸い込んだ煙を吐き出した。

「たとえば、矢木沢の親父の知人なら坂井の知人かもしれない。だから親父のところに来る手紙だの年賀状をチェックして、子供がいそうならその子に会いに行って、血の繫がった親子かどうか調べる。素人だからね、ひとり調べるのに一カ月かかることもあった。

そのうち、探偵社を使えば便利なことを知った。あまり大きい声じゃいえないけどな、雇うなら弁護士とか司法書士あたりに顔の利くところがいいぜ。金を出せばあれこれ理由を聞かずに書類をそろえてくれるところがある。役所は堅い肩書きに弱いからな。まあ、そんなことはともかく、結果だけ教えてやるよ――」

「ねえ、わたし帰ってもいい？」

　ボマージャケットのポケットに手を入れたまま、香菜子が矢木沢を見上げた。このふたりでは、二十センチ以上身長差があるだろう。

「まあ、もう少し待ちなよ。このお坊っちゃんがショックを受ける顔をみようぜ」

「あんた、やっぱり悪趣味だね」

「そこが好きだって言ってなかったか」

　香菜子の顔色が変わった。素早く右足で蹴り上げたが、矢木沢が身を引くのがわずかに早かった。

　矢木沢は香菜子と裕二の顔を交互に見比べ、いままで見たことのない楽しそうな表情を浮かべた。矢木沢を睨んでいた香菜子は、くるりと後ろを向きかけ、そのときはじめて存在に気づいたように裕二の顔を見た。

　数秒間、表情のない視線を合わせたが、香菜子はそのまま無言で去った。あとを追いかけようとした裕二の腕を矢木沢がつかんだ。

「まあ、もうちょっとだから聞けよ。これから面白くなるからさ。――やっぱりみんな似たような経験をしていた。どこかで子供が虐待を受けている。とくに、しょっちゅう入院してるとか死にかけたとかの深刻なケースの子供だ。その子が施設に入ったり入院しているあいだに、その親が交通事故で死んだり、ひとけのない工場跡地で首を吊ったりする。葬式だなんだが終わって一段落したころ、ある人物が現れて養子の斡旋をする。もらわれていく先は、ほとんどは金に困っていないが子供に恵まれなかった夫婦だ。もらわれていった子供たちは、いままでと天地がひっくりかえったような生活を送ることになる。欧米じゃ養子という制度に対して先進的でね。血の繋がった子供がすでに三人もいるのに、孤児をさらに三人引き取ったりしている。隆さんとおつきあいのある人たちは進歩的なのかもしれない。ただ、どうして親が都合よく死んだのか、疑問に思った人はいないだろうけどね」

「すみません。ぼくも用事があるので、失礼します」

真相に興味はあったが、隆の暗部を探り出そうとする悪意の言葉を聞くことに、耐えられなくなった。それに香菜子のことも気になる。

「いいから、もう少し待てよ」

矢木沢の喉から出た木枯らしのような声に、首筋の毛が逆立った。はじめて聞く声、はじめて見せる表情だった。いつもは、切れ長の冷たい目で裕二をとらえながら、冷やかすような、からかうような口調だった。

今は、紙で作ったような顔のどこにも笑いは浮いていない。目の暖かみも完全に消えて、青白い印象さえ受けた。

気圧されて立ちすくんだ裕二から視線をはずし、矢木沢は煙草をくわえた。二度、深く吸った煙を吐き出した。声質まで変わっていた。

「あの男がからんでいると思われる養子斡旋だけで、おれとおまえのほかに三組見つけた。その一人が彼女さ。香菜子だ。彼女は、母親と当時深い仲だった男に商売道具にされていた。簡単に言えば、いろいろな恰好をした裸の写真を撮られて、そういうのが好きなやつに売るんだ。けっこういい金額で売れるらしい。嫌がると殴られた。まだ小学四年生のときからだ。もちろん修整なんかしてないやつだ。

そういうのは当然ながらエスカレートする。六年生ぐらいから、複数の男の相手をさせられ、その際の写真まで撮られるようになった。もちろん、行為や写真の代金は母親が懐に入れる。ある日、香菜子はそんな毎日にとうとう耐えられなくなって、包丁で手首を切った。そうすれば死ねると何かで読んだらしい。

仕事から帰った母親が血まみれの香菜子を見つけて一一九番にかけた。そのあとで、母親は香菜子になんて言ったと思う？　『何ですぐ救急車呼ばないの。カーペットが汚れちゃったじゃない』ってさ。運ばれた先の医師が、本人から事情を訊きだして通報し、ようやく表沙汰になった。母親はその日はじめて知ったと答えた」

矢木沢はまだ半分ほど残った煙草を指先ではじいた。脇を駆け抜けていった幼児の頭を越えて、銀杏の幹に当たり火花を散らしてから根本に落ちた。裕二は吸い殻のところへ行ってつま先で踏みつぶした。矢木沢は公園の中をぐるりと見回した。ちぇっという舌打ちの音が聞こえた。

「ここからが香菜子本人の出番だったのにな。しかたない、おれが説明するか」

もう聞きたくないと言おうとしたが、喉につかえて出てこなかった。

「香菜子はそれ以前から、何度も母親に泣いて訴えていた。母親は何と答えたと思う。『まだ妊娠しないから大丈夫』だとさ。子供の体より目先の金が大事。どこかの親父と一緒だな」

香菜子がそんな少女時代を過ごしたなどと、かけらも聞いていなかった。たとえ聞いたとしても信じられなかっただろう。

「母親の愛人だったくず野郎は、住んでるマンションの屋上近くの非常階段から、飛び降りて自殺した。たしか、十二階だったかな。事件が発覚して、逮捕は時間の問題だと観念して発作的に、と思われた。母親は逮捕された。施設にあずけられている香菜子に養子の話があったときに、勾留されていた母親は最初反対したが、なぜか数日で手のひらをかえしたように賛成した。一年半の実刑を終えて出所したあと、一時期羽振りがよくなったように見えたそうだ。そしてすぐに行方がわからなくなり、それっきりだ」

矢木沢の言葉は、どこか遠くから響く雷鳴のように裕二の脳に届いた。

「もういいだろう。ほかも似たようなものさ。親に虐待されている子供がいる。入院しているあいだに、親は死ぬか改心して子供は養子に出される。その先で幸せな生活を送る。養子に同意しようとしまいと、親は事故死をするか永久に行方がわからなくなる。

ありえない話じゃないかもしれないが、そこらじゅうに転がっている話とも思えない。たったひとりの男が、少なくとも五組のそんな顚末にかかわっているのを、多いと思うかどうかだ。何も社会正義だとか道義的にどうだとか言うつもりはない。おれに関心があることはたったひとつ。それはおまえもおなじだろう」

　裕二は矢木沢の青白い顔を見返した。二人の顔のあいだを白い破片が落ちていった。さらにひとひら。雪が降りはじめたようだ。

「おれのことは手元におかず、おまえは籍に入れ息子にした。その差はなんなのか。おまえだって心の中じゃ、優越感をもってるだろう？」

「持ってない」

　裕二が大きな声をあげたので、脇を通りかかった初詣帰りらしいカップルが、驚いて裕二を見た。しかしすぐに興味をなくして、腕を組んで去った。

「なに興奮してんだ、おまえ？」

「ぼくは、自分が他人より好かれているなんて思ってない」

「腹を立てているのはおれのほうだ。偽善者め」

「本心だ。それに子供は品物じゃない。その子に合った親を探してあげただけのはずだ。だいたいあんたの言うことなんて信じない。仮に――」

　言い淀んだ裕二にすかさず矢木沢が問い返す。

「仮になんだよ」

「何でもない」

　矢木沢は、聞かなくてもわかるとでも言いたげに、鼻先で笑った。

「おまえとおれの差を見せてやる」

そう言い捨てて突然鉄棒のところへ歩いていった。もう香菜子のところへ行こうとしていた裕二も、何をするつもりか気になってそのまま見ていた。

いちばん高い棒は、矢木沢の身長よりも少し上にあった。矢木沢はそれを順手に握り、いきなり懸垂をしたと思ったら、上半身が鉄棒の上に出ていた。そのまま勢いをつけて前方回転をはじめた。一回半回ったところで、逆立ちの状態でぴたりと止まり、こんどは後ろ向きに回転をはじめた。

大車輪という技に似ているが、鉄棒の高さが足りないので、地面に足が触れる直前に腰をほぼ直角に曲げ、器用に回転する。そのまま、三度四度と回り、ふたたび逆立ちの恰好で止まった。まるでオリンピックの体操競技を見ているようだった。次の瞬間、飽きたとでもいうように矢木沢がぽいと鉄棒を放した。いや、放したように見えた。

「あっ」思わず、裕二は声を立てた。

まわりからも声があがった。いつのまにか周囲に集まった人達の注目を集めていたようだ。

どういうふうに体をひねったのか、裕二にははっきり見えなかったが、下の砂場に着地するときには、しっかりと足がついていた。いくつかのどよめきと拍手がわいた。矢木沢は観衆に手を振ってから両手をたたいて汚れを払った。

湿った雪が身体にまとわりつく。観衆がまた散っていく。

「いつかおれが言ったことを覚えているか。おまえは、出会った人間に放っておけない気分を抱かせる。あの人がおまえを養子にしたのはそのせいだ。能力の問題じゃない。だとしたらおれは許せない。先におれという選択肢がありながら放り出した。おれのほうが頭脳も肉体も優れているのは歴然としている。それなのにおまえのことが欲しくなった。おれに対する侮辱だ」

答えずにいると、矢木沢がふんと鼻を鳴らした。

「おまえも偽善者なりに悩めばいいさ。あの男が、おまえの親を殺して養父になったんだ。それが事実だとしたら、あの男を許せるのか？　おまえは少しばかりの贅沢のために、自分の親を殺した相手と暮らせるのか？」

そしてにやりと笑って続けた。

「どうだ。少しは心が苦しくなったか」

矢木沢と別れて香菜子のマンションに走って向かったが、応答がない。部屋に戻らずどこかへ出かけたのかもしれない。一時間ほどドアの外で待ったが、雪はみぞれとなり、さらに降りがひどくなりそうなので、しかたなく家に帰ることにした。

途中で傘を買い、二子玉川園駅からゆるやかな坂を上っていくと、家の前に人影があった。

音もなくみぞれの降りしきる中、香菜子は電柱の陰でやや背中を丸め、ボマージャケットのポケットに手をつっこんでいた。口のまわりに巻いたマフラーから白い息が漏れて立ち上る。

「香菜子さん」

驚く裕二に、香菜子は瞼《まぶた》を伏せただけの挨拶をした。髪がぐっしょりと濡れて額に張り付いている。もともと薄化粧だったが、それすら流れてしまっている。

「どうしたんですか」

あわてて傘を差し出すが、もう意味がなかった。ジャケットはぐっしょりと水分を吸って色が変わり、ひじのあたりから滴が垂れている。

「あのさ、やっぱり、ひとこと、謝っておこうと、思って」

ろれつがまわっていなかった。いつもの香菜子の歯切れのいいしゃべり方ではなかった。

見れば、唇は沈んだ紫に変色し、そこからのぞいた白い小さな歯が、かちかちと小刻みに音を立てている。体全体が震えている。

「すごく震えてますよ。まさか、ずっと待ってたんじゃ」

「だってさ、ここで、つかまえなかったら、電話に、出ないでしょ、たぶん」

舌がもつれている。

「そんなこと――」

裕二が否定しようとすると、ふっと香菜子が微笑んだ。前髪は額にへばりつき、目の回りが白くなっている。

「家に入りましょうよ」時計を見る。「熱いシャワー浴びて、たぶん鈴村さんが来てるはずですから、温かいココアでも淹れてもらって……」

「いいよ」

香菜子は自分の腕を摑もうとした、裕二の指をふりほどいた。

「ひとこと、謝りたかった、だけだからさ」

「ぜんぜん恨んでいませんよ」

「ほんとに？」

「こんなところで立ち話はだめですよ」

「それじゃ、また――」

もう一度微笑んでから裕二を突き放し、背中を向けた。もつれながらも足早に坂道を下って行く香菜子を、追いかけようとしたときだった。そこにだけ突風が吹いたように、彼女の体が大きく揺れた。そしてそのまま、濡れたアスファルトの上に崩れるように倒れた。


鈴村が往診を手配してくれた内科医に、応急の手当てをしてもらった。

香菜子が、うわごとのように救急車はやめてと言い続けたからだ。

普通はこんな日に往診などしてくれないのかもしれないが、この医師は隆の人脈のひとりでもある。医師は寒冷ストレスの反動による発熱だろうと説明した。

「まあ、広い意味でいう風邪だな」

あらかじめ症状を聞いていたようで、解熱剤をはじめいくつか薬を置いて帰った。

「動けるようだったら明日にでも一度来なさい。点滴を打ってあげよう」

医師は自分で運転してきた車に乗ってみぞれの中を帰っていった。

入れ替わるように隆が帰ってきたのはその時だった。鈴村から事情を聞き、客間にしかれた布団に寝ている香菜子の横顔を見たときに、隆が短く息をのんだのを裕二は感じた。

「これはどういうことだろう」

「ごめんなさい」

矢木沢のことは伏せて、これまでの二人の関係を説明した。天体観測会の夜に知り合って以来、何度か会って映画や買い物を楽しんだ程度の仲であることを説明した。お互い、身の上を話すうちに、隆が共通の知人であるのではないかと思うようになったと説明した。

隆は非常に聡明だ。まったく知らないふりは不可能だろうと判断したのだ。矢木沢の話を避けるためには、そうするしかなかった。

「そうか。きみらは顔見知りだったのか」

隆がめずらしく深いため息をもらした。

あの天体観測会の主催者だった倉持は、香菜子の素性を知らなかったのだろう。知っていれば少なくとも隆に告げたはずだ。そして、矢木沢はそこまで読んでいたということだ。

隆が裕二のたどたどしい説明をどこまで信用したのかわからないが、納得したそぶりは見せた。

「まあ、大事がなくてよかった。たしか彼女は滋賀から出てきて一人暮らしだったね」

「はい。豪徳寺のマンションに」

「だったら、今日は泊まっていくといい。――着替えは、鈴村さんになんとか都合つけてもらおうか」

その後、隆は鈴村に頼み込んで、若い女が一泊するために必要なものを、一緒に買い出しに行った。

しんと物音のしない薄明かりの部屋で、裕二は静かに眠る香菜子のそばに座っていた。ほおだけわずかに赤みがさした白い顔、伏せたまつげ、軽く結ばれた唇、意思の堅そうなとがった小さなあご。

美しいと思った。

本当は会った瞬間にそう思ってから、一日も忘れたことはなかった。ゆっくり小さく上下する布団とときおり香菜子の喉から聞こえるひゅうという呼吸音がなければ、生きているとは感じられないほど静謐《せいひつ》感に満ちていた。裕二は固まったようにいつまでもその寝顔をみつめていた。

翌朝、眠りから覚めた香菜子は、自分のマンションへ帰ると弱々しい口調で主張したが、隆が「もう一日寝ていたほうがいい」と言い聞かせた。昼前にやはり今日も往診してもらい、鈴村がつくってくれた雑炊を食べると香菜子の顔に生気がもどった。

「ねえ、シャワー借りていい」

「まだ無理ですよ」

「だって、鈴村さんに拭いてもらったけど、ぐじゅぐじゅに濡れてそのまんまなんだよ。シャンプーしたいよ」

「でも」

口ごもる裕二の肩をたたいて、香菜子は立ち上がった。ふらりと揺れたので、裕二はあわててわきからささえた。想像していたよりずっと細い腰だった。

「ありがとう。心配だったら、一緒に入ってくれる?」

「ええと、それは」

「だから、いちいち照れないでよ」

そのまま、浴室へ案内し結局、ドアの外で待った。三十分ほどして香菜子が髪をふきながら出てきた。

「もうひとつ、わがまま言ってもいい?」

「なんですか」

「どこかで座ってドライヤーかけてもいい？」

　昼食が済み、夕食の支度も終えて、鈴村が帰っていった。本来今日は休みの日だったが、このために出てきてくれたのだった。隆も昼前から泊まりがけの仕事に出かけた。屋敷の中に二人きりになった。

「子機を枕元においておきます。なにかあったら内線で呼んでください」

　出て行こうとした裕二を香菜子が呼び止めた。

「もう少し一緒にいてよ。病人に冷たいね」

「お邪魔じゃないかと思って」

　布団のそばに腰を下ろした裕二を、横になったまま香菜子が見上げた。さらさらになった髪が外から差す光を反射して枕に乱れている。

「ねえ、わたしのこと怒ってるでしょう？」

　裕二はうつむいて、小さく首を振った。

「怒っていません」

「嘘がへたね」

「ほんとは――最初は少し恨みました。もしかしたら、あいつと組んで笑いものにしたかったのかもって」

「きっかけは、矢木沢が訪ねてきたことだった」

「今は、いいですよ」

「いいから聞いて」

香菜子が簡潔に説明したところによれば、やはり矢木沢に、自分と似たような境遇の養子が何人もいることを聞いて興味を持った。真相を知りたいと思った。最初のころだけ、矢木沢の冷たさに惹かれたことも認めた。

坂井裕二という少年が鍵を握っているのだが、馬鹿がつくくらい真面目で協力してくれない。純情だから、香菜子が近づいてその気にさせれば、なんでも協力するはずだと言われた。当時香菜子はちょうど育ての親ともめているところでもあって、鬱屈した気持ちを何かにぶつけたくなった。それで矢木沢に協力することにした。

「だけどね、最初に会ったあの晩に気が変わったんだよ。伊豆の高原で一緒に星を見たあの晩に。だって、あなたが気に入ったから」

顔が火照るのを感じる。

「ほんとに純情だね。それに比べて、わたしって可愛げがない」

「そんなことないです」

伏せていた顔をあげた。

「香菜子さん。――すごく綺麗で可愛いです」

「遅すぎるって。そういうセリフはもっと早く言わないと」

「すみません」

香菜子はまた小さく笑って、へえ、と納得するしぐさを見せた。

「だから昨夜、わたしが寝てる隙にキスしたんだね。いやらしい」

「え、それは――」

熱を持つほど顔が赤らんだのがわかる。香菜子が力なく笑った。

「天然記念物だね」

「すみません」

「いいよ」

「え？」

香菜子がいたずらっぽい目でにらんだ。

「あのまま来ればよかったのに。女心がわかってないね。ほら、おいでよ」

裕二が座る側のふとんをわずかにめくった。

「ええと」

「なにもじもじしてるの。寒いじゃない」

「なんていうか」

「寒くてこごえそうだから、暖めてって言ってるの。鈍感ね」

その夜、鈴村が用意していった二人分の食事をとる時間以外、翌朝まで二人の肌のどこか一部でも五分以上離れていることはなかった。

翌朝、香菜子はタクシーを呼んでマンションに帰った。ぜひ同行したいという裕二の申し出を、香菜子は強い口調で拒絶した。

その夜も、その翌日も、電話をかけても反応がないので、裕二はほかのことが全く手につかないほど心配した。ただ、香菜子という人格を知っていたので、無理に押しかけることはしなかった。なにしろ〝気まぐれ〟の、見本のような性格だ。しばらく裕二と話したくない気持ちになったのかもしれない。

香菜子が帰ってから三日目に手紙が届いた。

花壇に咲いた花の近況報告でもするように、淡々と簡潔に、自分の今の気持ちが書いてあった。

《隆さんは知っていたのに裕二君には黙っててくれたようだけど、わたしは育ての親と喧嘩して家を出て、ひとり暮らしをしています。だから仕送りしてもらっているというのは嘘です。裕二君と出会う前から、金回りのいい中年男性二人と愛人の関係を持っています。金のためにやむをえず、といいたいけれど、実は金だけが目的ではありません。自分はそういうことをしてしまう性分なのだとわかってきました。小学生のときのことは矢木沢から聞いたと思いますが、ぜんぶ本当のことです。そんなわたしを軽蔑し忘れてください。裕二君と会っていた日々が一番楽しかった。もしも、別な世界でもう一度出会うことがあれば、また星のことを教えてください。そのときはきっと――》

途中からまともに読めなくなった。

裕二はすぐに隆に連絡をとり、マンションの管理人に「家族だ」と偽って確認してもらった。

管理人が合鍵で入ると、香菜子はウイスキーと睡眠薬を大量に摂取しており、意識がなかった。裕二がタクシーでマンションに着いたときには、香菜子はすでに搬送されたあとだった。

裕二はそのままタクシーであとを追った。救急病院でようやく香菜子と再会したとき、彼女はもう息をしていなかった。

いっそう白く、美しくなった香菜子の顔を、いつまでも見ていたかったが、警察に追い返された。あす、話を聞きに行くと言われた。

裕二にはそんなことはどうでもよかった。香菜子の魂は、手の届かないところへ行ってしまった。

ぼんやりと歩くうち、香菜子のマンションの前に立っていた。

何度も読み返した手紙の最後の一行を、もう一度読む。《裕二君と出会えただけでも、今まで生きてきてよかった》

漏れそうになる声を飲み込んで、灯りの消えた香菜子の部屋を見上げたとき、つめたいものが顔に当たることにようやく気づいた。

みぞれが静かに降っている。

やはりこれは夢で、香菜子のためにもっと早く目を覚ますべきだった。

冷血動物のような父親に突き飛ばされ、体中に怪我をして病院のベッドに横たわっていたときでさえ浮かんでこなかった感情が湧いた。

世界がこんなにも、悲しみと痛みに満ちているなら、生まれてきたくなどなかった——。

第二部

海の扉

1　清田千遥（一九八八年　七月）

列車の窓越しに見える海の色が、懐かしく感じられた。

海なんて境目なく続いているようだが、やはり郷里が近づくと輝きが違って見える。

運賃をなるべく安くあげるために、特急も急行も使わず帰省する途中だった。平日の午前中という中途半端な時刻に出たせいか、やはり車内は空いている。苦手な煙草を吸う人もいない。なにより、わたしの座っている四人がけの席には、わたしひとりきりだ。

東京駅のホームで、久しぶりに駅弁を買った。いろいろ楽しめる幕の内弁当にした。

少し濃い味付けのおかずを口に含み、堅めの飯粒を、箸ではさんではかみしめて飲みくだす。最後に、ふたにこびりついた粒をひとつふたつ口もとへ運んでから、割り箸を折り入れ、包み紙を巻き紐を結び直し椅子の下に置いた。

セットで買った緑茶を含みながら、ふたたびぼんやりと窓の外へ目をやる。

車内アナウンスで聞こえてくる駅名が、だんだん聞き覚えのあるものになってくる。

懐かしさと息苦しさと、自分でも説明のつかない、とにかく窓を開け放って海に向かって大声を張り上げたいような気分で、胸がいっぱいになっている。

千里見川の橋を越えるときに、堤防沿いに朽ち果てた元ラドンセンターの建物が見えた。ふいに涙ぐみそうになるのをこらえて、網棚から荷物を下ろす準備をした。

東京での生活は楽ではなかったが、それは予想していたことだ。学校と契約している寮生活の息苦しさも、切り詰めた生活を強いられることも覚悟はしていた。

生身の教授が喋っているのに、どうしても大きなテレビをのぞいているようにしか感じられない講義も、そのこちら側でほおづえをついている学生たちの姿にも、そんなものだろうとあきらめがつく。

授業の合間を縫ってのハンバーガーショップでのアルバイトも、入学してすぐにできた友人達と交わす会話も、漠然と思い描いていたとおりだった。それなら、この胸のあたりに詰まった砂袋のような塊はなんなのだろう。

もやもやの正体がわからないまま、早くも夏休みが近づいた。

七月が近づくと、授業は休講がちになり、すでに長期休暇の雰囲気が学内に漂い始める。そして、それはどこの大学でも似たりよったりらしく、親に金を出してもらってハワイに行く話だの、泊まり込みで沖縄の民宿へ彼氏を探しに行く話だので、友人たちは盛り上がっていた。

わたしが履修している講義は来週から実質的にすべて休講と決まった、七月最初の金曜の昼のことだ。相部屋の相方がはやばやと北海道へ帰省してしまった部屋で、わたしはぼんやりとCDを聞いていた。すると、電話ですよと寮母から声がかかった。

階段を降り、集会室の隅にある電話に出た。

「もしもし」

〈千遥？　あのね、おかあ――〉

久しぶりに聞く母の声だった。しかし、ざざざという雑音で、語尾がよく聞き取れない。この建物への電話の引き込み線が、どこかで傷ついているらしくて音声が乱れると、入寮の時に説明を受けた。すぐに工事をしてくれるものだと思っていたが、一向によくならない。

「どうかした？」

〈あのね。またお見え――って〉

声が不明瞭なことを差し引いても、母の声には元気がない。

「え、なに。何が見えるの？」

ざざざという雑音の切れ目に、そこだけはっきりと聞こえた。

〈坂井さん〉

あまりエアコンのきいていない蒸した集会室で、わたしは背中のうぶ毛が逆立つのを感じた。

「坂井さんがまた泊まりに来るの？」

〈そう――んだけど――しようかしら〉

「断ったの？」

〈だから、その前に千遥に――しようと思――〉

「あのね、お母さん。別な電話からかけ直すから、まだ断ったらだめだよ」

電話口に怒鳴ると、事務所の窓から寮母がなにごとかとのぞいた。

わたしは大急ぎで部屋に戻り、テレフォンカードの入った財布を持ち、公衆電話へ行くために玄関を飛び出した。


三月に坂井裕二は「きっとまた、来ます」と約束して東京へ帰った。

その翌日、わたしは母に東京へ出ると告げた。

それまでは、もしも母が取り乱したら、泣いて止められたら、どうしようとさんざん悩んでいた。しかし、すでに手続きも終え寮の部屋まで決まっていることを説明すると、母の反応は意外にも冷静だった。

――いつ、あんたがそう言い出すかと思っていた。

一度だけ大きなため息をついたが、それ以外は淡々と話してくれた。

――そのほうが千遥のためにいいとわかっていたけど、どうしてもお母さんのほうからは言い出せなかったのよ。

「ごめんね」と母が頭を下げたとき、わたしはそれまでの二十年間に流したどの涙より、父が事故で死んだときに泣いたよりも、大量の涙を流した。

「これは千遥のために貯めておいた学費だよ。手をつけてないから、これで足しにして」と通帳まで渡された。わたしは父からもおなじことを言われて、事故の二週間ほど前に通帳をもらっていたのだ。生活に困窮したら取り崩すつもりだったが、幸いそうならずに済んだので手をつけずにおけた。そこから今年度の学費を払った、と母に告げた。

その一週間後、既に段ボールの荷物も発送し終え、いよいよ明日から新学期がはじまるというぎりぎりの日に、わたしは東京行きの電車に乗った。

アルバイトを休みたくないのと電車賃が惜しいのとで、この三カ月のあいだ、一度も帰省はしていなかった。

坂井と連絡はとっていない。宿帳に書いてあったから自宅の電話番号はわかっていたが、こちらからかける口実もない。それに上京することは話していなかったから、わたしは『清風館』にいると思っているのだろう。いや、もう忘れたかもしれない――。

少なくとも「梅雨になるまえに」という口約束は、果たされなかった。やはりあれは社交辞令だったのだと思っていた。

母の話では、今回は本人が直接電話をしてきたらしい。春先の礼を述べたあと、千遥さんとの約束が延び延びになっているので、一泊だけさせてもらえませんか。もし料理がご負担なようでしたら外食します。そう頼んだそうだ。

母の口を通して、あのゆったりとしたしゃべりかたが聞こえて来るようだった。

「わたしが東京で寮生活していることはしゃべった？」

〈訊かれてないから、言ってないわよ〉

「だったらそのまま言わないで。そして絶対に来てもらって。『清風館』に」

そう母に頼んだ。口止めしたことに深い理由はなかったが、わたしが東京にいると知ったら、こちらで会うことになってしまいそうな気がしたからだ。

もしも彼と星を見るなら、千里見の海が見える場所にしたかった。

母は、わかった、と答えたように聞こえた。

母は坂井に電話を入れ、すぐに話が決まったらしい。わたしはアルバイト先に詫びて、彼が来ると聞かされた前日に帰省することにした。


相変わらず——いや、心なしか以前よりも大きな音できりきり鳴るガラス戸を引き開けた。

「ただいまー」

調理場にいたらしい母が、廊下に顔をのぞかせた。

「あら、おかえりなさい」

割烹着を着て、頭には三角巾をかぶっている。想像していたよりも元気そうだった。

「体調はどう？」

「なんとかね。美味しいカレーとか肉野菜炒めを作ってくれる人がいなくて、少し寂しかったけど」

「なによ。帰ってくるなり嫌み？」

脱いだスニーカーを自分で靴箱にしまいながら、家の玄関でこんなことをするのは生まれて初めてだと気づいた。

「悪口じゃないわよ。あなたも子供ができたらわかるわ」

「そういえば、業務用の調理場は、無駄に広いからやめたんじゃなかった？」

「包丁を研いだりするのには、こっちのほうが広くていいのよ」

やる気まんまんだ。

わたしは荷物を持って、二階の自分の部屋へ上がった。出て行ったときのままに見えたが、すぐに、ほとんど完璧に掃除がしてあることに気づいた。机に埃がかぶっていない。勝手にいじられて、以前なら大喧嘩をしたところだが、心がじわりと温かくなる。

紙袋をいくつかだけ持って、調理場へ下りる。

「坂井さん来るのって、明日だよね」

「そうよ。だから今日中に準備したり、下ごしらえしておこうと思って」

「何か買い物してくる？」

「さっき、信ちゃんにお願いしちゃったから」

なるほど、そういうことか――。

「じゃあわたしは、何軒か挨拶に行ってくるから」

鍋の中身を小皿にあけて、ふうふう言いながら煮物の味見をしている母に伝えて、玄関に掛かっているバイクのキーを取った。


いくつかの紙袋をスーパーカブの前カゴに入れた。東京で買ってきた手土産だ。

ほぼ三月ぶりにキーを回し、少しどきどきしながらセルを押し込む。クシュンクシュンと鳴って、無事にエンジンがかかった。心配していたバッテリー上がりもない。ガソリンも満タンのようだ。これはすべて、白井靴店の信ちゃんのおかげだ。

「何カ月も放っておくと、バッテリーがあがってエンジンがかからなくなるぞ」

わたしが東京へ行くと聞きつけた信ちゃんが、引っ越しの前日にわざわざ教えに来てくれた。

信ちゃんはわたしより十歳ほど年上で、独身で、このあたりでは有名な車好きだ。ただし彼の愛車は、金はかかっているのかもしれないが、やけに幅の広いタイヤが横にはみ出していたり、後ろに羽のようなものが生えていたり、マフラーがマンモスの牙みたいだったりするので、乗せてもらいたいとは思わない。

ただ「そのカブ、よかったらおれがときどき乗って、充電しておいてやろうか」と言ってくれたので、それはお言葉に甘えることにした。ついでにオーバーホールして、チエーンのうるさい音も直しておいてやると自慢げに言うので、それも頼んだ。そのわずか十日ほど前に、坂井がちょっとさわっただけで激怒したのが嘘のように、こだわりが消えていた。

母が「信ちゃんにお願いした」というのは、その乗り回すついでに買い物を頼んだのだろう。親子そろって遠慮がない。

さすが車好きがメンテナンスしてくれただけあって、走りは快調だった。あれほど派手だった、がらんがらんという異音はまったくしなくなっている。エンジンの回転音まで澄んだように聞こえる。東京駅で出発直前、大丸の土産品売り場で予備にと買った東京銘菓のセットを、白井靴店にひとつ持っていくことにした。

何軒か挨拶を終えて白井靴店に顔を出すと、わたしの母に頼まれた買い物から解放されたらしく、信ちゃんは店に戻っていた。

わたしの顔を見た信ちゃんは、大喜びで「ついでにおれの愛車を見て行け」としつこかったが、適当な理由をつけてなんとか断り、次へ向かった。

『村山理髪店』に顔を出すと、大喜びのおかみさんと、あいかわらず仏頂面のマスターに迎えられた。客がいなかったので客間に引っ張り上げられ、百パーセント訊かれるだろうと覚悟していた、おかみさんの「もうボーイフレンドはできたか」の質問攻めを受けた。

マスターも興味のなさそうな顔でやって来て、すぐ隣に座ったくせに、横を向いてスポーツ新聞を広げている。わたしはまたこの店で働きたくなってしまう気持ちをどうにか抑えた。

しばらく話したあと、ほかにも挨拶があるからと断って腰をあげた。

再びまたがったスーパーカブのギアをローにして、『清風館』のほぼ正面にそびえる山道を上る。

このあたりでは一番大きなお寺である『海勝寺《かいしょうじ》』に隣接して広がる、墓地の脇にバイクを停めた。水汲み場で水を半分ほど満たした桶と、柄杓を借りて奥へ入る。

父の墓を訪れるのは上京の前日以来だった。いまでも母が毎日のように訪れているのだろう。ゴミはまったく落ちていない。活けられた花も真新しい。

甘いもの好きだった父のために買ってきた、イチゴ大福を供えた。線香をあげてしばらく墓前にたたずんでから、立ち上がって海のある方角を見た。

絶景、という表現も大げさではないかもしれない。いつか坂井と上った、千里見神社への階段から見た景色よりも、さらに遠くまで視界がきく。

地盤の固い斜面をきりくずして建てられた海勝寺とこの墓地は、開山以来、周囲がたびたび土砂崩れの被害にあっても、まったく影響を受けなかったと聞いた。

眼下にきらきらと光る海が広がる。左手、東の方角に千里見川の河口が見えた。かすかに、廃屋のようなものも目視できる。

「お父さん」ふりかえって父の墓に声をかけた。「あそこ、やっと買い手がついたらしいよ。ラブホテルじゃないみたい。これで気が済んだ?」

ほとんど新品のようにぴかぴか光る墓石は、ただ静かに海に向かって立っていた。

翌日、坂井さんは午後に来るらしいと母が言った。

わたしは、すっかり快調になったスーパーカブで、買い物に出た。生鮮市場へ行く前に、昨日電車の窓からも見えた、千里見川土手沿いの廃屋に寄った。

『家族の健康と憩いの場　千里見ラドンセンター』

建物の壁にペイントされた、退色して薄茶色になった文字がどうにか読める。

はじめ、ここには製材所があった。二十年前の〝七夕崩れ〟のときに土砂に埋もれてから、その製材所は数奇な運命をたどることになる。その跡地に建てられ、そしてつぶれたラドンセンターの処理は、長いあいだ塩漬けになっていたが、ようやく買い手がついたという噂を上京する直前に聞いた。

しかし、建物は生まれ変わることができるが、父は帰ってこない。父とその仲間の人たちには申し訳ないが、命と引き換えにするほど大切な施設があるとも思えない。

わたしは、元ラドンセンターの、ほとんどぼろぼろになって門としての役目を果たしていない石柱のもとに、もうひとつのイチゴ大福を置いてから、バイクのエンジンをかけた。

買い物を終えて『清風館』に戻ると、砂利敷きの駐車場に見覚えのある「ランクル」が停まっていた。

母は調理場で、すでに料理を始めている。

「ただいま。茄子はいいのがなくて、近藤《こんどう》さんのところの無人販売所で買ってきた。お酢はこれでよかったよね。ああ、そういえば坂井さん――来たんだ」

最後につけたしのように訊いてみる。われながらわざとらしいかと思ったが、母は気にとめたようすもない。

「ええ、さっきお見えですよ」

「お部屋にお茶持って行こうか？」

「お散歩に行くって」

「なんだ、また散歩か」

どうでもよさそうにつぶやく。

「あ、そうだ。いけない。自分の買い物忘れてた」

訊かれもしないのに、外出のいいわけを口にした。

「ねえ千遥。お風呂のことなんだけど――」

母の言葉を無視して玄関に向かった。

やっぱりここにいた――。
予感したとおり、坂井は最初の日に見かけた場所にいた。わたしの防潮堤の上に座って、ぼんやりと海を眺めている。

そっと近づき、背中から声をかける。

「この場所が好きなんですね」

声がかかるのを予期していたように、坂井は驚いた様子もなく海を見たまま答えた。

「なんとなく、あの海が光っているあたりに、別世界へつながっている入口があるような気がするんです」

坂井と話をすると、どうしてこんなにも、どきりとすることばかりなのだろう。

「入口ってどういう意味ですか？」

坂井は、今ようやくわたしの存在に気づいたように、振り返って頭を掻いた。

「すみません。はっきりした意味はありません。なんとなく、別の世界への入口というか扉がありそうだなとか、そんな妄想をしていました」

言葉を失う。

海にある別世界への扉のことを、彼はどうして知っているのだろう。そんなことを書いたメモをどこかに落として坂井に見られたのではないか、そんな考えさえ浮かんだ。

鉄の足場に手をかけて、防潮堤に登ろうとした。

「危ないですよ」坂井が声をかける。

「よちよち歩きの頃から知ってます」

「そうか、地元の人だった」

笑いながら裕二は躊躇することなく手を伸ばして、わたしの手首を握った。少しひんやりとした手だった。わたしは短く息をとめたが、坂井の動作があまりに自然だったのですぐに笑顔で誤魔化した。

「ありがとう」

力を借りて、防潮堤に上がった。手をぱんぱんと払いながら坂井の隣に腰を下ろす。久しぶりにここへ登ったが、やはりはるか下の砂浜を見下ろすと、なんとなく尻のあたりから力が抜ける感じがする。

「怖くないですか？　ここ」

「ああ」坂井は首を伸ばして砂浜を見下ろす。

「そういわれると少し怖いかもしれないですね」

「なんだか変わってますよね」

「ぼく？」

「はい。母は『いいところのご令息だと思う』とか言ってるけど」

「いいいい、いいところって、どんなところだろう」

ふたり顔を見あわせて笑った。春先に感じた、彼の存在全体からにじみ出るような悲しみの雰囲気は、まだ薄らいでいなかった。彼にとって大切な人が今病床にあるとか、最近身近な人を亡くしたとかいうことだろうか——。

わたしは、あのころと比べてどう見えるだろう。

「星を見に行く約束、覚えてますか？」

「それで来ました。約束よりずいぶん延びてしまいましたけど」

「そんなことはいいんです。それより、わざわざそのためだけに？」

「はい」あっさりうなずく。

「じゃあ、今夜とか？」

「千遥さんがよければ。お母さんには一泊だけとお願いしましたし、千遥さんのご都合もあるでしょうし」

もしかしたら、と思った。

「わたしが東京で暮らしていること、母から聞きました？」

「はい。この前の電話のときに」

「口止めしたのに。あいつ、ほんとに口が軽いんだから」

二人して笑った。わたしは大きく息を吸って空を仰ぎ、両手を伸ばした。

「晴れてますね」

「その一点が心配だったんです。まだ梅雨は明けてないですから。でも、なんとか大丈夫そうですね。ぼくも、東京ではなく、こっちで観測したかった」

「じゃあ、ほんとにお願いしますね」

「ええ、夕食のあとで」

そういうと、坂井はまた海へ視線を戻した。わたしも隣で海を見ていたかった。傾きかけた陽光を浴びて光っている海面から、白馬の騎士は現れなかったが、それでも小さな奇跡の風は吹いたような気がする。

「それじゃ、支度がありますので」

一方的に言い、返事を待たずに足場を頼りに道路に飛び降りた。

坂井がなにか声をかけたような気もしたが、聞こえないふりをしてバイクのエンジンをかけた。

2　坂井裕二（十九歳）

「久しぶりだな」

大学の門を出て駅へ向かう途中、伏し目がちに歩く裕二の行く手をふさぐものがあった。

腰から下――黒っぽいスラックスと、ぴかぴかに磨き上げたストレートチップの革靴が見えた。声に覚えがあった。思い出したくない声だった。

相手の顔が見える角度まで、ゆっくり顎をあげた。あいかわらず鋭利な紙のような、醒めた表情の矢木沢了が、黒に近い色のスーツを着て、ズボンのポケットに左手を入れた姿勢で立っていた。

右手には吸いさしの煙草を持っている。

「なにか？」

矢木沢を睨んだが、逆光になって表情がほとんど読み取れない。

「なにか」裕二の口まねをしながら煙草を排水溝に投げ捨て、軽く鼻先で笑った。

「久しぶりに会ったのに、無愛想だな。兄弟」

「ぼくたちは兄弟でもなんでもない」

矢木沢は聞こえなかったような表情で、裕二の顔を見たまままた鼻先で笑った。

「しけたつらしてるな。どうせまだ新しい彼女もできないいんだろう」

矢木沢とは、香菜子が死んでから一度だけ顔を合わせていた。

葬式から三カ月ほど経った、穏やかな陽の差す四月初旬の午後だった。桜の花びらが舞う自宅近くの小さな神社の脇の道に、濃紺のジャケットを羽織った矢木沢が立っていた。

当時、裕二は高校三年になっていた。その日は、学校側の都合で午前中で授業が終わり、一度家で昼食をとってから参考書を買いに出ようと思っていた。その帰宅途中に待ち伏せされた。

偶然ではないだろう。なんらかの方法で学校が午前までであることを調べてあったのだ。

「元気にやってるか」と、そのとき矢木沢は声をかけてきた。

「おまえ」

つかみかかりそうになるのをどうにかこらえた。実の父親以外の人間をこれほど憎んだのは初めてだった。

「その目から察するに、まだ香菜子が忘れられないのか」

「ふざけるな。おまえのせいで香菜子さんは死んだんだ」

「それはいいがかりだろう。兄弟」

「兄弟じゃない」

「そろそろ現実を受け入れろって」

それよりここで立ち話でいいのか、と矢木沢は声をひそめてあたりを見回すしぐさをした。いいたいことはわかった。人影はないが、まわりは静かな住宅街だ。顔見知りもいる。どこに耳があるかわからない。

裕二は不服だったが、矢木沢のあとについて、神社の脇のほうへ向かった。

矢木沢にうながされ、東急線を見下ろす恰好で、寂しげな石段に腰を下ろした。下り電車が警笛を鳴らしながら通過していく。

「香菜子が死んだことについて、おれに責任があるというなら、おまえの親父にも責任はあるだろう。香菜子を今の親に斡旋したのは彼なんだ」

「親子の不仲はどこにでもある。自殺の理由を作ったのはあんただ」

「だったら、おまえも同罪だな。まさか手も握らなかったわけじゃないだろう」

さっそく言葉に詰まった。こういうやりとりをしては、勝てそうな見込みがない。本当は矢木沢が人の心をもてあそんだことについて非難したかったのだが、つい頭に血がのぼって香菜子の自殺に関する責任問題に話がいってしまった。

「もう養子探しはやめた」

煙草の煙を吹き出しながら、静かな口調で矢木沢が言った。

「え？」

「坂井隆が斡旋した養子を探すのは、もうやめた。彼のやったことはだいたいわかったし、おれよりおまえを愛したという事実は、今さら変えられない。おれも来年は就職だ、志望先の内定ももらっている」

矢木沢が口にしたのは、学生の就職希望先人気ランキングで常にトップ争いをする損保会社の名だった。矢木沢が現役で東大に合格したことは以前に聞いて知っていた。その頭脳と、あの日公園の鉄棒で見せた身体能力があれば、裕二に負けたと認めることを自尊心が許さないのもわからなくはない。だからといって、復讐や嫌がらせをされる覚えはない。

「ゆくゆくは親父の会社を継ぐことになるだろうけどな。その前に十年ばかりよそさまの飯を食うってことだ。そしていずれは親の会社と資産を利用して、好きなように生きる。坂井隆の会社も乗っ取る」

裕二の顔に煙をふきかけた。

「それを伝えに来た。おまえの前にももう現れない。もし会いたければ秘書を通してもらうことになる。それじゃな」

ふいに立ちあがり、裕二の肩をぽんぽんと叩いた。投げ飛ばした吸いさしが、階段を落ちていった。

「ちょっと」

背中から声をかけた裕二を振り向くことなく、大股で歩み去った。

ゆっくり立ち上がり、尻についた泥を落としている裕二の耳に、聞き覚えのあるエンジンのうなりと、タイヤをきりきり鳴らして走り去っていく音が聞こえてきた。


矢木沢に会うのは、あの神社の階段以来、二年ぶりだ。

今、目の前に立っている矢木沢は、社会人二年生とは思えないほどスーツ姿がさまになっていた。

「彼女もいないなら、週末は暇だろう？」

「もうぼくの前には現れないって言ったじゃないですか」

「ちょっと事情が変わった」

「あなたと話すことはありません。急ぎますから」

「それじゃあ、歩きながら話すか。どうせ喫茶店に誘っても断るだろうし」

裕二は無視したまま、矢木沢のわきをすり抜けようとした。矢木沢が並んで歩く。

「かっこつけんなよ。そう早足で歩くなって。――おまえ、本当はおれが現れるのを待ってただろう。兄弟も親友も恋人もいない身じゃ寂しかっただろう」

並んで歩く二人のあいだを、ハリネズミのように髪を逆立てた若者が突き抜けていった。耳にヘッドホンを差し、リズミカルに首を振っている。まわりの人間のことなどまったく気にしていないようだった。矢木沢が怒るかと思ったが、身をひねってやりすごしただけだった。彼にとっては怒る対象ではないのかもしれない。本当にハリネズミとしか思っていないのかもしれない。代わりに裕二には嫌味を続ける。

「おまえみたいな小心者の偽善者は、傷つくのを恐れて自分から誰かに近づいたりしない。誰かが話しかけてくれれば、無関心をよそおいながらも内心では喜んでるんだ」

裕二は否定も肯定もせず、相手の方も見ずに歩き続けた。

自分でも意識しないうちに、最寄りの地下鉄駅ではなく、十分近く歩かねばならないJRの駅に向かっていた。いつしか、矢木沢の声が聞こえなくなっていた。ふりむきたい気持ちを我慢した。改札口が見えた。ポケットから定期を出す。あと数歩で改札、というところで立ち止まった。とうとう振り返った。

JRの高架線を支えるコンクリート製の橋脚にもたれかかるようにして、矢木沢がにやにや笑いながら立っている。ほらな、と言わんばかりに、煙草を指に挟んだまま、敬礼のように軽く手を振った。

セルフ式のコーヒーショップの一番端の席に座るなり、矢木沢は煙草に火をつけた。

裕二にむかって煙を吐きながら、いきなり本題を切り出す。

「今度の週末、おれと山に行かないか。星を見に」

「星を？　どこへ？」

「甲原峠《こうばら》」

聞いたことのない地名だった。眉を寄せて考えている裕二に、矢木沢が助け船を出した。

「静岡から山梨に入ってちょっと行ったあたりにある峠だ。人里離れた場所だし、見晴らしもいい。千里見川の源流の近くだ」

チリミ川という名にも覚えがなかった。

「車はおれが出す。土曜の昼前にはこっちを出たいな。下調べはしてあるが……」

「ちょっと待ってよ。まだ行くなんていってないけど」

手帳を見ていた矢木沢が顔をあげた。

「おまえに頼みがある。ただでとはいわない」

「頼みってなんです」

「ユスティティアの剣」

裕二は口をつけていたアメリカンコーヒーを、あやうく吹き出すところだった。

「今なんて？」

急に矢木沢が笑い出した。いままでに見たことがないほど楽しそうに喉を見せて笑っている。店内の客がなにごとかと二人を見た。

「法学部の学生のくせに、裁きの女神の名も知らないのか。まあ、くわしくは向こうで話す。そして頼みを聞いてくれたら、おまえとおまえの実の親である津村夫婦との関係について、あることを教えてやる」

矢木沢はまだ口もとで笑いながら、カウンターに行ってコーヒーのおかわりを注文している。

もちろん「ユスティティアの剣」のことぐらいは知っている。それよりも、久しぶりに耳にした、「津村」という名に関心があった。

「あることってなんです?」

「おれの言ったこと、聞こえなかったのか」

灰皿を引き寄せて、煙草を唇に挟んだ。くわえたまましゃべるので先っぽが上下する。

「現地で夜空でも見ながら、ゆっくり教えてやる。そうだ、おまえをまねて二年ほど前から天体観測をはじめたんだ。反射式ってのは調整がむずかしいな」

「ぼくはもう天体観測はやめた」

「それも香菜子ショックか? 歴史に残る純愛だね」

裕二はカップに残ったコーヒーをいっきにあおり、席を立った。

「失礼します」

「とにかく、詳しいことは今夜電話する」

「ご勝手に」

「おい——」

背中から矢木沢の声がかかったが、ふり返ることなく店を出て行った。

香菜子が死んだ日を境に、裕二の中で大きく変わったことがふたつあった。

ひとつは、ようやく父——隆の素性に関する疑惑と向き合えるようになったことだ。もちろん、そんなことは矢木沢には絶対に気取られてはならないが、変化が起きていることは認めざるを得ない。

倉持の車に当たったあと、事情を聞きに来た刑事も言っていたから、あの事故と時を前後して母が「病死」したというのは間違いがないのだろう。

だとすれば、退院した裕二を待つのは、父親との二人暮らしだ。あの男から父親としての愛情を感じたことはなかった。「飯さえ食わしておけばいつか何かに使える」、子供の目から見ても、父親がそう考えていることはあきらかだった。

あの思い出すだけで胸が苦しくなるような生活から、裕二を引き上げてくれたのは隆だ。それは否定しようのない事実だ。

ただ気になるのは、矢木沢が呈示した不可解な——虐待を受けている子供の両親があまりにもタイミング良く事故死したり、行方不明になっている事例がいくつもある——現象だ。

そもそも、それは真実なのだろうか。あの執念深さで、そうともとれる事例を、なんとか数例探し出しただけではないのか。

仮に、隆がかかわっているとして、どういう形でかかわっているのか。つまり、首謀者なのか、単なる仲介役なのか。

隆が指示して自分の父を殺したのだろうか。矢木沢の両親を殺したのだろうか。香菜子の母親と愛人を殺したのだろうか。あの笑顔の裏に、手段を選ばない冷酷さが隠されているのか。

たしかに「この人は、普通の人とは違う」という思いは、成長するほどに強くなっていくが、そんな仮説は信じがたい。

もうひとつは、天体観測に興味を抱けなくなったことだ。

興味がないというのは正確ではない。あの冷たいみぞれの降る日に香菜子を失って以来、夜空を見上げることができなくなったのだ。初対面でいきなり裕二の望遠鏡をのぞき込み、M78星雲だと言い放った彼女の笑顔を、どうしても記憶から拭うことができない。あのとき香った髪の匂いが、いまだに鼻孔から消えない。

だがそれでも、自分はきっと矢木沢とその峠に行くだろうと思った。

待ち合わせ場所に現れた矢木沢は、明るめのメタリックワインレッドとしか表現しようのないベンツSクラスに乗ってきた。特注のカラーかもしれない。

「Zは少し派手だったから、もうちょっと控えめで堅いイメージに変えた」と笑った。

矢木沢は、冗談で言っているのか真面目に言っているのか、判断できないことが多い。案の定、へらへらと笑いだした。

「――とかいいながら、実は親の名義だ。悪趣味だろ」

盗難防止に有効なのだという、ランドサットからでも見つけられそうなほど派手な色のベンツは、用賀のインターから東名高速に乗った。

速度違反自動取締装置《オービス》が設けてある近辺以外は、平均時速百五十キロほどで走ったが、揺れやぶれを感じさせなかった。色はともかく、中身は本物のベンツのようだった。

あっけないほどすぐに富士インターについた。

裕二を誘うということは、この場所を訪れるのは初めてではないのだろう。それを加味しても、直前に相当の下調べをしたのではないかと思われた。

矢木沢は、一度も地図を見ず、標識のない分岐点や交差点でもまったく躊躇することなく、車を走らせる。やがて道は、富士川に絡むように北上しはじめた。くねくねと蛇行した道路だったので、距離にしてどのくらい走ったのか推測するのがむずかしかった。

ハンドルを握ったまま、矢木沢はほとんど口をきかない。運転に集中しているというのでもなく、深刻になにかを考えているのでもなさそうだった。ただ単に、しゃべりたくないだけだろう。

富士川に沿って走り始めてから三十分ほどで、車は西に折れた。

急に狭く険しくなった道を、やはりなんのためらいもなく進んでいく。ときおり、地元のナンバーをつけた車とすれ違う。そんなときは、矢木沢がぎりぎりいっぱいまで左に寄って待ってやった。すれ違う相手は礼の挨拶をしながらも、こんな場所に入って行く派手な色の高級外車を不思議そうに見ていた。

はじめは視界がほとんどきかない森の中を進んでいたのだが、斜面を上っていくにつれ、いつしか樹木の間隔がまばらになり、下の景色がちらちらと見えるようになった。白い糸のように見えるのは、今通ってきた道だろうか。いまではほとんどすれ違う車もなくなった。

矢木沢の運転は思ったより丁寧で、はらはらするということはなかった。それでもふいに急カーブが現れると、道路はしに生えた草とフェンダーのこすれる音が何度も聞こえた。その向こうに道路はない。いくらSクラスでも、ここから落ちたら無傷というわけにはいかないだろう。

「見えてきた」

矢木沢が顎をしゃくった先に視線を向ける。

たしかに樹木を伐採したらしい開けた場所が見えた。ほどなくベンツは枝道に折れ、車幅より狭そうな急な坂を、息切れもせずに一気に駆け上がった。

そこは整地がしてあり、赤茶色の土が露出していた。建造物らしいものはほとんど何もない。ぽつんと仮設トイレがひとつだけある。

「来年、キャンプ場にするらしい。こんな場所に作ったら、山の自然は荒れると思うけどな」

裕二はついうなずいてしまってから、矢木沢を見た。矢木沢は関心なさそうに、周囲を見回しながら背伸びをしている。

「さすがに少し疲れた。まずは一服つけさせてくれ」

携帯灰皿を取り出した。社会人になって、マナーを覚えたのだろうか。

野鳥がさえずる声と、風が木の枝を抜けていくさわさわという音以外に、何も聞こえない。一緒にいるのが矢木沢でなければ、気持ちのいい場所だ。

矢木沢の吐き出した煙が、汚れなき青空に舞い上がってゆく。そのまま雲になりそうな感じがした。

「あそこの仮設トイレは使い物にならない。向こうの茂みの陰に穴を掘って代用しよう。どうせ数カ月でアスファルトの下だ」

矢木沢が顎で示した先はたしかに駐車場になりそうな場所だった。答えずにいると、矢木沢がぼそっとつぶやいた。

「しかしばかげてるな」

「え？」

「いままで野宿もしたことのない連中が、贅沢に飽きて、金で買える自然を求めはじめた。テントを張ったりバーベキューをしたりと、キャンプのまねごとはしてみたいが、トイレも水道もないところには行きたくないという、おまえ以上にわけのわからない連中だ。

再来年の春になれば、金具はピカピカでまだ折り皺のついた真新しいテントがいくつもここに並ぶんだろうよ。ふだん使いの包丁で充分なのに、割高で買わされたかえって使い勝手の悪いアウトドアナイフでじゃがいもの皮をむいて、家で食ってるのと同じルーでカレーライスを作る。ああ、自然っていいなってわけだ。

で、隣のエリアじゃ、エンジンかけてエアコンを効かせたままのワンボックスの中で、カップルがラジカセをがんがん鳴らしていちゃついている。どうだ、目に浮かぶだろ」

いままで知っていた矢木沢とどこか違っていた。父のことに関して矢木沢が展開する、ねじ曲がっているとしか思えない理屈にはまったく同意できなかったが、今この場所で矢木沢が漏らしたため息には、同調できる部分もあった。

「さてと、そんなことを言いに来たんじゃない」

矢木沢がトランクを開けた。汚れ防止のためか、ブルーシートが敷いてあって、テント機材が並べてあるのが見えた。きれいに手入れされているが、どれも使い込んであるように見えた。矢木沢はその中から、剣先型の大きなシャベルをひとつと、スコップを二本取り出して、裕二の前に突き出した。

「ほれ」

裕二は反射的に両手で受けとった。

「おれはテントの準備をする。おまえは、さっきおれが言ったあたりに穴を掘ってくれ。五メートル以上離してふたつだ。トイレにするんだから深めに、それと、掘った土はすぐ脇に積んで、それぞれにスコップを刺しておけ。理由はわかるな」

トイレ用の穴掘りを終え、枯れ枝を突き刺して形ばかりの目隠しを作った裕二は、矢木沢のテント張りの仕上げを手伝った。

やはりどれも新品ではなかった。キャノピーと呼ぶテント本体には補修用の布が張ってあり、ペグの頭と先も摩耗しており、かなり使い込んであることがわかる。矢木沢の手つきも慣れた感じだ。

張り終えたテントの強度をたしかめた矢木沢は、携帯用のシングルバーナーを取り出した。

「ホワイトガソリン式だ。使ったことあるか」

首を横にふる裕二に、半球形をした赤いタンクから突き出た丸いつまみをシュコシュコと数回押してみせた。

「あと二十回以上押してくれ」

矢木沢は、ところどころが欠けた青いホーロー引きのポットにポリタンクから水を移し、コーヒーの準備をはじめた。やがて、裕二が圧縮し終えたバーナーにジッポーライターで着火し、その上にポットを載せた。

ドリッパーを使い、ポットとおそろいの、使い込んだホーローのカップ二つにコーヒーを淹れ、片方を裕二に手渡した。

「こいつは家で作ってくるというわけにはいかない。——お前の好みは、たしか薄めのブラックだったたな」

裕二がうなずく。

鳥のさえずりと風の音しか聞こえない世界で、黙ってコーヒーをすすった。やがて、それを飲み終えるころ、矢木沢が立ち上がった。

「ちょっと来てくれ」

すたすたと歩いて行く。裕二はカップを置き、あとに従った。使い込んで手入れのされたテントを見たときから、なぜか警戒心が弱くなっている。

矢木沢は地ならししてある土地を横切り、未整地の藪に入った。それでも大きな木は切り倒してあるらしく、思ったよりも歩きやすい。二十メートルほど進んだところが崖になっていた。矢木沢が手のひらで「こっちへ来い」と合図している。

ようやく追いついた裕二に、下界が見えるよう場所をあけてくれた。急に視界が開け、見晴らしがよくなった。

「あそこに見えるのはなんだかわかるか」

指さした先には弧を描いた壁のようなものが見える。

「ダム？」

「ああ、そうだ。水を貯める前のダムだ」

　矢木沢がうなずく。しかし訊かれたからダムと答えたものの、水を堰き止めるアーチ状の壁面以外に、それとわかるものはない。あまり川幅の広くない流れとその両岸に沿った狭い河原、そしてぽつりぽつりと見える集落。なにものかが動く気配はない。

「あれが千里見川だ。あんなに細いが、下流ではそこそこの水量になる。そして、大雨が降って氾濫しそうになったことも何度かある。だからこれは治水公共工事ってわけだ。──あの集落の住民はすべて移住した。それこそ猫の子一匹いない。ただし、水が入るのはひと月ほど先だ」

　裕二はそれにどんな意味があるのだろうと、もう一度集落のあたりを見た。人影はなく、いかにも廃村といった趣《おもむき》だった。

「あの赤い屋根の家が見えるか。右岸の道沿いにある」

「うん」

「庭に、柿の木が二本あるのがわかるか」

「木は二本見えるけど、なんの木かわからない」

「二本のちょうど中間あたりに井戸が見えるか」

「なんとなく」

「位置関係をよく覚えておいてくれ。あのあたりに街灯はないからな。ただ、夜になるとダムの上にぽつりぽつりと灯りはつく。目印といえばその程度だ」

「え？」

聞き返す裕二には答えず、矢木沢は引き返していった。

ふたりで探した石で竈を組み、夕焼けを眺めながら矢木沢が持ってきたダッチオーブンで鶏のもも肉を焼き、やはり矢木沢が持ってきた、自作したという生地でパンを焼いた。

アルミホイルに包んで蒸し焼きにしたじゃがいもと、カップに注いだインスタントのスープを添えて夕食が完成した。

「これじゃ野菜不足だと鈴村さんに叱られるだろう」

いつもの矢木沢に戻ったような口調で笑った。一時期隆と暮らしていたなら、鈴村と接したことがあっても不思議ではない。

「さあ、食えよ。遠慮するな」

実はさっきから、腹が鳴る音が聞こえてしまわないか気になるほど、空腹だった。

裕二は遠慮がちに手をのばし、表をこんがりと焼いて塩で味付けをした、鶏の骨付きもも肉にかじりついた。肉汁がほとばしって口のわきをしたたり落ちた。あわててタオルでぬぐってからもういちどかぶりつく。

「うまい」

矢木沢の手際をほめるという問題ではなく、純粋に嘆息した。

「鈴村さんの料理にも負けてないだろう」

湯気をたてているじゃがいもを、まずなんの味もつけずに口に入れてみた。いも本来の甘みと、凝縮されたコクが広がった。矢木沢に差し出されたバターの一片を載せ、溶けたころを見計らって醬油をひとたらしかけた。ひと口食べて思わず「うん」と声をたててしまってから、あわてて矢木沢の顔を盗み見た。裕二のことなど気にするようすもなく、肉を食いちぎっている。

オーブンの蓋に載せてあたためたパンをほおばり、スープで流し込む。ただ感嘆するうちに食事を終えた。

峠のてっぺん近くとはいえ、山間部の落日は早い。すでにあたりは薄暗くなっており、矢木沢がこれもやはり使い込んであるランタンに火を入れた。

食事の途中から、矢木沢の口数はしだいに少なくなっていった。食後のコーヒーを飲みながら、裕二は沈黙の居心地の悪さに耐えられず、つい「頼みというのはなんですか」と聞いてしまった。

「それより、せっかく来たんだから星でも見ないか」

矢木沢は裕二が持ってきた黒い三つのケースを顎でしめした。

「あれか？　中学入学祝いに買ってもらったっていう百十五ミリ屈折式は。赤道儀も自動追尾式みたいだな。やっぱり待遇が違うな、過保護もいいところだ。おれなんて受験に関係あるもの以外は全部バイトで手に入れたんだぜ。矢木沢の親父が、勉強しろってうるさくてな。そのかわり大学に受かったあとは、なんでもいいなりにものを買ってもらうと約束したし、守ってもらっている」

二メートルほど離れた場所にそれぞれ観測の場所を設けて、望遠鏡を置いた。

これをのぞくのは、香菜子の死以来はじめてだったが、なぜかそれを矢木沢に悟られたくなかった。

その矢木沢が持ってきたのは、口径百三十ミリはありそうな反射式だった。

反射式は、口径のわりにコンパクトで光の変色も少ないのでこれを愛するマニアも多い。ただ、観測のたびに――とくに今回のようにはるばる車で運んできたような時は――調整が必要なため、初心者には難しい。

ときおり、裕二はアイピースから目を離し、矢木沢のほうを見る。悔しいが、気になる。矢木沢はそのたびに熱心にのぞいていることもあれば、架台の向きを調整していることもある。ディレクターズチェアに腰掛け、ぼんやりとあらぬほうに視線を向けて、煙草をくゆらしていることもある。

日付が変わるころになって、ようやく矢木沢が声をかけてきた。

「さて、そろそろしまって寝るか。それともおまえは一晩中そうやってのぞいているか」

「せっかくだから、もう少し見ています」

「そのほうがいいかもしれない」

矢木沢は、おれはノンカフェインのコーヒーを飲むと言って支度をはじめた。いま気づいたが、酒は飲まないようだ。

「おまえも飲むか」

「いただきます」

しばらく無言でカフェインレスコーヒーをすすったあと、テントから矢木沢が何かを持ってきた。やや扁平なメガネケースのように見えた。

「なんだかわかるか」

首をかしげる裕二に「これがユスティティアの剣だ」と言った。

矢木沢が親指で突起を押しふたを開けた。樹脂の保護材に埋もれて太さも長さも万年筆のようなものが二本入っている。矢木沢はその一本を手に取って説明しはじめた。

「こいつがキャップだ。――外せばこうなってる。いいか？　――見てわかるとおり、これは一種の注射器だ。だが、親指でプランジャー――と言ってもわからんか、ピストン部分を押し込む必要はない。ただこんなふうに――」

そこで言葉を切って、万年筆状の先から飛び出た針を、自分の腕に突き立てるしぐさをしてみせた。そしてすぐにキャップをはめて続ける。

「今のように針を突き立てれば、充塡してあるガスの圧力で中身がひとりでに注入されるしくみになってる。すぐれものだろう？　しかし肝心なのは中身だ。名前をいってもわからないだろうが、脱分極性の筋弛緩薬が入っている。即効性があって、この一本で充分な致死量だ。念のために二本用意した。こいつをおまえにあずける」

裕二はあまりのことに返す言葉がなかった。

こんな山奥まで来たのだから、それなりのわけはあるだろうと思ったが、致死量の薬物が入った注射器など預けてどういうつもりなのか。これも何かの悪ふざけなのか。あきれて口のきけない裕二に、矢木沢が笑いかけた。

「さっきコーヒーを飲む前に、おれは睡眠薬を飲んだ。ふだんから使っているから効き目はわかっている。今夜は多めに飲んだから明日の朝まで多少のことじゃ目を覚まさない」

それでカフェインレスだったのかと変に納得した。

「──だから、おれが寝ているあいだに、これをおれに刺せ」

「ええっ」

今度こそ驚いてのけぞってしまった。

「あなたに刺す？」

「そうだ。おれを殺したかったんだろう？　香菜子の仇《かたき》だと思っているんだろう？　だったら刺せよ。簡単に死ぬ。大型の動物を安楽死させるときにも使う薬だから、そう苦しまないはずだ。もっとも、自分で使ったことも人が死ぬところも見てないけどな──」

大地に視線を落とし、ふふっと自分で笑ってまた裕二を見た。

「これなら、首を絞めたりナイフで刺したりの、あとあと手に残るいやな感覚がないだろう。臆病で卑怯なおまえのために、あれこれ考えた。――いいな、筋肉に刺すんだぞ」

「だって、そんなこと……」

「うろたえるなよ。ちゃんと後始末のことも考えてある。半日も経てばほとんど検出されないらしいが、注射針の跡は残るからな。てっとり早いのはすぐそこの駐車場予定地にちょっと深めの穴を掘って死体を埋める方法だ。さっきのシャベルを使え。朝までかければ結構な深さになるだろう。来年の今頃には上からコンクリを流すから、死体は当分のあいだ見つからない。ひとつだけ頼みがあるが、さっき掘ったトイレからは少し離してくれ」

「そんなこと……」

「小心者のおまえだから、もっと安全な策をとりたいかもしれない。そこで次策も用意してやった。さっき見た井戸だ。ここまで来た道を戻って二キロほど下ると、あの村へ行く分岐点がある。でかい案内板があるからすぐわかる。それを左に折れてさらに二キロであの村に出る。そこまで死体を運んで、さっき見た井戸に落とせ」

　つい、でも運転はできませんと答えてしまってから、何を言っているのだろうと自分でもあきれた。矢木沢はまた鼻で笑う。

「だから、臆病で卑怯だというんだ。おまえ、路上教習までいってるはずだ。オートマチックだからどうにか運転できるだろう。夜中だから対向車はいないし、少しくらいこすってもいいさ。いいか、さっきの赤い屋根の家だからな。井戸のわきに大きめの石と土嚢を用意しておいた。おれの死体を落とした上からそいつを落とせ。石は必須だぞ。できれば裸にして顎はくだいたほうがいい。一度だけ歯医者にかかったことがあるから、念には念をいれておけ」

そして、ここからは見えないあの井戸のほうに視線を向けた。

「あの一帯は、来月から貯水が始まり、やがて数千万立方という水の底に沈む。半永久的に死体は見つからないだろう。帰りは法定速度を守れ。取り締まりだけ注意すれば、あの派手な車に目がいって、おまえみたいな地味な顔は誰も覚えていない。早めにどこかのパチンコ屋の駐車場にでも乗り捨てて、適当に帰ってくれ。あの車なら盗まれる前に親父のところへ戻る。利害関係がないおまえに疑いはかからないし、仮にかかっても死体は見つからない」

あまりに大胆な言い分に、あきれもし恐れもした。

「どうしてぼくが、あなたを殺さないとならないんです」

「さっき言っただろう。おれを憎んでいるはずだ。おまえに審判の権限を委ねる」

「だからって、殺すなんて」

「たしかに、人を殺すにはよほどの強い意志か、逆上が必要だ」

矢木沢は新しい煙草を取り出して、火をつけた。

「二カ月前にまた女が死んだ。おれのせいかもしれない」

「また死んだ?」

「社会人になってからつきあいはじめた女だ。名前は別にいいな。死んじまったから、もう名前に意味はない。向こうは短大出だからひとつ年下で一年先輩だった。関連企業に監査に出かける上司についていって、そこで知り合った。半年ばかりつきあったころ、結婚を迫ってきた。おれは最初からそんなつもりはないと宣言していたから、だったら別れようと言った。それでも女がしつこいから、『しばらくつきあってみろ』と言って、学生時代からの知り合いの男を紹介した。おまえに使った手に似ている。

その女は、どうやらおれに嫌われたくない一心でその男とはデートはするが、一線は越えなかった。だから睡眠薬を飲ませてむりやり関係を持ってもらった。ちゃんと避妊は気をつかわせたぜ。そしてそのときの写真を見せて『これじゃやっぱり、おれたちの関係も修復は無理だろう』と言ってやったら泣いてた。そして、その日のうちに飛び込み自殺しちまった。ばかだろ。そんな安っぽい理由で死ぬなんて」

矢木沢はくわえ煙草のまま肩をすくめた。

「どう思う」

「ひどい。あんたやっぱり最低の人間だ。いや、最低なんて表現じゃぜんぜん足りない」

「同感だ」

おどけた感じで肩をすくめた。

裕二の中で、消えかけた憎しみと怒りが蘇った。人の心の痛みをまったく理解していないとしか思えない。

「でもな、おれは別れようと言っただけで、別に死ねとは言ってない。しかも、最初に約束したんだぜ。反故《ほご》にしたのはあの女だ。——こっちもいい迷惑だった。その女が友人にしゃべっていたから、会社にばれてちょっとした問題になった。しかし、おれの才能を買っている上司がかばってくれて——本当をいえば親父の存在があったからだろうけどな——全然ピント外れの訓告だけで済んだ。だけどおれはちょっと面倒くさくなった」

「なにが面倒なんです」

「たかがこんなことでぎゃあぎゃあ騒いで死ぬ奴がいたり、トラブルに巻き込まれるのがさ。おまえが忘れられないあの女だってそうだ。べつに死ぬことなんてなかった」

さらに怒りが強くなった。今なら、筋弛緩剤など使わなくても、あのシャベルで殴り殺せそうな気がした。

「あんただって——そう言うあんただって、隆さんが自分のことは斡旋して、ぼくを養子にしたことにショックを受けていたじゃないか。恨んでいたじゃないか。何年も。たぶん今だって。裏切られた心の痛みはわかるでしょう」

「痛みなんかじゃない。理屈に合わないから憤慨しただけだ。おれをとらずにおまえを選ぶ合理的な理由はいまだに理解できない」

睡眠薬が効いてきたのか、矢木沢の口調がゆっくりになってきた。そう感じたとたん、矢木沢はごろりとシートに仰向けに寝ころんだ。やがて、矢木沢にはめずらしく、声を立てておおきなあくびをした。

「だからおまえに裁きの女神の剣をあずけた。おまえに、おれという存在を裁く全権を委ねる。有罪だと思ったら遠慮なく刺せ」

「だからって、殺すなんて」

つい今しがた湧いた殺意はすでに、どこかへ消えていた。しかし、もしも矢木沢の無抵抗な寝顔と香菜子の悲しそうな顔が重なったら、衝動的にどうするかわからない。そんなことはごめんだと思った。

「そんなに死にたければ、自分で打ったらいいじゃないですか。あんたみたいな人間の自殺願望に手なんか貸したくない。あんたこそ臆病で卑怯だ。ぼくは歩いて帰ります」

それできっぱりけりをつけたつもりだったが、矢木沢は眠そうな声で切り返してきた。

「それじゃおまえが苦しまないだろう。おまえにチャンスを与えたことで、おれの目的は半分達成したようなもんだ。——なぜなら、おれを殺せばもちろん、生かしておいても、あるいは今後どこかでおれが不審な死を遂げたと聞いても、おまえの心は平静でいられない。自分を問い、責め、悩み続ける」

「あなたは狂ってる」

矢木沢は、さらにおおきなあくびをした。

「そう思うならいまのうちにおれを殺しておいたほうがいいぞ。おまえが言うとおり、おれは今でもおまえが憎い。おれに勝ったと思って優越感を抱いてるのは、世の中でおまえだけだ。しかも善人面してな。――おまえがそうして幸せそうにしているだけで、おれのはらわたは煮えくりかえる。だから今夜おれを殺せ。チャンスは今夜一回きりだ。その礼に、こいつをシュラフの下に置いて寝る」

白い封筒をひらひらと振って見せた。つい、何だろうと見てしまう。

「おまえの実の両親の秘密について書いてある。きわめて興味深い内容だ」

この上、まだ何か隠しているのか――。

「両親のどんな秘密です」

「知りたかったら殺して読め」

言葉もなく睨みつけている裕二を残して、矢木沢はゆっくりとテントに向かった。

「もしも明日の朝、おれがまだ生きていたら、おまえはおれに無罪の審判を下したことになるんだぞ。そしてもしもまた自殺する女が出たら、次回から責任の半分はおまえにもある。おれがやると予見できたのに、断罪しなかったんだからな」

はははと眠そうな笑い声をたてて、テントの中に消えた。

3　清田千遥（一九八八年　七月）

現れたわたしの姿を見て、坂井は「万全ですね」と笑った。

レインハットを手に持ち、長袖のシャツを着て、下はジーンズに編み上げのスニーカーといいでたちだ。

「あのあたりの地形だと、たぶん藪蚊はいないでしょう。でも、マムシはいるかもしれない」

「え、蛇はちょっと」

マムシがいるなんて聞いたことがない。

「やたらと草むらに入らなければ、大丈夫だと思いますよ」

どこまで本気なのか、軽く笑っただけだった。夕食をすませ夜の九時近くなって、坂井の「ランクル」で出発した。望遠鏡はすでに積んであったようだ。

車を展望台近くの駐車場に置き、五十メートルほど機材をかついで歩くことになった。坂井は大きな筒状のバッグを背負い、両手にも重そうなケースを提げている。

「今日は、記念の望遠鏡を持ってきました。生まれてはじめて買って貰った望遠鏡なんです。総重量は三十キロほどになります」

わたしはアルミ製のケースを肩からかけ、大きめのスポーツバッグを手に持った。どちらもあまり重くはなかった。

ベンチに近く、地面が平らなあたりを探して、坂井が望遠鏡をセットし始めた。

まず三脚を極力水平に固定してから、大きめのずわいがにほどもある、ごつごつした機材をとりつけ、最後に筒型の望遠鏡をはめこんでいる。坂井はほぼ無言だ。わたしも「それは何という装置ですか」などと聞かないので、しんとした時間が流れている。

わたしは手伝うこともできず、ときどき夜空を見上げたり、沖に船の灯りが見える海に視線を向けたりしながら待った。十五分ほど経ったろうか、坂井はさあできたと手を軽くたたいて、わたしに微笑みかけた。

腰くらいの高さの、がっしりした三脚の上に載った望遠鏡と、そのわきにもう少し低い細身の三脚に取り付けられた双眼鏡もあった。これで本格的な観測ができるのだろうかと思い、指先でふれてみたわたしの気持ちを察したように、坂井が声をかけた。

「双眼鏡もそれなりにメリットはあるんです」

坂井は、双眼鏡の手前に置いたディレクターズチェアに腰掛け、目を寄せてみせた。

「新しい彗星を発見したり、土星の環の数を数えたりするのでなければ、双眼鏡のほうが気軽に楽しめます」

身振りで、わたしに場所を替わるよう示したので、空いたチェアに座った。目を寄せてレンズを覗く。星らしきものが見えたが、ピントがぼけている。

「ちょっとぼけています」

「個人ごとに合わせます」

坂井が調整方法を説明してくれる。まず中央部にある全体の調整リングで左目に合わせ、続いて右の接眼部にある微調整リングを回し、右を合わせる。すると、視界全体にコントラストがきわだった星空が広がった。

「わあすごい。綺麗」

「赤い星が見えますか」

「はい」視界の中心に妖しく赤く光る星がたしかに見えた。

「あれが蠍《さそり》座のα星、アンタレス。有名な『蠍の心臓』と呼ばれている星です。今日は七月五日ですから、そろそろあれが真南にくる時刻です」

「蠍の心臓」

レンズから目を離した。双眼鏡が向いている方角を見る。そういわれてみると星の並びがなんとなく蠍の形にも見える。

「初めて意識して見ました。あれが蠍座なんですね」

「ええ。名前と形が一致しない星座が多いですが、あれはなんとなく蠍に見えませんか」

たしかに見えますと答えた。

坂井は「知っているかもしれませんが」と前置きして教えてくれる。α星というのは――例外もあるが――その星座の中で一番明るく、いってみれば代表選手の星だそうだ。ちなみに、順にβ星、γ星となるらしい。

「それじゃあ今度は北を見てみましょうか。まずは肉眼で。百八十度後ろを向いてください」

立ち上がって、坂井と一緒にまわれ右をした。

「北側は山があって地平までは見えないですが、やや左手上に〝ひしゃく〟の形をした星座が見えますか」

坂井が指差すあたりに目をやった。ほとんど星座の知識がないわたしでも見覚えのある形がみつかった。

「あれは知ってます。北斗七星」

「そうです」嬉しそうな笑みが浮いた。「あのひしゃくの先端にある二つの星の距離を五倍した場所に一個だけぽつんという感じで光っている星が見えますか」

「たぶん、あれですね」

「あれがポラリス、北極星です」

北極星も、それと認識しながら眺めたのははじめてだった。ただ、思っていたほど輝いていなかったので、そのまま感想を口に出してしまった。

「あまりぱっとしないですね」

「そう」坂井が笑う。「マンガなんかだと、やけにきらきら光っていますが、二等星ですからそんなに目立った星ではないですね」

わたしはなんとなく楽しくなってきて、うんうんとうなずいていた。

「という感じで、星座を楽しむのはべつに高性能の望遠鏡がなくてもいいんです。むしろ、こんなに晴れた夜だったら、肉眼で夜空全体を眺めて、あれこれ想像するほうが楽しかったりします」

「ほんとに。プラネタリウムみたい」

子供のころ、父に二度ほど連れて行ってもらったことがある。

「でも、せっかくだから望遠鏡でも眺めてみましょう」

坂井は、直径が二十センチほどの丸い円盤を取りだした。ポケットから赤いキャップのついた懐中電灯を取りだしてスイッチを入れる。赤い光に照らされた円盤は、厚紙でできていて二重になっている。上の円盤には穴があいていて楕円に切り抜かれた穴から星座が見える。

「星座早見盤です。こいつを使うとその日その時刻にどんな星空が見えているのか、一発でわかります」

円盤をずらして調整している。日付と時刻を合わせているらしい。目の前にある重厚な望遠鏡一式と、厚紙でできている小道具がちぐはぐな印象だ。

「小学生が使う教材みたいですね」

この夜空のせいか、遠慮なく思ったことを口に出してしまう。坂井が嫌な顔もせず、むしろ笑みを浮かべて「これで充分なんです」と答えた。

「それじゃ、こんどは千遥さんの星座、乙女座を探しましょう」

坂井はコンパスを出して方角と目印になるものを説明した。

「真南はこっち、海側ですね。右方向の岬の突端にホテルかなにかの明るい光が見えますね。あの方角が南西です。この時刻だと、ちょうどその上あたりに見えます」

説明しながら、望遠鏡の向きを調整して、今言った方向に向けた。

「こんどは、双眼鏡でなく、望遠鏡で見てみましょう。さあ、どうぞ」

示された望遠鏡の小さなレンズをのぞいた。肉眼や双眼鏡より、はるかにたくさんの星が見えて、かえって星座がどれかなどはわからない。ただ、レンズのほぼ中心に青白い星が見えている。

「そこに見えているのが乙女座α星、スピカです」

「明るいけど、あんまり大きく見えない」

また本音をもらした。そしてまた坂井は笑った。

「そうなんですよ。この程度の望遠鏡で大きく見えるのは、せいぜい太陽系の惑星くらいなんです。これでも、土星の環や木星の縞模様なんかは見えます。ただ、太陽系外の星——恒星はあまりに遠く小さいので、望遠鏡で見たくらいでは大きさは変わりません」

「じゃあ、どうして?」

「望遠鏡を使うのか」

「はい」

「すごく簡単にいえば、クリアに見るためです。ぼんやり白っぽく見えている星が実は双子の星であることがはっきり見えたりすると感動します。それと、星雲や星団になれば、やはり肉眼で見るより大きく見えますね」

正直にいえば、星の観測など地味で退屈だろうと思っていた。

連れていってくれと頼んだ理由は、夜中にゆっくり東京の話でも聞いてみたいという、不純な理由からだった。しかし今、視界全体に広がる星空を見ながら坂井に聞く話は新鮮だった。

「不思議な気がしませんか。——海も山も、町も車も、ぼくもあなたも、みんな星のかけらでできているんです」

「みんな、星のかけらでできている。わたしも、あなたも——」

なぞるようにつぶやいたとたん、猛烈に懐かしさがこみあげてきた。

昔、海辺で波の音を聞きながら、父が語ってくれたたくさんの物語が、泉のように湧きあがる。涙ぐみそうになったので、虫を追い払うふりをして、目元を拭った。

「大丈夫ですか？」

「はい。虫が入りそうになったので。——あのう、坂井さんが一番好きな星座はなんですか」

「好きな星座ですか」

坂井はすぐには答えず、頭の後ろで両手を組み、空をあおぐ恰好でシートの上に寝ころんだ。

「星座というか……好きな星は『織り姫星』なんです」

「織り姫星？」

わたしもすぐ隣に寝転がった。坂井の真似をして自分の腕で枕を作った。

「変だと思いますか？」

「どうして？」

「『ヘラクレス座』とか『ペルセウス座』だとかの、勇ましい英雄伝説じゃないから」

「そうは思いませんが、何か特別な理由があるんですか？　もしかして、彼女との思い出とか」

わたしがさりげなく織り込んだ「探り」に、坂井は真面目に答えた。

「そういうんじゃないんです。あるとき気がついたら、星を眺めるのが好きになっていました。幼いころから、あまりテレビを見る習慣がなかったので、楽しみといえば本を読むか、夜空を眺めるか、という感じでした。それで毎晩のように夜空を眺めていたら、ある星をみつけたんです。その星は、いつもぼくに向かって瞬いている、何かを語りかけようとしているような気がするんです」

「誰かの短歌に、そんなのがありませんでしたっけ？」

坂井がくすくすと笑う。

「正岡子規《まさおかしき》ですね。『真砂《まさご》なす数なき星のその中に吾に向かひて光る星あり』です」

白馬の騎士ではなかったけれど、この人はやはりすごい人だと思った。

「――それが、織り姫星だったんです。毎年、七夕の時期だけ思い出されるけど、実は春から秋までずいぶん長い期間見えているんですよ」

そのあとの、坂井の流れるような腕の動きは美しかった。迷うことも探すこともなく、ほとんど天頂近くにある星をすっと人差し指で示した。

「あれです。別名ベガ。夏の夜空で一番明るい恒星」わたしに説明するのでもなく、ひとりごとでもなく、あえていうなら星に向かって語りかけるような口調だった。

「あんなにちっぽけだけど、本当は太陽の五十倍もの明るさがある。夏の大三角形の中でもひときわ白く輝く星。あらゆる星の明るさの基準となった星。今から一万二千年後には、地軸がぶれた地球の、新しい北極星となる運命が決まっている星」

「新しい北極星——」

北極星が入れ代わるなどということも、初めて知った。

「だけど、どうしてもわからないことがあるんです」坂井はわたしにかまわず続けた。

「——好きなくせに、あの星を見ているとなぜか胸が苦しくなるんです」

「なんだか遠く離れた恋人みたいですね」

わたしは坂井の横顔を見た。本気でそう考えているように見えた。

わたしは後悔していた。

春先、初めて坂井が泊まりに来たとき。一人ででかけては夜中に戻ってくるのを見て、わたしは半信半疑だった。

そんなに毎日、何時間も空を眺めていることができるのだろうか。星は口実にすぎなくて、なにか違うこと——もしかしたら良からぬこと——をしているのではないか。そんなふうに思ったこともあった。

しかし今、坂井の話を聞きながら満天の星をながめているうちに、あっというまにわたしが門限と決めた十一時になってしまった。

夜空は存在そのものが物語だった。いくら眺めていても飽きることがなかった。あのとき、ささいな意地や疑念から「門限」などと言って縛らなければよかった。ひと晩中でも見せてあげればよかった。この夜空が見たくてこの町まで来た人に、なんと心の狭いことを言ってしまったのだろう——。

今頃になって強く悔いた。

「坂井さん、明日と明後日はなにか用事がありますか?」

「急ぎの用はありませんけど」

坂井がどういうことかと、寝転んだまま顔をこちらに向けた。

「じゃあ、もう一泊してもらえませんか。——あの、もちろん宿代なんていりません。母が——うちの母が、お客さんがいると元気が出るので——お客さんにいてもらえると——」

しどろもどろに説明するわたしの言葉をさえぎって、坂井は明るい口調で「わかりました」と答えた。そしてこうつけ加えた。

「ぼくも、この町の夏の夜空がもう少し見たくなりました」

翌朝、坂井が食事を終えたころを見計らって顔を出し、片付けのついでに、という雰囲気で少し話をした。

「坂井さんこそ、素敵な町に住んでますね」

ぼんやり中庭をながめていた坂井がこちらに顔を向けた。

「どういう意味ですか」

「二子玉川園って、ドラマなんかの舞台になるところですよね。わたしまだ行ったことないけど、お洒落な町なんでしょ」

坂井は、うーんとうなって、真剣に考えていた。

「何をもってお洒落というのかわかりませんが、原宿とか渋谷とかを歩いている若者たちの恰好をお洒落というなら、そういう人はそんなにたくさん歩いていません」

「町の雰囲気は？」

「雰囲気ですか」記憶をたぐるような表情になった。「すぐ近くに大きな川があって、子供のころはたまにその河原で遊びました。駅前にデパートがあって、駅から五分も歩けば住宅街で、近くに大学がいくつかあって、東京のはずれにある普通の街だと思います。でも、それより前に暮らしていたあたりとくらべると静かですね。大きい家が多くて」

「大邸宅？」

「というか、ほんとに人が住んでるのかなあ、という感じの古い家もありますよ」

「渋谷にも近いですよね」

「ええと、急行なら十分」

「いいなあ」思わず声に出た。「静かな街の瀟洒《しょうしゃ》な邸宅に住んでいながら、渋谷まで十分」

坂井は苦笑して、弁解のように説明する。

「父が、車を運転するのが好きなので決めた、と言っていました。首都高や東名高速や第三京浜のインターが近くにあって、ガレージに車が二台とめられる家を探したらいまの場所になったって」

「すごい。やっぱり『いいところのご令息』だったんですね」

夜中に一緒に寝転んで星を見上げはしたが、すごいじゃないですか、と肩を叩くほどにはまだ親しくなかった。坂井は困ったような顔をしているが、照れているのだと思った。

「一度遊びに行っていいですか」

「どこへ？」

「大邸宅ですよ」

急に表情が曇った。感情が正直に出すぎて、少なくとも優秀な営業マンにはなれないだろう。

「無理しなくていいですよ。ちょっと言ってみただけですから」

「いえ。――どうぞ来てください。今までのお礼になんとかしてみます」

歯切れの悪さにひっかかるものがあったが、わたしは素直に喜んでみた。

「やった。約束ですよ」

小指を差し出した。坂井はまた少し困ったような顔をして自分の小指を差し出した。

「渋谷に近いなんて素敵」

「渋谷が好きですか」

「お店がいっぱいあるから」

「疲れませんか？　ぼくは苦手です」

わたしは小さく舌を出した。

「本当は、一回だけ行ったことがあります。道に迷って疲れたし、だいたいアルバイトが忙しくて渋谷に出てる暇がないんです」


二日目も、昼のあいだ坂井はどこかへ出かけていた。しかしわたしはもうあれこれ詮索するつもりはなかった。

人はそれぞれ、興味を持つものが違う。今回もまた、千里見川を上流から下流まで歩き回って、恐竜の骨や三葉虫の化石を探しているのかもしれない。だとすれば、邪魔をしないで好きにさせてあげたい。

夜は、坂井の提案で、もっと北にある千里見川源流に近い峠に行くことになった。『甲原峠』という名だけはわたしも知っていたが、それほど有名な景勝地でもなく、行ったことはない。たしか、近くに『千里見ダム』とかいう名のダムがあったはずだが、それも全国的に有名というほどでもなさそうだ。

けっこうな山道を、片道一時間ほどかかったが、坂井とのドライブはそこそこにおもしろかった。街灯などはまばらだし、かなり狭い道もある。こんな時刻ですれ違う車がいないことが幸いだった。

坂井は地図も見ずに、迷うことなく甲原峠近くの駐車場についた。

「トイレに用があるときは言ってください。少し下ったところにある展望台まで行かないとならないので、車で送ります」

「わかりました」

「なんだか、寂しすぎて怖くないですか」

「わたし、幽霊とかお化けとか、信じてませんから」

もしも幽霊などというシステムがあるなら、とっくに父は出てきてくれているはずだ。

わたしのほうから質問する。

「ここへは前にも来たことがあるんですか」

「どうして？」

「あんな山道を、迷いもしなかったので」

坂井は、はいあります、とあっさり答え、ある方向を見つめた。

「そのときは、あのダムにまだ水が満ちていませんでした」

坂井がケースから望遠鏡を取り出すあいだ、わたしは厚手のシートを広げ、四隅に拾ってきた石をのせて飛ばないようにした。

「そういえば、坂井さんて、お兄さんがいるんですか」

望遠鏡をセットしている坂井に聞いた。

「どうして？」坂井が顔をあげずに聞き返す。

「普通『二』の字がつけば次男じゃないかと思って」

「たしかに」一度手を止めたが、すぐに寂しげな表情になって作業を再開した。

「兄にあたるひとはいたそうなんですけど、生まれる前に死んでしまったそうです」

「お父さんと二人暮らしでしたっけ？」

詮索しようというつもりはなかった。自分ではこれまで意識していなかったが、母親と父親という違いはあるにしても、なんとなく似た境遇の坂井に親近感を抱いたのかもしれない。

「まあ、そんなところです」

口ごもる坂井にそれ以上訊いてはいけない気がして、自分のことを語ることにした。

「わたしの父は一年半ほど前に亡くなったんです」

「紹介していただいた方から聞きました。交通事故だったって」

「当て逃げだったんです。犯人はいまでも見つかっていません」

「そうらしいですね」

「そして、事故のとき乗っていたのが、あのおんぼろバイクだったの」

坂井はじっとわたしの顔を見た。

「そうだったんですか」

さわさわと風が木々をゆすって抜けていく。わたしはさっきからときおり目の前を飛び去る白い破片をつかまえようとしていたが、ようやくジーンズの膝のあたりにはりついた一枚を指でつまんだ。何かの花びらだった。わたしはつまんだ花びらを指先で軽くつぶし鼻に近づけた。わずかに果実の匂いがした。

「父は二十年近くも苦しんでいたんです」

つぶした花びらを地面に落とした。

「苦しんでいた?」

「わたしが生まれる前にこのあたりを襲った、大きな台風の夜に起きたことで」

坂井はいまは完全に調整の手をとめて、シートに腰を下ろした。わたしも少し離れて膝を抱えて座った。

わたしは、父の中で消えることのなかった悔恨と、交通事故に遭うまでのいきさつを話しはじめた。

＊＊＊

西暦一九六八年、昭和四十三年七月七日、東海地方を襲った台風十二号は記録的な集中豪雨をもたらした。

千里見町を含むこのあたり一帯は「東海道随一の難所」とも「東海の親知らず」とも言われる地形で、断崖が海際までせり出している。この地形のために、いままで幾度となく土砂崩れ崖崩れを起こし、住民や旅人を苦しめてきた。

この昭和四十三年の台風では、実に七カ所で大小の土砂崩れが起きた。数十の家屋が完全に倒壊し、死者行方不明者合わせて五十六人にも上る。この大災害はのちに「千里見の七夕崩れ」などと呼ばれるようになった。

破壊された鉄道の復旧に一週間、道路にいたっては完全復旧にひと月近くを要した。

当時もわたしの両親は今と同じ『清風館』に暮らしていた。背後にそびえる山の中腹には、古刹として有名な、そして今はその一角に父が眠る『海勝寺』がある。「開山以来、どんな大雨が降っても境内の木一本倒れたことがないのは、御仏のご利益のおかげ」と伝わっているという。地盤が固いのが現実的な理由だろうと思うが、安心の根拠はいくらあってもいい。

わたしの父、清田省三は、漁業会社の操舵士として、一年の半分以上家をあけるような生活をしていた。だから、寺の真下ともいえる清風館の立地には、安心感を覚えたようだ。事実、父はよく「この土地でなかったら、台風のたびに気が気じゃない」と冗談を言っていた。

遠洋の漁から戻り、近くの支社で通いの仕事をしているあいだは、父は地元の消防団員として登録し、活動していた。平均すれば月に一度ほど出動したと聞く。その原因のほとんどは火災だったが、台風のシーズンには水害の救助活動にあたることも多かったという。

まだわたしが母のお腹にいたあの七夕の嵐の夜、父は漁から戻って自宅にいた。災害は土砂崩れだけではない。海は目の前だし、千里見川も何度か氾濫しかけている。父は早々と母を水害の恐れがない親戚宅にあずけ、自分は救助活動をするつもりでいた。父の性格を知っている母は止めなかったが、もしもこのとき泣きついてでも引き止めておけば、その後の何人かの運命は変わっていたかもしれない。

父はまだ日の落ちる前から、おなじ地区の団員仲間である『村山理髪店』のマスターらと精力的に活動していた。宵闇《よいやみ》が迫るころから、あちらこちらで、小規模な土砂崩れが起き始めた。集落を一気に押し流すほどの規模ではなかったが、道路は何カ所も分断された。

団員たちは、避難する住人たちの誘導に尽力した。ものすごい雨と風の中、我が身を顧《かえり》みない、困難で勇気を要する活動であったろうことは、父の名誉のために補足しておきたい。

午後八時を少し回ったころ、国道で立ち往生した車から徒歩で逃げてきた二人連れに、父たちは遭遇した。

二人は夫婦のようだった。夫はセパレート型の本格的な黒い雨ガッパを着ており、妻は黄色いポンチョ型のカッパをかぶっていた。

この土砂の向こう側へ行って、避難バスに乗るよう言われたのだと言う。たしかに、もう少し先にバスの車庫があるのは知っている。避難バスが出るとは聞いていなかったが、この嵐だから警察、消防との連絡が密にとれていない可能性もある。

　多少危険だとは思ったが、そうしたいというので先導することにした。

　ところが、妻のほうが胸元になにか抱えていることに気づいた。赤ん坊だった。夫婦二人だと思ったが、親子三人連れだったのだ。わずかにのぞいたその顔を見れば、赤ん坊はまだ生後数カ月ほどのようだ。

　暴風雨のなか、乳飲み子をかかえたまま堆積した土砂を乗り越えようとしているので、父は別のルートを探すように勧めた。しかし、どうしてもその避難バスに乗りたいというので、ならば赤ん坊を渡すように、と言った。

「抱えたままこの土砂を越えるのは無理だ。危ないから赤ん坊を貸しなさい」

　はじめ妻は断ったが、夫にも言い含められて、おくるみにくるまれた赤ん坊を差し出した。

　父は自分の上のカッパを脱ぎ、窒息しないよう気遣いながら赤ん坊にかけた。そのまま、足もとに注意しながら、先に立って一歩ずつ、にわか作りの足場の上を越えた。後方から、足でも滑らせたのか、妻のものらしい悲鳴が聞こえた。しかし、赤ん坊を守ることで精一杯で、振り向くことはできなかった。すぐに「大丈夫か」という男の声が聞こえたので、まずは赤ん坊を安全な場所へ、それだけを考えていた。

ずいぶん長くかかったように感じたが、ようやく泥のないアスファルトの道に辿りついた。

赤ん坊の両親を待とうかとも思ったが、この激しい雨の中に立っているのは可哀想に思えた。みれば夫妻は堆積物の頂上をようやく越えたあたりにいて、一歩踏み出すたびに足をとられている。無事乗り越えるまでもうすこしかかりそうだった。

父は道の先を見た。五十メートルもいけばテントがある。仮設の救護所だ。あの下なら雨は防げる。それに、バスの車庫も近い。ならばあそこで待って、引き渡せばいい――。

そう決めて、赤ん坊を包み込むように前屈みになり、テントまで走った。

あまり大きくない二張りのテントの下は、人でごったがえしていた。全身泥にまみれた老人。腕から血を流している青年。泣き叫ぶ少女。だれかれかまわず家族の安否を聞いてまわっている中年の女性。ほんの数時間前まで家族と団欒の時を過ごし、まさか我が身にこんな災難がふりかかるとは想像していなかっただろう。

赤ん坊を抱えた父を見て、誰かがパイプ椅子を譲ってくれた。父は一度は遠慮したが、結局座った。赤ん坊を守るためだ。

父はそれまでの三時間ほど、まったく休まずに動き回っていた。悲嘆に暮れる避難民にかこまれて、一瞬まるで非現実の世界をのぞいているような、ぼんやりとした感覚に包まれた。

「あ、ユウちゃん。よかった無事で」

ふっと我に返り、声がしたほうを見た。ずぶ濡れで腰から下が泥だらけの、二十代後半あたりに見える女が、「ユウジ、ユウジ」と叫びながら近づいてくる。そして父のかかえた赤ん坊を愛おしそうにのぞき込んだ。

父は訊いた。

「あなた、さっきのお母さん？」

振り返ると、越えてきた土砂の山が黒いシルエットになって見えた。その上を、避難する人たちが次々とこちら側へ下りてくる。この夫婦も無事だったようだ。夫はバスの手続きにでも行ったのだろうか。

「さあ、ユウジ。お母さんよ」

女はごく自然に両手を伸ばした。父もそのまま赤ん坊を差し出した。女が全身ずぶ濡れなのが気になった。あのポンチョ型の黄色いカッパはどうしたのだろう。さっきの悲鳴のときに転ぶかなにかして、脱げたのかもしれない。

一旦は赤ん坊を渡したものの「やはりこの先の避難バスの発着所まで、濡れないように自分がかかえていってあげましょうか」そう言いかけたとき、背後から叫ぶ声が聞こえた。

「おおい、だれか手伝ってくれ。足を折って動けない人がいる」

声の方を見ると、半分ほど土砂に埋まった道路で、両手を振っている団員がいた。父はすぐに走り出しかけた。そして赤ん坊を渡した女を振り返った。

「赤ちゃん、たしかに渡しましたよ。誰かに借りてカッパは着ていたほうがいいですよ」

うなずいた女の目もとが異様にやつれて見えたが、この嵐のせいだと思いすぐに忘れた。

右足を骨折した老人を左右から抱きかかえ、泥に足をとられながらようやく救護テントに運び込んだ。

「優先的に救護バスに乗れるようにお願いするから、もう少し頑張ってくださいね」

知り合いの女性だろうか、騒然とする中、怪我の老人を励ましている。あたり一帯がこのありさまのはずだった。救急車の出動を待っていてはいつになるかわからない。父は、応急処置をしてもらえそうな救護人を探しに行こうとした。その時、背中から思い詰めた声がかかった。

「わたしの赤ちゃんはどこ?」

振り返ると、上下真っ黒なゴムのカッパを着た夫に抱きかかえられるようにして、腰から下がほとんど泥まみれの、黄色いポンチョをまとった女が虚《うつ》ろな目で父を睨んでいた。

「さっき、あなたに――」そう言いかけて、父は言葉に詰まった。

まさか、まさか、そんな。自分はとんでもないことをしでかしたのか――。

「うちの子を返してください」

「だって、そんな――さっきの人は、子供の名前も知ってたし」

「わたしが母親です。あの子の名前は皓広《あきひろ》。早く、わたしの赤ちゃんを返して」

両腕をつかまれ、身体を激しくゆすられ、我に返った父はさっきの女を探すために雨の中に走り出した。

＊＊＊

「結局、皓広君という名前のその赤ちゃんは、見つかりませんでした」

何を獲りに行くのだろう。漁港から一隻の漁船が出航していくところだった。わたしはその灯りを目で追った。坂井はまるで眠ってしまったかのように黙って聞いている。

「翌日から消防団の救助活動がはじまっても、そっちは休ませてもらって、父は赤ちゃんの両親と一緒に赤ちゃんを捜したの。――でも見つからなかった」

そこで胸が詰まってしまい、一度言葉を切った。短い空白を挟んで、続ける。

「何もないときなら、誘拐とか連れ去りの事件として大騒ぎになったかもしれません。でも、あの災害では死者行方不明者あわせて五十人を超えていましたから、警察もこの件だけを優先的に取り上げるわけにもいかなかったみたいです」

「お父さんは、責任を感じてたんですね」

ようやく発せられた坂井の声は、こころなしかかすれて聞こえた。

夜で見えないかもしれないが、わたしは大きくうなずいた。

「感じていたという表現は、あまり当たっていないかもしれません。憔悴しきって、別人のようにやつれていたそうです。でも、毎日朝から晩まで、まだそこらじゅうに土砂や流れてきた木材なんかがごろごろしている中を、それこそ足を棒にして、ご飯もろくに食べないで探し回ったと聞きました。だけど、結局、赤ちゃんもあの女も見つからなかった。

——ひと月くらい経った復旧作業中に、一時的に海岸に集めてあった土砂の中から、乳児ぐらいの遺体が見つかったんです。衣類はなくてほとんど白骨化していました。ふたり行方不明だった赤ん坊のうち、もうひとりはもっと前に、やはり遺体で見つかっていたので、これが皓広君ではないかということになりました。残っていた髪の毛で血液型を調べたら皓広君のお父さんとおなじ血液型でした。一九六八年ですから、それ以上の調べようはなかったみたいです。——それで、結局そういうことだろうってなって、お葬式もあげたそうです」

「葬式——」

「ただ、皓広君のお父さんのほうは、あきらめたらしいんですけど、お母さんは『絶対違う。これは皓広じゃない』って言い張ったそうです。気持ちはわかるような気もします」

「どうしてそう思ったんでしょう。単なる感情的な理由ですか。それとも、根拠があったんでしょうか」

「証拠とかきちんとした理由じゃないみたいです。『親子だからわかるんだ』って。——今でもそう信じているみたいだと、父は言っていました」

「ということは、その後約二十年間、新たな事実が出ていないということですね」

「はい」

月の明かりで、坂井の横顔がぼんやり見えた。海を見ている。さっきの船に続いて、もう一隻出航していく灯りを目で追っている。

「父はそのことをずっと気にかけていて、何年経っても忘れませんでした。漁から帰ると必ず向こうのお宅に挨拶に行ってました」

父は海技士の資格は持っていたのに、車の免許を持っていなかった。母もわたしも持っていない。このあたりではめずらしいことだったが、そんなわけで、我が家には自家用車がなかった。ただ、父は原付バイクの免許だけは持っていて、漁から戻っている間の足代わりに、スーパーカブに乗っていた。

訊かれもしないのに、そんなことを語り続けた。坂井の口数が少なくなっていることに気づいたが、話をとめられなかった。

「皓広君のお父さんは狭心症とかで、三年ほど前に亡くなりました。父はそのあとも、陸にいる間は必ず一度は顔を出していたみたいです。『困ったことはありませんか』って。あちらの家もいろいろと可哀想なお宅なんです」

「いろいろ?」

「あの嵐の晩に、経営していた製材所が泥に埋まったんです。人命救助が先で、すぐに掘り出すことができなくて、木材はほとんどだめになってしまったそうです。その上に赤ちゃんもなくして、すっかり落ち込んでしまって、立て直す気力もなく、結局製材所は人手にわたってしまいました」

坂井がゆっくりと息を吐き出しながら言った。

「その製材所の跡地に建ったのが、千里見川の近くにある、いまはほとんど廃墟になったあのラドンセンターですね?」

「どうして知っているんですか」

驚いて坂井の顔を見た。ほとんど表情も読めない暗さだったが、その瞳に星が映っているような気がした。

4 坂井裕二(十九歳)

テントに朝日が差す前から鳥のさえずりが聞こえていた。

ひんやりとして湿った空気が流れ込んできて、鼻孔を刺激する。ずいぶん数多くの夢を見たような気がするが覚えていない。寝返りを打とうとして、身体の自由がきかないことに気づき、ようやく目が覚めた。

身動きがとれないのはシュラフに寝ているからだった。マットを敷いたとはいえ、そのすぐ下は地面だ。しかし、熟睡できなかったのはこのせいばかりではない。ぼんやりとそんなことを考えてから、自分がいまテントに寝ている理由を考えていた。

明け方の四時近くまで、煩悶《はんもん》しながら起きていたのは覚えている。矢木沢に注射器を突き刺す幻影が、払っても払っても脳裏に浮かんできた。もちろん、刺しているのは自分の手だ。

このまま朝がやってくるまで寝られないだろうと思っていたが、とうとう寝入ってしまったらしい。

あくびをしながら上半身を起こす。隣のシュラフを見る。空だった。念のため、ふくらんでいるあたりを上から押してみたが、手応えなくぺしゃんこになった。きしむような関節をぎこちなく動かしてシュラフから身体を抜いた。靴に足をつっこみ、テントを出る。

濃いブルーのパーカーを着た矢木沢が、シングルバーナーで湯を沸かしていた。ホーローのポットから湯気が立ち上っている。

矢木沢はちらりと裕二に視線をはしらせたが、まるで何も見なかったようにポットへと戻した。

またきだまされたのだと思った。睡眠薬を多めに飲んだと言ったのに、こんなに早くから起きている。おそらく寝たふりをして、裕二がその気になって注射器を突き立てようとしたら、あざ笑うつもりだったのかもしれない。

「嘘だったんだ」

そう非難の声をかけたが、矢木沢はすぐに答えず、ポケットから煙草をとりだしてくわえた。前屈みになり、バーナーから火を移すとせわしなく二度吸った。充血した目だけを裕二に向けた。

「なにが？」

くわえ煙草のまま、ドリッパーにお湯を注ぐ。胃を刺激する匂いが、風に乗って流れてきた。

「睡眠薬飲んだって」

ふん、とつまらなそうに笑う。

「嘘じゃない。おかげで、まだほとんど寝ている。苦いくらいに濃く淹れたコーヒーをがぶ飲みしたい気分だ」

「じゃあ、昨日の話は——」

「おまえ、信じてなかったのか？　やっぱりばかな野郎だな。おれは半々の可能性だと思っていた。おまえは小心だが、いざとなると思い切ったことをする奴だからな。それを考えると薬を飲んでもどこかで覚醒していた。今夜で人生が終わると思ってな。臆病なやつはたいてい利口ものと決まっているんだが、おまえは例外だったな」

本当は何度も殺そうと思った。そう言いかけたが、思いとどまった。

「おまえはチャンスを逃した。もうめぐってこないぞ。自分から作り出すまではな」

両親の秘密を書いた紙が入っていると言った、白い封筒を火にかざして燃やした。


生あくびをくりかえしながらも矢木沢が料理を始めた。

ミルクパンにお湯を沸かし、ラップに握ってあった、既に炊いてある白米を崩しながら入れた。ひと煮立ちさせたところで味噌で味付けをし、生卵を溶き入れた。あらかじめ刻んでやはりラップにくるんであった三つ葉を散らした。

「お互い胃が荒れていると思ってな。特製雑炊だ」

あまり食欲はなかったが、立ち上る香りにまけて矢木沢がよそった器をつい受け取った。息をふきかけながら、スプーンでひとくちすすった。

「おいしい」

一瞬、この場にいる理由も昨夜のいきさつも忘れて、素直な声をあげてしまった。矢木沢が声をたてて笑った。

「おれを生かした報いに、さっそく苦悩の種をやるよ」

食事を終えて一服しているときに、矢木沢が白いメモのようなものをひらひらと振った。何かと見つめる裕二の前に、その紙を突き出した。

「取れよ。新しい世界への切符だ。失った答えの代わりに、課題をやる」

短く迷い、好奇心が勝った。指先をのばして受け取ったメモをそっと開く。ただ住所と店名だけが書いてあった。

《八王子市千人町――パブスナック　まさえ》

新しい世界という言葉の響きとは縁の遠そうな内容だった。

「なんですか、これ」

「西八王子駅の近くにある、つぶれかけた汚いスナックだ。もしかするともうつぶれたかもしれない。そうなるとおまえじゃ追っかけられないだろうな」

「追っかける？　そのスナックがどうかしたんですか」

「そこの女が、おまえの本当の親のことを知っている」

「本当の親？　津村の両親？」

「違うな。あれは本当の両親じゃない」

矢木沢のいう意味がすぐには理解できなかった。あれが本当の父親ではないというならまだわかる。あの男が自分にした仕打ちのことを考えると、もしかすると本当の父親ではないのではないかと、何度か考えたことがあった。しかし母は違う。自分を産んでくれた本当の母親でなければあの愛情はありえない。

「本当の親じゃないって、どういう意味です」

「そのまんまの意味だ。おまえは、あの二人の精子と卵子から生まれたんじゃないってことだ」

「お母さんは死んだって――」

それ以上言葉が継げなかった。矢木沢があきれたように片方の眉を上げ、裕二の顔をじっと見た。

「おい、おまえ。おれの言う意味が理解できないのか。まだ寝ぼけてるのか。酸欠になるほど標高は高くないしな。いいか、よく聞けよ。おまえが母親だと信じてるあの女は、おまえを育てていた。だけどな、あの女はおまえを産んではいない」

「そんなの嘘だ」

矢木沢は、げらげらと声をたてて笑いながら立ち上がった。

「本人に聞いたのか？」

「そんなこと聞くわけがない」

「だから、その店に行って訊いてみろって言ってんだ」

「誰に訊くんです」

「お坊ちゃま。これだけサービスしたんだ。あとは自分で確かめな。トイレの場所は教えてあげるけど、お尻までは拭いて差し上げませんよ。——さてと、もう一杯コーヒーを淹れるか」

矢木沢は煙草をくわえ、バーナーに手際よく火をつけた。皮肉っぽい笑みを裕二に向けて言った。

「だから殺しておけばよかったんだ」

帰る車の中で、矢木沢はもういちど「また女が死んだら、半分はおまえの罪だ。おかげでおれも多少気が楽になった」とうそぶいた。

一度見たら忘れないような派手な色の大型ベンツが、朝の山道を下ってゆく。

その高級シートに身を委ねる裕二の頭に、ある考えが浮かんだ。

矢木沢は、本当に心の底から香菜子を愛していたのではなかったのか。まさか、裕二を苦しめるために近づかせた香菜子が、本気で裕二を愛することになるとは想像もしなかった。

最初の計画は、矢木沢や裕二と似た経緯を持つ香菜子を裕二に引き合わせ、香菜子に裕二を誘惑させ、裕二が本気になったところで矢木沢が登場する。そして、二人でうちのめされた裕二をあざ笑う。そんなところだったろう。

ところが、計画が狂った。裕二の反応は予定どおりだったが、香菜子まで本気になった。それを知った矢木沢は、取り返しがつかないことになったとあせった。からかうどころではなくなり、本気になって香菜子を取り返そうとして醜い一面を見せ、破局を迎えた。

完璧を自認する矢木沢としては、その失態が許せなかったのではないか。本人が言うように、隆が二人を比べて裕二を選んだと信じているなら、それに続く敗北感だろう。

だから、裕二に断罪の機会を委ねた。『ユスティティアの剣』などと気取った名をつけた薬物を——。

考えすぎだろうか。うぬぼれているだろうか。しかしそう考えれば、これまでの矢木沢の態度と、今回の突拍子もない一夜の説明がつく。

しかしいまさら矢木沢を指弾するつもりも、あざ笑うつもりもなかった。眠気が覚めてきたらしい矢木沢は、次第にふだんと変わらない軽口をたたきはじめた。二子玉川園の裕二の自宅前まで送り届け、いつかとおなじようにタイヤを鳴らして去っていった。

矢木沢の毒殺未遂問題に、それ以上興味はなかった。それよりも、彼が最後に語った両親のことが頭から離れない。

以前テレビで見たドキュメンタリー番組を思い出す。どこか外国の話だ。ある男が銃で額を撃たれたものの、弾丸が反対側に貫通せず出口をもとめて頭蓋骨の中をぐるぐると何回も回転した結果、脳をスプーンでかき混ぜたプリンみたいにしてしまった事件のことだ。

今「本当の両親」という弾丸が、脳の中を何千回転何万回転もしている。出口は見えない。

裕二はもともと家でもあまり余計なことをしゃべるほうではなかったが、香菜子の事件のあとますます口数は少なくなった。ただ、こちらから訊きはしなかったが、香菜子の葬儀のあとに、隆は彼女のことを少しだけ話してくれた。

香菜子は小学生のころ母親の愛人とそりが合わなかったので、その母親の了解を得て、滋賀県に住む老医師のところへ養女として紹介したのだと。

矢木沢が語った香菜子の過去と、だいぶ違っている。もちろん「母親やその愛人の死にかかわっているのか」などとは訊けない。訊けるわけがない。

矢木沢とのキャンプから帰って三日目、久しぶりに隆と一緒に夕食をとった。めずらしくフレンチ風で、ナイフとフォークを使った。

「学校はどうだい。中学、高校とはまた違って、けっこう面白いんじゃないか」

「そうですね」

裕二のあまり浮かない気分を察したのか、それ以上無理に会話を続けようとはしなかった。「どうかしたか?」とは、よほどのことがないと訊いてこない。迷ったが、裕二のほうから話題を振った。もう何年もぐずぐずと切り出せずにいたのに、いざとなると拍子抜けするほどあっさり口から出た。

「ほかにも養子を斡旋した子供がいるんですか?」

今まで、あまりに頭の中で反復していたので、余分な文言は削られて、核心だけの質問になった。隆の表情はまったくといっていいほど変わらなかった。

「なんだい、やぶから棒に」

「ぼくとか香菜子さんみたいな子がほかにいるんでしょうか」

隆は、そこでようやくフォークを置いた。

「どうしたんだ急に。裕二のことは斡旋なんかしていないだろう」

「実は急じゃなくて、あのときからずっと考えていたんです」

「あの時とは？」

「香菜子さんが亡くなって――」

「ぼくがあの子を、滋賀県の医師に紹介したと話したとき？」

「はい」

「ここのところ、ふさぎ込んでたのはそれかい？」

「それもあります」

　隆はふたたび手にしたフォークでサラダを口もとに運びながら、裕二の表情を観察し、考えをまとめているようだった。裕二はうつむいたまま、隆の返事を待った。

「理由はわからないが、それがとにかく気になるわけだ。――まあいい。別に言いふらすつもりもないが、隠すつもりもない。うちのほかに四組成立させたよ。香菜子さんだけは悲しい結末になった。しかし、あとの三組はそこそこ幸せに暮らしていると聞いている」

　矢木沢のいうことは本当だった。顔をあげて隆を見た。

「その子たちの元の親は、全員が死んだんですか」

「なぜ？」

「ある人にそう聞いたからです」

　隆は、それは誰かとは問わなかった。

「いや、そうとばかりも限らない。生きてる人だっていると思うよ。でもどうしてそんなことが気になるんだ」

「自分がその環境にありながら、ぼくは養子縁組の法的な決まりについて、ほとんど知識がありませんでした。今回、興味を抱いて少しだけ調べてみました」

養子縁組には「普通養子縁組」と「特別養子縁組」がある。前者は縁組後も実親――いわゆる「生みの親」――との関係が存続する。そして後者は縁組により、その実親子関係が終了する制度だ。

養親の感情としては後者が望ましいだろうが、条件も厳しい。たとえば隆のように単身者だとこの「特別養子縁組」を組むことはできない。

だが、実親が死亡してしまえば――。

その先の連想を振り払う。

「お父さんが成立させたのがどちらの縁組かまで訊くつもりはありません。ただ、ぼくたちも含めて五組というのは、少し多いような気がしたもので」

「なんだ、そんなことか。もしかして、養子の斡旋とかいいながら、実態は人身売買でもしてるんじゃないかとか気にしてるんじゃないよな。この間もテレビでやってたが、あれはひどい、赤ん坊のうちに外国に売り飛ばすらしい。養子としてならまだ許せるが、臓器移植の〝部品〟にするために育てることもめずらしくないと聞いたことがある。あまりにアンダーグラウンドで、司直の手も及ばないらしいな」

　隆は、裕二が気にかけている中身を取り違えているようだったが、否定はしなかった。それに、明敏な隆のことだ。わざと勘違いしてみせている可能性もある。あいまいにうなずきながら続きを待った。

「――もしそうなら、心配はいらないよ。五組という数字をどうとらえるかだが、『たまたま』ではなく、あえてやっているのだから、複数あるのは当然だ。しかし、まったくのボランティアだ。こんなことは言いたくないが、むしろ〝お祝い〟として、こっちから金を包んだりしてるくらいだよ。

　むかし、仕事のつきあいがあったひとから養子縁組の相談を受けてね。きみも調べたらしいけど、ひと口に『養子縁組』といっても、法的な手続きがけっこう面倒なんだ。家庭裁判所の許可も必要になる。それに戸籍に絡む問題に手続き的に不備があると、将来遺産相続のときなんかにもめる。引き継ぐ資産が多いほど、それは面倒だし頭痛の種だ。――例えば、未成年の場合は親権者とか後見人とかの承認が必要になるし、戸籍も徹底的に遡って調べられる。だから、養子として迎えたい候補の子供がみつかったら、戸籍調査なんかは『職権』を持っている弁護士にぜんぶまかせたほうがいいんだ。それで友人の倉持さんに頼んだ。結果的に非常にうまくいった。

　その話をどこかで聞きつけて、何人かから頼まれたってだけだ。だからみんな知り合いさ。それも、そこそこに大きな企業の経営者だとか、そもそも働く必要がない資産家だとかね。そういう金銭には困っていない人たちばかりだ。資産の話をすると、裕二ぐらいの歳なら反発するかもしれない。『金があるからいい人とは限らない』とね。もちろん、それは正論だ。だから、蓋然性の問題だ。少なくとも金に困っていなければ、子供をだしにして金儲けしようなんて思わない。だから、子供たちのことを考えたら、二度と金銭のことで苦しまなくて済む親元に行かせたい。それは間違っていないだろう？　それから、これだけは言っておくけど、礼金を受け取ったことは一度もないよ」

隆の笑顔には一片の曇りもなかった。いつもとおなじ笑みが浮いていた。嘘をついているとしたら矢木沢のほうだろうと一週間前なら疑いもしなかったかもしれない。

しかし、長すぎた。裕二が何かを質問して、これほど一気に、しかも淀むことなく喋ったことは、記憶にない。もしかしたら、用意していた〝回答〟なのかもしれない。

そんな疑念が頭から消し去れない。

それに、〝利益〟というものが金銭だけではないことは、世間知らずの自分でも知っている。

――矢木沢了を、どうして自分の養子にしなかったんですか？

その質問が口元まで出かかったが、唇の外へは出てこなかった。

とりあえず納得したという表情を作って裕二は席を立った。

翌日、裕二は中央本線で八王子市に向かった。

八王子駅のひとつ先が目的の西八王子だ。地図でおよその場所は調べてきた。矢木沢にもらったメモには、詳しい枝番までは書かれていなかった。自分の足で探せということだろう。北口を出てすぐの繁華街の一角にあるはずだった。

水商売であるなら、あまり早い時刻では留守の可能性があるし、店が開いてしまっては話を聞きづらい。もし見つけたら、まず午後五時に訪問し、留守だったら三十分ごとに訪ねてみようと決めてきた。

商店街のメイン通りらしい道路があった。この両脇には飲み屋は見あたらない。地図によれば西よりに一本か二本入った、狭い路地に面して並んでいるはずだった。

裕二は路地のはしからはしまで歩き、看板をひとつひとつ丁寧に見ていった。二本目の路地のちょうど真ん中あたりで、ついにその看板を見つけた。

《パブスナック　まさえ》

黄色の地に、筆書体で切り抜いた赤い文字が貼り付けてあった。ずいぶん年季が入っているらしく、隅が折れて欠けている。看板が店の前に出ているものの、ぐるぐる巻いた黒いコードが看板の上に載っている。まだ開店前らしい。

それでもドアをノックして声をかけた。

「あの、すみません」

しばらく待ったが返事はない。もう一度繰り返す。やはり返事はない。ドアノブを握って静かに押し下げてみる。動いた。中に誰かいるかもしれない。さっと周囲を見回してから、ドアに耳を押し当ててみた。

声が聞こえた。正確にはテレビから流れる音のようだった。大勢の人間が笑っている。すぐに拍手が湧いた。ほかに物音は聞こえない。しかし、テレビがついているなら、やはり誰かいるのだろう。

さきほどよりもさらに大きな声をだして、同時にドアを強めにたたいた。

やはり返事はない。ほとんどドアに額がつきそうなほど近くに顔を寄せて悩んだ。留守なら出直すということもあるが、居留守を使っているなら、何回訪ねても結果は同じだ。

入ってみよう——。

ドアノブを押し下げたまま、そっと前に押した。からんからんと派手に鳴ったドアベルに、心臓が止まりそうなほど驚いた。

「だあれ?」

気だるそうな、しわがれた女の声が聞こえた。煙草の煙とテレビから流れる大音量の歓声が身体を包んだ。この騒音では、ノックなど聞こえなかったかもしれない。

「失礼します」

ドアを閉め薄暗い店内に進んだ。カウンターの隅に女がひとり腰かけていた。ラックに載ったテレビを見ていたらしい。顔だけをこちらに向け、裕二を睨んでいる。

「すみません。坂井といいます」

かなりの大声を出した。

「ごめんね、まだ開いてないのよ」

女は手に持った煙草からひと息吸って、大声で返してきた。そのまま、煙そうに目をしばたたかせて、裕二を観察している。煙草を灰皿にそっと置いて、わきにあったグラスを持った。茶色をした液体と氷が入っていた。女がその中身を口に流し込むと、グラスの中でカランと音がした。

女はリモコンをテレビに向けて、音量を下げた。普通の声で会話ができる程度になった。

「あなた、前に来たことある？」

「いえ、初めてです」

「で、お酒飲みたいの？」

「いえ、うかがいたいことがあります」

そのとき、奥から男の声が聞こえた。

「なんだ、もうお客さんか？」

女とは反対に甲高い声だった。

「違う。なんかのセールスみたい」

「違います。セールスではありません」

「なんだ、なんだ」

のそっと現れたのは、黒っぽいジャージの上下を着て、頭に水玉模様の手ぬぐいを巻いた男だった。右手には包丁を持っている。体が硬直する。

「誰？　おたく」

「あの、ええと」

裕二の目が包丁に釘付けになっているのに気づいて、男は手を下げた。

「大丈夫だから、仕込みを続けて」

「あいよ」

女に言われ、男は奥に戻った。

「大丈夫。あの人は魚以外は切れないから」

冗談らしいとわかって、少し気分が楽になった。

「じつは、うかがいたいことがありまして」

「なにか売りつけにきたんじゃないの」

「はい。この名前、ご存じですか」

男がいるほうを警戒しながら近づき、両親の名を書いてきた紙をカウンターに載せた。

《津村清一、時枝》

それが、隆に引き取られる前の両親の名前だった。

裕二を車に突き飛ばして金を稼いでいた父、清一。清一の横暴を解決はしてくれなかったが、いつも優しかった母、時枝。

またグラスから液体をすすった直後だった女は、そのメモ書きを見て急にむせた。激しくむせた。げほんげほんとせき込んだ。身体を二つに折って苦しそうにしている。

「なんだ、どうした」

また奥から男が顔を出した。こんどは包丁を手にしていない。女はむせながらも、手のひらをふって大丈夫だという合図をした。

「ぼうや、名前は」

まだ、喉の途中に液体がひっかかっているような声で訊く。

「坂井裕二といいます。もとの名前は津村裕二です」

女の喉がひゅうと音をたてた。目がいままでの倍ほどに見開かれたが、一瞬のことだった。すぐに獲物を狙う猫のように目を細め、裕二を観察しはじめた。新しい煙草に火をつけ、落ち着かないようすで二度深く吸い込んだ。わざとらしい咳をした。

「わるいけど、そんな人知らない。それ持って、帰ってくれる」

汚らわしいもののように、メモ書きを顎で指す。

「でも、ここで聞けばわかるって――」

「誰に聞いたかしらないけど、勘違いでしょ。そんな人知らない」

「なんだ。だからどうしたんだよ」

三度《みたび》男が出てきた。身長は裕二よりわずかに低そうだった。からだつきも華奢《きゃしゃ》な感じはするが、目つきに迫力があった。いままで裕二が出あったことのない、鋭い目の光をしていた。

「この子が、わけわかんないこと言ってて」

「おまえ、だれだ」

さっきより、口のききかたが乱暴になった。もう一度名乗ろうとしたところを、女がさえぎった。

「名前なんてどうでもいいよ」

そう言って裕二の脇を通り過ぎ、ドアノブを握った。

「さあ、早く帰りなよ。タカオが怒ると手がつけられないよ。魚以外は殴るよ」

女の目はいつのまにか悲しげな色に変わっていた。最初の怒りは消えたようだが、それ以上食い下がることは裕二にはできなかった。ただ、メモ書きだけは置いたままにした。

「なにか思い出したら、連絡いただけませんか。あの紙の裏に、家の電話番号とぼくの名前が書いてあります。たいしたことはできませんが、お礼もさせていただきます」

女は否とも応とも答えなかった。

「おじゃましました」

ドアの外に出た。二メートルほど先にいた三毛猫が、驚いて背を丸めた。裕二を睨んでいる。歩きだそうとすると、猫は一度びくっと身を引いてから、一気に走り去った。

駅に向かって歩きかけたとき、手に荷物を持ったままだったことに気づいた。

手みやげ代わりに買ってきた洋酒だった。何にしようかと迷ったのだが、スナックなら酒を迷惑がることはないだろうと考え、一万円近く奮発してデパートの洋酒売り場で買ってきたものだ。

香菜子が生きていれば「いらないなら、あたしが飲もうか」と奪いとったかもしれない。

裕二は店の前まで戻り、紙袋をそっとドアの脇に置いた。

切符売り場の料金表で金額を調べた。発券機にコインを落とし、切符をもって改札に向かう。

もうすこし粘ったほうがよかっただろうか——。

そんな思いが湧いた。いつも、自分は置かれた境遇をすぐに受け入れてしまう。津村の子供だったころに、あきらめることばかりを覚えた。その癖は直らない。いざというとき勇気が湧くように、今日もポケットにお守りを忍ばせて来た。もう、ボロボロなので、最近はめったに持ち歩かない。しかし、門前ばらいには効き目がなかった。

しかたがない。そう自分に言い聞かせて改札を抜けようとしたとき、腕を引く者があった。ふり返ると、さっきタカオと呼ばれた男が、不機嫌そうな顔で裕二を見ている。とっさにその右手を見た。包丁は持っていない。

「マサエが呼んでる」

「え？」

「え、じゃないだろ。用事があるんだろ」

「あ、はい」

「おれはさ、もじもじしてる奴が嫌いなんだよ。とにかく、あの女の気がかわらないうちに早く来たほうがいいぞ。——まったく」

最後のまったくは裕二に向けられたものではなさそうだった。

なにが起きたのか理解できなかったが、呼んでいるというなら、戻ったほうが良さそうだ。

「ったく、人をパシリだと思ってやがる」

そんなことを、タカオがぶつぶつつぶやいていた。最初は驚いたが、悪い人ではなさそうだと思った。


店に戻るなり、まあとにかく座りなよ、とボックス席の薄汚れたソファに腰掛けさせられた。マサエは吸いかけの煙草を口にくわえ、名刺を差し出した。

「そういえばまだ名乗ってなかったね。あたし、大浦昌江《おおうらまさえ》。はい名刺。ずいぶん前に作ったから、黄ばんでるけどね」

《パブスナック　まさえ　ママ　大浦昌江》と刷ってある。

「あなたの伯母さんだよ」

裕二は驚いて名刺から顔をあげた。

「えっ」

「何驚いてるのさ。だから来たんでしょ？」

「おばさん、て」

「なんだ、知らずに来たの？　あんたの母親の時枝は、あたしの妹だよ。あんたが赤ん坊のころ、おむつ替えてあげたことだってあるんだから。かわいいおちんちんだった。あ、そうだ――」

　昌江は急になにか思い出したように、煙草を灰皿でもみ消し、くすくすと笑い出した。自身のはちきれそうな胸のふくらみを、自分の手で持ち上げてみせた。

「ふざけて、あたしのおっぱい吸わせてあげたことだってあるんだから。時枝は嫌な顔してたけどね。そしたらさ、ふふ、お乳が出もしないのに、あんたは一生懸命吸ってたよ。もう八カ月くらいになってたのにね」

　顔が火照るほど赤くなったのを感じた。どう返事をしていいのかわからず、無意識のうちに手の甲でなんども口のあたりをこすっていた。

「あんたが、まだ小学生だったころにも、一度会ってるよ」

「小学生のときですか？」

「そう。時枝が体を悪くして寝込んだころ、祖母さんが手伝いに行ってたでしょ。あたしも見舞いに行ったよ。小遣いあげたのに忘れた？」

　そういえば、そんなこともあったかもしれないが、あいまいにうなずくだけにした。

「とにかく、あの小さかった子が、大人になってウイスキー持ってたずねて来たのに、追い返したんじゃ寝覚めが悪いからね。遠慮なくもらうよ」

昌江はぷちっと音をたててキャップをひねり、中身をロックグラスに三分の一ほど注いだ。

「タカちゃん氷」

「自分で出せよ。こっちは仕込みしてんだ」

「なにが仕込みよ。どうせパックの刺身を切るぐらいなもんじゃない」

奥からぼそぼそ文句を言う声が聞こえてきたが、結局アイスペールに半分ほど氷を入れて持ってきた。

「ほらよ」

「ありがと、だから好き」

「ばか野郎」

こころなしか顔を赤らめて引っ込んでいった。

「あれが孝男。使い勝手がいいのよ」

肩をすくめて舌を出したあと、すぐに真顔に戻った。

「この話ね、絶対に内緒だって口止めされたんだ」

作ったばかりのオンザロックで口を湿らせると、口調も変わった。

「そのかわり、この店を開くときに金を出してもらったんだよ。——っていっても、居抜きだったから備品にたいした金がかかったわけじゃないんだけどね」

　そこで言葉を切って、天井のしみのあたりを見た。話がよくわからない。

「近ごろ、世の中けっこう景気がいいらしいけど、うちはさっぱりだね。アレだよ。うちみたいな店はかえって不景気のときのほうが繁盛するんだよ。貧乏人がなけなしの稼ぎを握りしめてさ、愚痴をこぼしにくんのさ。死んだあんたの父親みたいな奴が。だけど、景気が良くなってくると、みんなもうちょっと若いおねえちゃんがいるお店に行ったりするんだよ。そんなわけで、どうせ近いうちにこの店も閉めるつもりだし、もうずいぶん前のことだから、話したっていいだろう。いまさら金返せっていわれてもない袖は振れないよね」

　あははははと、やけになったような笑い声をたてた。誰に借金した話をしているのか、さっぱりわからない。

「それでもさ、お父さんには内緒にしといてよ。あの人、怖い感じの人だから」

「お父さん、て？」

「あんたのお父さんに決まってるだろ」

「もしかして坂井隆のことですか？」

「そうだよ。ほかの誰だと思ったのさ」

　またも驚きの声を上げそうになった。どうして隆のことを知っているのか――。

　だがすぐに納得もいった。あの両親から裕二を引き取ったのだから、伯母にあたるこの昌江という女と面識があった可能性はある。いやそれどころか、筋からいえば、本来この昌江が引き取るべきではなかったのか。そうならなくてよかったが――。

「あたしさ、勉強は苦手だったけど、人を見る目はあるんだ。あの坂井って人は恐い人だよ」

「わかりました。絶対に言いません」

裕二の答えに、昌江は安心したようにうなずいて、グラスの中身を干した。

「あんたは信用できそうだからね。なにしろ、あたしのおっぱい吸って育ったんだし。――で、どっから話したもんかな」

ボトルからグラスに注ぎながら、遠い記憶を呼び覚まそうとしているのが表情から感じられた。

「半分以上は、あとから時枝に聞いた話だよ」

＊＊＊

昌江、時枝の姉妹の実家は、甲府市の南に位置する、小さな温泉町にあった。観光客相手に「ほうとう」を出したりもするうどん屋を商っていたが、あまりはやってはいなかった。

昌江は地元の高校を卒業するとすぐに東京へ出た。大手ではないデパートの食品売り場で働いた。しかも正職員ではなく、半年ごとに契約を更新する身分だった。

二歳下の時枝は高校を終えたあとも、両親のもとに残って商売を手伝っていた。時枝がちょうど二十歳のとき、津村清一がふらりとその町にやってきた。客としてではない。温泉宿の下働きのような仕事をするためだ。不健康な痩せ方をして、いつもあたりをうかがうような目つきをしていた。そしてときおり、清一は時枝の働くうどん屋に来た。

時枝の中にも、漠然とした東京に対するあこがれがあったらしい。一度だけ、三鷹市に住む昌江のアパートに、泊まりに来たことがある。四畳半ひと間にトイレも台所も共用だったが、親に干渉されないひとり暮らしをうらやましく思った。

そして何より、その翌日見て回った、新宿や渋谷の街に圧倒された。もちろんテレビで見てどんなところかは知っていたが、よそ見をすればすぐ人にぶつかり、見上げなければ空が見えない街を歩くという体験は、強く印象に残った。

清一は生まれも育ちも東京だと言って、店に来て東京のことをときどき話した。時枝はうどんにこっそり卵をサービスしてやるようになり、やがて男女の関係になった。

つきあい始めて四カ月ほどしたときに、時枝の妊娠がわかった。清一は急に「東京へもどる。田舎には飽きた」と言いだした。時枝は勘で、清一は東京から――おそらく借金から――逃げてきたのだと思っていた。戻るということはその問題が解決したのかもしれない。

時枝はついて行くと言った。両親も巻き込んでいろいろともめたが、結局駆け落ちのような恰好で東京へ出た。

「あとで聞いたところだと、ずいぶん苦労したみたいだね。あたしにはあんまり言わなかったけどさ」

そう説明した昌江の瞳が曇った。

清一は定職につかず、競輪や競艇に通った。不思議なのは、ときどきまとまった金を持ってくることがあったことだ。時枝が、あの人なにか悪いことでもしてるんじゃないか、と昌江に相談しにきたこともある。昌江は別れることを勧めたが、時枝にそのつもりはなさそうだった。「あんな男のどこがいいのかねえ。まあどこか影のある、多少は二枚目だったけどさ」と、昌江がいまさらどうでもいいというような口調で言った。

妊娠五カ月になったころ、お腹の中で赤ん坊が死んでしまった。純一《じゅんいち》いう名前までつけていた。かかったのが腕のよくない個人経営の産婦人科で、赤ん坊を取り出したあと、出血がとまらなくなった。時枝は輸血を受けた。

やがて体調も戻り、二人目を妊娠した。ところが、検査の過程でウィルス性の肝炎にかかっていることがわかった。輸血が原因だろうと言われたが、すでに医院はつぶれていて、血液のせいなのか注射針のせいだったのかすら、たしかめようがなかった。いや、時枝やまして清一に、真相を追及しようという発想もなかった。

清一の生活はますます荒れた。二人目が妊娠七カ月になろうかというころ、清一は飲み屋で隣に座ったサラリーマンの話が気に入らないと喧嘩をふっかけた。表に引きずり出し相手の腹や胸を執拗に蹴った結果、折れた肋骨が肺に刺さり、瀕死の重傷を負わせた。被害者は命をとりとめたが、傷害事件はこれがはじめてではなく、三年の実刑判決を受けた。

皮肉なことに、時枝はひとりぼっちで無事に二人目を産んだ。裕二と名付けた。出産直後には昌江もできるかぎりの手伝いはした。生後半年ほどの裕二を連れて、清一が服役している静岡刑務所に面会に行った。喜ぶと思ったのだが、清一の態度は冷たかった。

「おれはここから出ても子供の面倒なんてみない。前からつき合っている女がいて出所したらその女と所帯を持つ」と言われた。

「さすがにあの子も自暴自棄になったんだね」

昌江の目元がわずかに潤んだ。

山梨の県南と静岡は隣り合っており、昔から交流がある。時枝たちの一家も過去に一度だけ静岡に観光に来て、旅館に泊まったことがあった。刑務所からの帰り道、時枝は衝動的にその時持っていた有り金をはたいて、その旅館に宿をとった。

「なんていう旅館ですか」

裕二がたずねると、昌江はちょっと待ってね、と奥から電話帳を持ってきた。ずいぶん使い込んであって、厚紙の表紙はもとの色がわからないほど変色していた。指につばをつけてめくっていた昌江が、「あった、これだ」と指さしてその名を読み上げた。

「『清風館』っていう旅館だよ」

時枝があとで姉に語ったところによれば、むかし両親と一度だけ泊まったことのある『清風館』に泊まったのは、懐かしさからばかりではなかった。少し歩いたところに、切り立った断崖があったことを思い出したからだ。時枝は乳飲み子の裕二と一緒に身投げするつもりだった。

「泊まったその夜は晴れ上がって、とても綺麗な星空が見えた」と、あとで昌江に語ったそうだ。

翌日、宿をあとにして死に場所を探したが、遠い記憶が頼りなので右か左かもわからない。うろうろするうち、雨風が強くなって歩き回れる状態ではなくなった。死ぬことばかり考えていて、台風が近づいていることも知らなかったのだ。

半日ほど、駅の待合い室で外の荒れた天気をぼんやり眺めて時間をつぶしたあと、雨に濡れて泣きじゃくる裕二を抱いて、再び海岸へ向かった。この海の荒れようならば、岩に叩きつけられなくても死ねそうだと思ったからだ。

海岸を歩いているとき、ほんの何十メートルか先で、海に突き出た岩山から土砂が崩れ落ちるのを見た。まるで映画を見るような迫力だった。怖くなった。あと数分早く進んでいたら、あの下に埋まっていたかもしれない。幸運だった。そう思うと、急に生きていたくなった。泣き叫んでいる裕二も不憫になった。

幅二メートルほどの小さな川が、陸のほうから海に流れ込んでいた。さっきもじゃぶじゃぶと歩いて渡った川だったが、引き返して再度そこを渡りかけたとき、いわゆる鉄砲水のように、一気に水が押し寄せてきた。見る見るうちに腰のあたりまで水かさが増した。

　足もとの砂をすくわれて、時枝はバランスをくずした。裕二をかばってそのまま倒れた。起き上がろうとするところに、さらなる濁流が押し寄せた。親子はあっというまに海まで流された。海水を飲み、もがきながらようやく海面に顔を出したが、抱きかかえていたはずの裕二がいない。もみくちゃに流されたときに、手放してしまったのだ。

　叫ぼうとする口に、味のない雨と塩辛い海水が同時に入った。時枝は半分溺れながらも、手探りで裕二を捜した。そのとき、手に布があたった。言葉にならない声で裕二の名を呼び布を引き寄せた。それは空のおくるみだった。

「ゆうっ……」

　叫ぼうと思ったが、大量に海水を飲んで気を失った。

　誰かに強く腹のあたりを押されて、意識を取り戻した。すぐに吐いた。塩辛い水が大量に口と鼻から吹き出した。ああ生きていると思った瞬間、裕二のことが浮かんだ。

「裕二」

「おお、気がついた」

「よかった。大丈夫かあんた」

　カッパを着た男が二人、時枝を介抱してくれていた。

「裕二は？　裕二は？」

時枝は礼もいわず、そう叫んだ。

「ユウジってだれだ。あんたしかいなかったぞ。浜に打ち上げられてたんだ」

「どうして海に近づいたんだい。自殺行為だ」

ふたりの問いに答えず、時枝は海に向かって走った。ふたりの男が止めるよりも早く時枝は海に飛び込んだ。また海水を大量に飲んだ。しかし、沖へは進めなかった。背丈ほどもある波があっというまに時枝を砂浜に押し戻した。

「裕二」

泣き叫ぶ時枝の肩を押さえたひとりが、もうひとりに言った。

「どうも子どもが流されたらしい。駐在か消防団に連絡してくれないか。おれはこの人を見てる。また飛び込むかもしれんから」

「でね、結局、赤ん坊は見つからなかったのよ。運命は残酷だよね」

昌江が煙草の煙を脇へ吹き出した。

「待ってください。ぼくはどうやって助かったんですか」

「まあ、あわてなさんなって。話が長くなったから、ちょっとひといき入れようよ。そうだ、ラーメンでもとろうか。ねえ、タカちゃん。そろそろなにか食べとこうよ」

奥から「そうだな」という声が戻ってきた。「お客さんもいるし、ラーメンでもとるか」

「だからそういってるじゃないね」

　裕二と目を合わせ、ウインクした。可愛らしいところのある人だと思った。母はいつもなにか思い詰めている感じで、こんな砕けた表情を見せたことはない。

「あんた、なんにする」

「ええと、ぼくはけっこうです」

「遠慮しなくていいわよ。甥っ子になんにもしてあげたことないんだからさ。いくら苦しいからって、ラーメンくらいおごれるわよ。――ねえ、タカちゃん頼んでくれる」

「また、おれかよ」

「男がぐずぐずいわない。あたしは取り込み中なの。チャーシュー麺二つとあんたは適当に」

「わかったよ」

　昌江が笑いながら向き直った。

「最初に来たとき、つっけんどんにしたから、あたしを不愛想な女だと思ったでしょ」

　答えに詰まっていると、昌江は「いいのよ」と笑った。

「さっきも言ったけど、あんたのお父さんに『内緒にしてくれ』って言われたのを思い出したからなの。だけどもういい。もう怖いもんもないし、あっちこっち内臓をやられてそうだし、生きてるうちに話しておくよ。いい？　肝心なのはいよいよここからなんだからね」

時枝は、バスの車庫近くに設けられた、テント張りの救護所に連れていかれた。

豚汁の炊き出しをもらって半分ほど口にした。そのあいだずっとうわごとのように「裕二、裕二」とつぶやき続けていた。

次第に夜の闇があたりを覆い始めた。厚い雨雲で昼間から暗かったが、夜になって闇の中から吹きつける風雨にあたると、ますます心細くなった。

時枝はふらっと立ち上がり、あたりを歩き回った。なんとなく裕二がそのあたりにいそうな気がしたからだ。赤ん坊を連れた人に片っ端から声をかけ、赤ん坊の顔を見せてもらった。ほとんどの人間は不審な時枝に警戒して、顔を見せるどころか隠すようにして去った。

ふと目をやった先に、崩れた土砂の小山を越えて降りてくる、赤ん坊を抱えた男が見えた。黒い上下のカッパを着ている。あれはさっき自分を助けてくれた人ではないか。赤ん坊は諦めた方がいいなどと言っていたが、あのあともずっと探してくれていたのだ。

「裕二、裕二」

叫びながら駆け寄った。

カッパの男と何かやりとりをしたが、よく覚えていない。夢中だったから。奪うようにして、男の腕から赤ん坊をとりあげた。

「ありがとうございます。ありがとうございます。裕二、裕二、よかったね」

涙を流してほおずりした。

最初だけ不審げな顔をしたカッパの男も、時枝が見せる態度に本物の母親だと信じてくれたようだった。避難バスのところまで一緒に行ってくれると言ったが、断った。

「たしかにお渡ししましたよ」

男はそんな意味のことを言い残して、だれか怪我人を助けるために別な方向へかけて行った。

時枝はその背中に向かって深々と頭をさげた。そのときになってようやく、おくるみの色が違うことに気づいた。そうか、裸ではかわいそうだと思って、だれか親切な人が着せてくれたのだ。テントの下にもどり、ややおちついてくると、赤ん坊の体格も髪の質も、裕二とは違うことに気づいた。

これは裕二じゃない――。

しかし、返そうという気持ちはかけらも湧かなかった。さっき、自分は身投げを思いとどまったのに、運命のいたずらで裕二を海にさらわれてしまった。神様はきっとひどいことをしたと反省して、すぐに代わりの子を授けてくれたのだ。これは裕二の身代わりなのだ。

だとすれば、また神様の気が変わらないうちに、こんなところからは去ったほうがいい。

時枝は新しい裕二を抱きしめ、ほとんど着の身着のままで、避難民を乗せるバスのステップを登った。

そこまで話したところで出前がとどいた。

チャーシュー麺が二つに、ソース焼きそばと餃子が二つあった。

調味料や小皿を持って顔を出したタカオが、しゅぽんと音をたててビールの栓を抜いた。

「あ、こら商売ものに手だして。小遣いから引いとくよ」

「うるせえ」グラスにビールを満たす。白い泡がじぶじぶと盛り上がっていく。「――しかし、あの赤ん坊の話はおれも聞いたけど、まさかご本人にお目にかかるとは思わなかったな」

言い終えるやいなやグラスのビールを一気に飲み干した。

「くはあ。たまんないね」

泡を吹き飛ばす。テーブルに置いたグラスの中を泡が伝い落ちる。

「やっぱり勤労のあとに飲むビールはうまいな」餃子を口に放り込んだ。

「あんたも、伸びるまえに食べなよ」

昌江が箸を割った。

聞かされた話は衝撃だった。あまりの衝撃的な内容に、食欲などまったくなかった。

しかし、合わせたほうが機嫌よく最後まで話してくれそうだと思い箸を手にした。

だが、ほんの数本をつるつるとすするのがやっとだった。

「なによ、そのお上品な食べ方は。——それより、なんだか今日は味が濃いね」

ずるずる麺をすすっていた昌江が、酢を回し入れた。

「夫婦喧嘩でもしたかな」

「大将の浮気だよ。とうとうばれたらしいぞ」

「ふうん」

昌江は自分で言い出しておきながら、ラーメン屋の夫婦喧嘩には興味がないらしく、ほおばったチャーシューを飲み下して水を含むと、続きを話しだした。

「時枝はその赤ん坊を、自分の子として育てようと決めたのよ。もちろん、いけないことだよ。いけないことだとわかっていても、もう手放せなかったのさ」


数十年に一度という災害である「千里見の七夕崩れ」は、全国区の大きなニュースになった。

連日、死者行方不明者の名前が報道された。時枝は、一切ニュースに触れないようにしていたと、あとで語った。テレビでニュース番組が始まればチャンネルを他に回すし、新聞はもとからとっていなかったので、世間の騒ぎから隔絶されていることができた。

その後の時枝は、昌江や実家から多少の援助をしてもらったが、生活は困窮し、生活保護を受けてどうにか最低限の暮らしをすることができた。

そして、二年ほど経ったある日、清一が出所してきた。言わなければいいのに、わざわざ時枝が手紙を出して現住所を教えてしまったのだ。

現れた清一の顔色は、むしろ以前よりもよくなっていた。清一はアパートの部屋にあがるなり、途中で買ったらしい缶ビールを開け、息もつかずに一気に飲んだ。途中ですでに何本も飲んでいるようすだった。

「くそう、うめえな。毎日毎日、こいつのことばっかり考えてた。出所したら、バケツにビールを一杯にして、豚みてえに顔をつっこんで飲み干してやるって思ってたぜ」

やはり途中のスーパーで買ってきた総菜をつまみに飲んでいたが、しきりに時枝が子供を紹介するので、そちらを見た。二歳半ほどの裕二は母親の陰に隠れて清一の顔をうかがっている。

「ほら、裕ちゃん。お父さんだよ」

「裕二ってつけたらしいな。どうせなら裕次郎にすりゃよかったのに」

「前から決めてたじゃない」

「なんで産んだんだ。ばか」

「なんで、って――子供の前でなに言うのよ」

「おれは知らねえぞ。そいつを学校にやる金なんか出さねえからな。第一、可愛げがねえ――」

そう言って、裕二の顔をのぞき込んだ清一はぎょっとしたように顔を引いた。

「てめえ」

「なによ」

「ほかに男がいるのか」

「なによ、いきなり」

「こいつは。――こいつはおれの子じゃねえ」

　時枝はおもわず叫びそうになった。とっさに両手で口を押さえてどうにかこらえた。全身が粟立った。粗野であるがゆえ、勘は鋭いのかもしれない。

「さっきから、子供の前でなんてこと言うのよ」

　うろたえた理由をべつなことにすり替えた。

「入所している間にできたんならともかく、あんたが事件起こしたときは、もうお腹が大きかったでしょう。そのころわたしに浮気する時間なんかなかったのは知ってるじゃない」

「まあ、それはそうだけどよ。――それにしても好かねえ目をしてやがる。おれは可愛がらねえからな」

　どうにか言いくるめることはできたが、一瞬にして吹き飛んだ清一の愛情を蘇らせることはできなかった。清一はよほど機嫌のいいときにチョコレートの土産を買ってくるぐらいで、家にいるときもほとんど裕二の面倒を見ることはなかった。

　そして、四歳の秋に、最初の事故が起きた。

「その日はめずらしく、清一があんたを連れてどっかに出かけようとしたらしいよ。でもさ、いい加減な男だろ。しっかり見ていなかったから、あんたが何かを見つけて駆けだしたらしいの。それであんたは車にはねられた。丸一日くらい意識がなかったんだよ。時枝が興奮して電話してきたけど、はじめは何言っているのかわからなかった」

「怪我はひどかったんですか」

「それがね、ずいぶんな距離をはねとばされたんだけど、たしかどっかにひびが入ったくらいでたいしたことなかったんだよ。でも、ここがちょっとね」

指先で裕二の額のあたりをつつくまねをした。

「頭を打ったんですか」

「うん。怪我はたいしたことなかったんだけど、打った影響でそれより前の記憶がなくなったらしいって聞いたよ。まあ、あたしなんて二十歳より前の記憶なんか全部忘れてるから、人生に大した影響はないだろうけどね」

そうだった。小学生のころ、友人と話していて違和感を抱いたことを思い出した。自分には四歳より前の記憶がなく、突然包帯を巻いたところから始まっていたのだ。

「そのとき、相手が入院費を全部もってくれたうえに、慰謝料を払ってくれて、手みやげに高級なウイスキーまでもらったんだって。それで味をしめたんだよ。そのあとのことは覚えてるかい？」

裕二はうなずいた。

「お母さんは、肝炎が原因で死んだのですか」

今の話を聞いたあとでは「お母さん」と呼んでいいのかどうかわからなかったが、裕二にとって「お母さん」は時枝しかいなかった。

「そういうふうに聞いてるよ。あの病気はそばに近寄っただけじゃうつらないそうだけど、最後のころは、時枝もちょっとノイローゼみたいになっていてね。なんでも恐がるようになっていた。だから、いくら説明しても、あんたにうつるんじゃないかってことばっかり心配していたよ。あんたのことをほんとに心配してたよ」

一番ひどい怪我で入院しているときに、見舞いに来てくれなかった理由がわかった。

病気だったのではないかと思っていたが、それにしても一度くらいは死ぬ前に会いたかったという思いも抱き続けていた。怪我をして体力が弱ったときにうつしてはいけないと思ったのだ。迷信に近いような間違った知識ではあったが、母なりの優しさだったのだ。

そして、少なくとも母親は、隆が手にかけたのではないことがわかった。

「あの子はさ、あんたのことをホントの子供だと思って愛してたよ。ただ、ほらどこか気が弱いところがあって、あんたに申し訳ないっていう気持ちをずっと持っていたみたいだね。だから、つい無条件で甘えさせたりして、叱れないって言ったこともあったよ」

実の母でなかったと聞いて、すぐには受け入れがたいほどの衝撃ではあったが、心のどこかで、「だからなのか」と納得する部分もあった。

母は優しかったのだが、ときたま「何か変だ」と思うことがあった。うまく説明がつかなかったが、あとになって考えて「鈴村のようではなかったからだ」と気づいた。鈴村は、言葉も態度も丁寧だったが「ダメなものはダメ」と叱った。母は「嫌いなら残していいわよ」と言ってくれた。優しさからだと思っていたが、それはつまり、今にして思えば、母親の愛情というより他人が気を遣う優しさだったのだ。遠慮していたのだ。

しかし、と思う。それでもいい。あの優しさにもう一度甘えたい。

同情も湧いた。母は、自分が思っていた以上にかわいそうな人だったのだ。恨む気持ちは湧いてこない。あの清一という男と出会ったことが母にとっても自分にとっても道が狂っていくはじまりだった。

「もうひとつだけ教えてください」

「なに？」

この話題こそ秘密にしろと言われた焦点かもしれない。しかし、聞かないわけにいかない。

「ぼくの本当の両親はどこの誰ですか」

「知らない」

裕二は昌江の目を見た。昌江も落ち着いた視線を返してくる。嘘はついていない印象だった。ただ、毎晩酔っ払い客を相手にしている商売だ。心のうちなど簡単に見せはしないだろうとも思った。

「時枝はもちろん、誰も教えてくれなかったし、自分で調べるつもりもなかったしね」

もう少し訊こうかと思ったとき、ドアベルが鳴って最初の客が入ってきた。

「あら、社長、昨日はどうしたのよ」

入ってきたのは作業着のようなジャンパーを着た初老の男だった。小さな丸い頭の上にはほとんど髪が残っていない。

「そうそう毎日来られるかよ」

立ち上がった昌江はいつのまにか用意したおしぼりを客に渡した。

「あら、儲かってるんじゃないの」

「ばか、うちなんて青息吐息だよ。いつものボトル」

「セットでいい？」

男はおしぼりで顔をごしごしと拭きながらうなずいた。

裕二は立ち上がり、頭を下げた。

「それじゃ、失礼します。長々とおじゃましました」

もう少し訊きたいこともあったが、営業が始まってしまっては無理だろう。

「あら、もう帰るの？」そう言って裕二の顔を見たが、引き留めるつもりはなさそうだった。「お土産ありがとね」

「こちらこそ、ありがとうございました」

「あ、それから。いずれはあなたがお父さんの跡を継ぐんでしょ。――そんときはよろしくね」

最初の不愛想とはうってかわって、大げさなウインクをされた。

ドアノブを引くと、ベルがカランカランと鳴った。狭い路地はすっかり夜の景色に模様替えしていた。

何かを焼く香ばしい匂いが漂い、そちこちの店からカラオケや嬌笑が漏れ聞こえてきた。

5　清田千遥（一九八八年　七月）

視界いっぱいの星空が、記憶を呼び起こしたのかもしれない。

あるいは坂井の持つ湿り気を帯びた雰囲気が、感傷的な気分にさせるのかもしれない。

気がつけば、製材所のたどった道と、わたしの父の関係をすっかり話していた。

当の坂井自身は、興味はありそうだが疑問を挟むでもなく静かに耳を傾けている。

有村家が所有していた製材所は、半年ほどで有村家のものではなくなった。

あの嵐の夜、機械やストックしていた木材がほとんど泥の下に埋まってしまった。自衛隊や近隣の消防団まで動員されて、付近一帯の土砂をとりのぞく作業が行われたが、あくまで人命救助——実態は遺体の収容——が優先だった。

人が住んでいないことがあきらかだった製材所に手がつけられたのは、台風が過ぎて三週間近くたってからのことだった。すでに、木材も機械類もほとんどだめになっていた。

ずっとあとになって母が語ったところによれば、たとえすぐに掘り出されていても工場は再開しなかったのではないか、というのがおおかたの見方らしい。

赤ん坊を失っただけでも、充分心が壊れるだろう。それなのに、母親はさらわれたと信じ、父親は泥の中で死んだものとあきらめている。受けとめ方の差が悲劇のひびをさらに押し広げた。両親それぞれに生きる気力というものを失くしていたようだ。

皓広の父親が、わたしの父の紹介で漁業会社の職についたのは、嵐から二年も後のことだった。

製材所はつぶれ、土地ごと借金の抵当として競売にかけられ、地元の観光会社が落札した。

付近一帯の地すべり防止の公共工事が済んだあとで、製材所に隣接していた休耕地も同時に買収され、ラドンセンターが建った。当時は全国的に、温泉施設ブームのような波もあった。

富士山麓近くから、毎日トレーラーで源泉を運び、沸かしたものを供給する。この付近には似たような施設がなかったこともあり、そこそこに繁盛していた。

わたしが小学校に通うころまではまだ営業していて、親戚の一家につれられて一緒に行った覚えもある。

そのまま地道な営業を続けていれば、いまでも町の名所のひとつだったかもしれない。だが、社長が自分には経営の才があると過信し、ゴルフ場だとかリゾート施設だとかに手を出し、十年ほど前に倒産した。あちこちから、それも大手の銀行でないところからも二重三重に借りていたらしく、倒産後に債権をめぐってかなりもめたらしい。

以前、村山理髪店に来た自称事情通の男性客が「ここだけの話、流血沙汰になった」と声をひそめて言っていたのを、わたしも聞いた。なんでも最終的には「堅気じゃない土地開発会社」が、債権をとりまとめて所有権を得たらしい。

最近耳にするようになった「アミューズメント施設」とかいうものを作る、というふれこみだったが、その実態は、けばけばしいラブホテルと東京で流行っているような「ディスコ」をセットにしたようなものらしい、ということがわかった。

高速のインターも近いし、近隣にそういう施設がないので、地元の若者を集められるともくろんだのだろう。しかし、住民の反対運動が起きた。土地の取得にからんで町長が賄賂をもらっているという評判も立って、リコール騒ぎにまで発展した。

「アミューズメント施設」反対署名運動の、急先鋒だった何人かのひとりがわたしの父だった。

母は、うちはお客様商売だし、なによりあなたの身が心配だから、敵をつくるようなことはやめてくださいと懇願したが、父はお天道様に恥ずかしいことは何もしていない、と笑って答えるだけだった。

わたしが思うに、地元愛というよりも、元の所有者である有村家を気遣っていたのだろう。すでに所有権が移っているのだから、関係ないのだが、そんなところが父なのだ。

そして去年の二月のある日、昼間は春を感じさせる陽気だったが、夕方から雪でも降るのではないかと思うほど冷え込んだ夜だった。

父たちが県に働きかけていた、問題のアミューズメント施設の建築許可取り消しがほぼ確定し、次の段階として、今後の誘致活動制限について町議会議員を囲んだ打合せを行った帰りのことだった。

見通しのあまりよくない県道のカーブで、父の運転するスーパーカブは、対向車線にはみ出して来た乗用車にはね飛ばされた。ほぼ即死だったと聞いた。

翌日、現場から五キロほど離れた山中に、はねた車が乗り捨ててあるのが見つかった。盗難車だった。車内からは本来の持ち主以外の指紋はみつからなかった。

父の仲間は、開発会社一味の仕業だと声をあげた。本質は違うのだが、ちょうど地上げ問題が全国的に話題になりはじめていたこともあり、全国紙の新聞やテレビもとりあげた。マスコミに押される形で警察も動いた。しかし、証拠づけるものはなにひとつ見つからなかった。

真実がどうだったのか、いまでもわからない。

ただ、そのあと「こう悪い噂が立っては、この地でサービス業はできない」と、問題の開発会社は計画を放棄し、町に買い取りを求めた。

町が買い取るかどうかでふたたびざわついた雰囲気になったが、父の死で、盛り上がりの温度は下がっていた。

話は膠着《こうちゃく》し、現場はますます荒れ放題になって、いままでは廃墟として知られている。その土地に、ようやく買い手がついたのが今年の二月のことだ。話はとんとん拍子に進み、自然公園と温泉施設ができるらしい。子供も入れる施設だそうだ。

今回の主体となった業者は、町側に「第三セクター方式」という、共同出資型の運営をもちかけているらしいが、さんざんもめた場所だけに町は二の足を踏んでいる。しかし、買い取った会社の社長が強引な人物で、町側も折れそうだという噂がたっている。

その名を聞いたのだが、忘れてしまった。

この話をしているあいだ、坂井は口を挟まずにじっと聞いていた。

不思議に思ったのは、坂井がもっとも動揺したように感じたのは、わたしの父が事故に遭った部分だった。製材所の運命については、なぜか以前から知っていたのではないかと感じた。わたしは、感じたことをストレートに訊いてみた。

「この話、知ってたんですか」

「え、ああ」

急に空想世界から呼び戻されたような返事だった。坂井の、これほど気の抜けたような声は初めて聞いた。よほどぼんやりしていたのか、あるいはよほど何かに心を奪われていたのか。

「開発のことはひとに聞いて知っていました。お父さんは残念でしたね」

「ほんとに。――でも、犬死にじゃなかったのか、って思うことがあります」

「どうして？」

「結局、なるようになったんじゃないかなって思って」

「そんなことはないと思いますよ。そんな言い方したら可哀想ですよ」

なぜかわからないが、坂井が妙に感情的になっている。心の内を見せようとしない彼にしては、めずらしいことだった。わたしにはわからない理由で、彼にとって愉快でない思いがあるのかもしれない。話題を変えることにした。

「母から聞いたそうですけど、わたし、今は東京で生活しています。といっても大学の寮なんです」

「東京の生活はどうですか？」

「正直、しんどいときもありますが、失った一年を取り返すつもりでやってます」できるだけ明るく聞こえるように答えた。

「合格発表も終わって、そろそろ東京生活の準備でもはじめなきゃ、って思った矢先に父が亡くなったので、ずっと休学扱いにしてもらっていたんです」

「復学できてよかった」

「復学というより、やっと入学できた、という感じです。教養学部が八王子にあるので、校舎と寮とバイト先の三角をぐるぐるまわる生活なんです。経済的に苦しいから、かえって都心でなくてよかった」

「寮なら規則正しい生活ができますね」

「そうそう、それがいいのか悪いのか」

ようやく坂井も笑った。

「――三年生からは神田に移るので、寮は出ないと。それまでにお金を貯めておかなければならないので頑張ります。専門課程に入ったら、もしかしたら学校が近くなりますね」

「ええ、まあ」

またただ。昨日からの坂井はなぜか口ごもることが多いと感じていた。そして、ようやくその理由を口にした。

「実は、今まで住んでいた家には帰らないかもしれないんです」

「帰らないって、一人暮らしを始めるんですか」

「一人は一人なんですが、きのう千遥さんと約束した二子玉川園の家には、たまに荷物を取りに戻るぐらいしか、もう行く機会はないと思います」

「もしかして家出?」

坂井には申し訳ないが、少し笑ってしまった。

お金持ちの息子が、父親とそりが合わずに家出をするのではないかと思ったからだ。おそらく一人暮らしといっても、生活の不安などないのだろう。

わたしが笑っても、坂井の真剣な声に変化はなかった。

「ほかにも、千遥さんに謝らなければならないことがあります」

「まだあるんですか？」

冗談めかして言おうとしたが、うまくいかなかった。

「春先に来たとき、ぼくはあなたとお母さんに、大学で地質学を専攻しているような説明をしました。あれは嘘です。大学では法学部に在籍しています。あれこれ詮索されたくなくて、嘘をつきました。許してください」

腹立ちよりも、やはりそうか、という思いが強かった。わたしの「何か裏がありそうだ」という勘は当たっていた。

「では、何が目的で？」

坂井は静かに、しかし深く長いため息をついた。

「それを説明すると少し長くなりそうですが、かまいませんか」

「時間はたっぷりあります」

「では、まずぼくの元の両親のことから」

「元の？」

坂井は、はい、と答えた。

「小学三年生までのぼくの両親は、津村という名でした。ぼくも津村裕二という名前でした」

「それが本当のご両親？　今の坂井さんっていうのは養子かなにか――」

「そうです。両親が立て続けに亡くなったので、ちょうどそのころ、ある出来事で知り合った坂井隆という人に引き取られました」

わたしはどう答えていいのか迷った。もらわれた先がお金持ちでよかったですね、とでも言えばいいだろうか。わたしの父の話をしたので、なぐさめの意味で自分の悲しい過去を告白したのだろうか、と意地の悪いことも考えてしまった。

「つい最近知ったのですが、その津村夫婦も本当の両親ではありませんでした」

「え、どういうこと？」

「ぼくは赤ん坊のときにさらわれて来たんです」

「さらわれた？　誘拐ってこと？」

急に何を言い出すのだろう。話がいきなり飛躍して、理解が追いつかない。

さらに続けて坂井が語った内容は、わたしの思考を完全に停止させた。

「はい。二十年前におきた『千里見の七夕崩れ』の夜にさらわれた赤ん坊、有村皓広。それがたぶんぼくなんです」

6　坂井裕二（一九八七年　十九歳）

今年からＪＲに変わって、看板だけが真新しい千里見駅に降りたのは、年も押し詰まった十二月の下旬だった。

東京よりもいくらか暖かいと感じた。

記憶にある限りでは、人生で初めて訪れる町だ。しかし聞いた話が真実であれば、自分は十九年前の夏、この町に住んでいたことになる。

図書館で調べてきたとおりに道をたどる。まず国道一号を五百メートルほど進む。東京の街に比べると、車の数はずっと少ない。なんとなく観光に来たような気分になり、空を見上げた。高く晴れた空に雲がまばらに浮いている。

この空や風やかすかな潮の香りが、懐かしいように感じるのは、感傷的な理由からだろう。

やがて県道に折れる。昌江の話に出てきた『清風館』を訪ねたい気持ちも強かったが、まずは本来の目的地だ。

矢木沢に教えられて昌江を訪ね、この町で十九年前に起きたことを聞いてから、自分の中で消化できるまで時間がかかった。ようやくひと月ほどたってから、大学の図書館で当時の新聞記事を探してみた。

新聞の縮刷版の、『一九六八年七月』をぱらぱらとめくっただけで、すぐにそれらしき記事は見つかった。

死者、行方不明者、合わせて五十六名という歴史的な大災害であるから、社会面では何日にもわたってトップ扱いの記事となっている。『千里見の七夕崩れ』という、惨劇の度合いにしてはどことなくロマンティックな名称で呼ばれているらしい。

しかし、むき出しになった山肌や半分土砂に埋まった国鉄の車輛の写真を見ただけで、詳しい記事は読まずに縮刷版を閉じた。息苦しさを感じ、深呼吸をした。

息苦しくなった理由はひとつ。被害者の名が列挙されている記事をみつけたからだ。

〝母〟の時枝が、〝伯母〟の昌江に語ったことが本当だったとして、そして昌江がそのままを裕二に語ったとすれば、その中に本来の自分の名があるはずだった。「行方不明の生後数カ月の赤ん坊」の名があれば、それが自分なのだ。

その名前を見た瞬間に、自分は坂井裕二でも津村裕二でもなくなる。

赤ん坊の名を見つけることが恐かった。

嵐の夜にさらわれた赤ん坊が本当に自分なのだとしたら、ここまでの人生はいったいなんだったのか。その後に起きたさまざまな事件は、起きずにすんだことなのか。自分が坂井の養子にならなければ香菜子とは知り合うこともなく、ひょっとすると彼女も死なずにすんだかもしれない。

名前が変わるという問題ではない。存在しなかったかもしれない人生なのだ。

今さら、おまえは別人なのだ、と言われてどう受けとめればいいのか。

いかにも、「海辺の町」という雰囲気の千里見町を歩きながら、あれこれと思いを馳せる。

隆の声が蘇る。

――香菜子さんの実家に行ってきたよ。

ひと月ほど前のことだ。数日の出張から戻った隆が、いつもの気軽な口調でそう言った。

今年の正月に行われた香菜子の三回忌に顔を出せなかったので、近くに寄る機会があるから焼香しに行くとは聞いていた。

「前にも言ったと思うけど、滋賀県の大津市にあるんだ。琵琶湖のすぐ近くだ。こんな台詞はぼくに似合わないかもしれないけれど、彼女の死を悼むみたいに、少し気の早い雪がちらついていたよ。ご両親も、こんなのははじめてだとおっしゃっていた」

ぼくは今でもはっきり覚えていますよ、と裕二は言いたかった。あの晩はみぞれが降っていた。香菜子はぐっしょりと濡れて震えていた。

「そうですか」

ただそれだけ答えた。愛想がなさすぎるだろうかと思ったが、ほかに言うべきこともみつからない。

そのとき、隆がめずらしく深く長く嘆息した。

「いまでも信じられないな。彼女みたいに才能があって可愛い子が、あんな死に方をしなければならなかったなんて」

あなたには関係ないといえますか。それも口にはできない。

隆の話が呼び水となって、蓋をしたつもりでいた香菜子に対する思いが、あらゆるすきまからにじみ出して来た。裕二の腕をつかみ、鼻の頭に皺を寄せて見上げるように笑った場面がよみがえる。

——裕二君て小心者だよね。

臆面もなくそう言われて、返す言葉はなかった。香菜子が死を選んだ、あるいは死に至るほど薬を飲んだ理由はわからない。自分にはきっと永遠にわからない。

——裕二君は無理することないって。

雲の上で、香菜子が笑っている気がした。

——ただひたすらまじめに生きていけばいいよ。わたしの分もね。

隆と会話した三日後にもういちど図書館へ行き、再び新聞の縮刷版を開いた。

全国紙が三種揃えてあったが、そのうち一紙に被害者、行方不明者の名前が全部掲載されていた。すぐに閉じたくなった。

逃げてはいけない——。

目を閉じ、一度深呼吸して目を開いた。赤ん坊の名が二つあった。ひとつは女の子だった。残るひとり——。

有村皓広ちゃん（五カ月）千里見町。行方不明。

これが——。本当にこれが自分なのだろうか。自分がこの子であるという証拠はない。記事には、番地までは載っていない。配慮のためなのか、調べがつかなかったのかまではわからない。しかし、そのことが現実味を削ぐ。本当に自分はこの子なのか——。現地へ行って、詳しく調べるしかない。現地なら、もう少し正確な情報が得られるかもしれない。

どういう結果になろうと、それが、自分に課された宿命なのだと思った。

最初に静岡市へ行き、県立図書館へ向かった。

縮刷版を借りられるカウンターへ向かう。閲覧申請用紙を窓口に出して、大手三紙と地元紙一紙の一九六八年七月分、八月分を借りた。

その時期は、本来家庭欄やスポーツ面であるはずのページまで、災害関連の記事で埋まっている。最初の被災者名簿が載ったのは七月九日の朝刊だった、それからは順次、身元が判明した人の名が追加されている。その半分ほどには顔写真が載っている。

心臓が一回大きく脈打った。

ゆっくり、ひとりずつ指で追っていく。その名は、ほぼ一カ月後の八月十日、《身元が判明したかた》の欄に載っていた。

《有村皓広（あきひろ）ちゃん（五カ月）千里見町中詰二三五》

期待していたとおり番地まで載っている。もしかすると枝番は省かれているのかもしれないが、近くへ行けば見つかるだろう。

一度深く深呼吸して名の上に出ている写真に目をやった。

顔の回りだけを切り抜いた小さな写真だった。さらに縮刷版になっているので、なんとなく赤ん坊だと判断できる程度だ。顔つきまではわからない。どこかで安堵する自分に気づいた。

つぎに、該当するあたりの詳細な地図を借りて、場所を調べた。「中詰二三五」のブロックをみつけた。千里見駅から道なりに二キロほどだろうか。やはり枝番があるようだが、この程度の軒数なら一軒ずつつぶしてもそれほど時間はかからないだろう。

もう一度申請し、縮刷版の記事と地図をコピーして、図書館をあとにした。

千里見駅からすでに二キロ近く歩いた気がする。そろそろのはずだ。

一ブロック進むと、電柱の表記が「中詰」に変わった。一九七、一九八、番地を確認しながら歩く。いつのまにか別な字名《あざめい》に変わってしまった。少し戻り、平行して走る細い道へ折れた。今度は一軒ずつ表札を見ながら歩く。二〇〇番台があった。そして、ついに見つけた。四軒ある一角が二三五番らしい。

この四軒の中に、自分の本当の家があるかもしれないのだ。

塚田——佐々木——荒木——、最後の一軒は仲田だった。有村という家はない。引っ越した可能性も予想はしていた。

——探偵社っていう便利なものがあるぜ。

矢木沢の言葉を思い出す。しかし、そこまでするつもりはなかった。運に賭けてみたい気持ちもある。ここでわからなかったら、あきらめようと思っていた。どうしても見つからず帰りかけたとき、仲田という表札の家から、買い物カゴをさげた中年の女性が出てきた。

四十代半ばほどだろうか。焦げ茶色のオーバーコートを着ている。なんとなく人のよさそうな表情を見て、この女性にたずねてみようという気になった。

「あのう、すみません」

主婦は突然声をかけられてわずかに身構えたが、裕二の顔を見ていくぶん気を許したようだった。なめられることはあっても、人に警戒心を起こさせない顔つき、という点だけは自信がある。彼女も閉めかけた鉄製の門に手をかけたまま、続きの言葉を待っている。

「このあたりに、有村さんというお宅はないでしょうか」

「有村さん？」

やはり警戒する様子もなく、親切に考えてくれている。視線をやや上に向けてなにかを思い出そうとしている。

「聞いた覚えがある気がするけど――あなたどなた」

「昔お世話になったものなんですが、近くに来る用事があったので、急に思いたって」

「あら、そうなの、わざわざ」

女性は一度閉めた門をあけて玄関の扉を半分ほど開けた。

「ねえ、このあたりで有村さんて知ってる？」

家の奥に向かって叫んだ。近所中に聞こえそうだ。裕二はあわてて周囲を見た。不審そうな目を向けているものはなかった。

家の中から男性のものらしい声が流れてきたが、話の中身まではわからなかった。

「知り合いの人がたずねて来たのよ」

主婦が答える。しばらく沈黙があって、こんどは長めの返事が返ってきた。

「引っ越し先は？」

ふたたび間が空いて、返事があった。

「はーい。どうも」

夫らしき人物に礼を言って扉を閉めると、主婦は嬉しそうな顔をして門から出てきた。

「思い出したわよ」

裕二に向かって手のひらを振った。

「そこの佐々木さんっていうお宅のところに、二十年くらい前に住んでたのよ」

示したのは、二軒隣の家だった。

「台風があった年かその翌年に越していったの。そういえば、かわいそうなことがあってね……」

あえて話の腰を折った。

「引っ越された先はわかりますか」

「うちの人が知ってた。本岡ニュータウン。——ええとね、あそこは清水市ね。あのころはできたばっかりだったんじゃないかしら。高台にある分譲住宅地よ。地図があればいいんだけど」

「地図ならここに」

自分で買って用意してきた、いくつかの市の折りたたみ地図の中から、清水市のものを取り出す。

「あら、用意がいいのね。ちょっと見せて——」

仲田夫人は地図上をしばらく指先でたどっていたが、「あった、ここ、ここ」と一点を突き刺すように示した。そのあたりをのぞき込む。

本岡ニュータウンという文字はないが、道路やブロックの形が整っていて、それほど古くない時期に開発された土地だと想像がつく。

清水駅からバスかタクシーになるだろう。団地のようだから、バス便があるのを期待した。

「だけど、番地がわからないとね」

いつのまにか一緒になって考え込んでいる。

「あとはだいたいわかりますから」

「そう？　よそから来たんでしょ」

「東京です」

「あら、東京から」

話が長引きそうなので、感心している夫人にもう一度礼を言って、その場をあとにした。

本岡ニュータウンへ行く前に、やはりどうしても寄りたいところがあった。

千里見駅方面に向かう。こちらはすぐに見つけることができた。

道路際の敷地内に、木製の『清風館』の看板が立っている。その奥は砂利敷きの駐車場だが、ところどころ雑草が生えていて、やはり手入れがされていない様子だった。全体にさびれた印象で、営業しているようには見えない。

裕二は少し考えてから玄関に向かった。砂利敷きの駐車スペースには車が四台ほど停まっているが、いずれも地元のナンバーだった。

開け放してある木の門をくぐる。なにか殺風景だと思ったが、旅館であることを示す看板や暖簾のようなものが、入り口近くにまったくない。格子のガラス戸の脇についたインターフォンを鳴らしてみた。すぐには返事がない。

三十秒ほど待ってもう一度指をかけたとき、ガラス戸の向こうから返事が返ってきた。

「どちらさまでしょう」

あまり元気のない女性の声だった。

「ちょっとおたずねしますが、こちらは旅館でしょうか」

「ごめんなさい。ただいま、休業中なんです。お客様はお泊めしていませんの」

「そうですか。再開の予定はありますか」

「ごめんなさい。その予定もないんです」

裕二は突然たずねたことを詫びて門をあとにした。声の感じからすると中年の女性らしかったが、顔を見せることなく扉を挟んでの会話だったので、正確なところはわからなかった。


清水駅からバスで十分ほどゆられると、「本岡ニュータウン前」という停留所についた。

バスが走り去ってからも、しばらくその場にたたずんでいた。とうとう着いたという緊張と、目の前に広がる住宅地のなかから、いったいどうやって探せばいいのだろうというとまどいが、胸の内で混じりあっている。

さらにここからも転居していたら、それこそ住民票でも追わない限り自力では無理だという不安と、いっそそうであったほうがよいかもしれない、という思いも交錯する。

目測で団地をいくつかのブロックに区切り、その区画の中を北東から南西にむかって、一軒ずつしらみつぶしに表札を確認していくことにした。

最初の九軒には見あたらない。次の八軒、次の九軒と探していったが、見つからない。このままでは日暮れに間に合わないかと思い始めたとき、道路に面した公園の金網に、住宅地図が掛かっているのを見つけた。そういえば、こんなふうな案内図を家の近所でも見たことがある。参考になるかもしれない。

さっそく、案内図をはしからはしまで、指差しながら確認するが見当たらない。それで気づいた。戸数からすると、表示されているのはこのニュータウン全体の四分の一程度のようだ。

裕二は、別のブロックの案内図を探した。あるとすれば、区画を分けている太めの道路沿いに立っているだろうとあたりをつけた。

探すうちに、ある家の庭先に風変わりな看板が立っているのを見つけた。普通なら気に留めないところだが、地図をさがしていたので気づいたのだ。どう見ても個人の家だが、そこにあるのは交番や公民館などで見かけるような木製の掲示板だった。

《探しています》の文字が眼に飛び込んだ。《昭和四十三年、七月七日の台風のときに行方不明になりました》

激しいめまいを感じた。

あわてて目を閉じ、深呼吸し、再度看板を見た。

世界が回っている。香菜子と遊園地で乗ったコーヒーカップのように、ぐるぐると回っている。

光も音も消えた。

《名前：有村皓広》

一瞬後には、光と音の洪水になった。四歳からの記憶に詰まった、ありとあらゆる光と音が沸き上がり、波打ち、消えてゆく。つなぎとめておけない。次々に現れ、暴れ、蒸発する。

どのぐらいそこに立っていただろう。ようやく静寂が戻った。幸い、通行人もなく、不審がられることはなかった。

今度は、少し冷静に表札を見ることができた。

この家がそうなのか。そう思うと、やはり鼓動が速くなる。こめかみのあたりに血が集まるのがわかる。

敷地の中をさっと見回す。庭は、荒れてはいないが、飾りつけがあるなどの愛想もない。窓の向こうに人の動く気配はない。

《探しています》の貼り紙をもう一度よく見る。

厚めのビニールのようなもので覆ってある。多少風雨にくたびれているが、それでもせいぜい一年程度だろう。つまり、一定期間ごとに取り替えているのだ。二十年近く経つというのにまだあきらめていないのか――。

粗い顔写真も添えてある。おくるみに包まれた赤ん坊だ。あまりピントが合っていないが、新聞に載っていたものよりは、識別ができた。

さらに、当時身につけていたおくるみの柄や、身長、体重、色白、二重まぶたといった身体的特徴もある。そして端のほうに、あとから思い出してつけ足したような、写真と説明書きがあった。

ここまで持ってきたデイパックの中をさぐる。ホームセンターで買った、大きめのフィルムケースほどのプラスチックの入れ物を取り出す。だいぶくたびれているが、ビニールにしまった上にこのケースに入れているから、これ以上ほころびはしない。

幼いころ母親に「裕二が赤ちゃんのときにもらったものよ」と言われ、不思議な力のようなものを感じて、ずっと大切にしてきたお守りだ。

《行方不明になったときに身につけていたお守り》

その貼り紙の説明文の下にある写真を見る。小さな青い布の袋――。

「ああ、そうだったのか」

小さく声が漏れた。ケースから中身を取り出し、目の前にかかげ、写真と並べて見比べる。十九年半の時を経て、別物のように変色し、形がくずれているが、二つは同じものだった。

これは、自分が有村家の赤ん坊だったときから持っていたのだ――。

知り合ってからはじめて、裕二のほうから矢木沢了に連絡をとった。

静岡から戻った、その日の夜八時に電話をかけたのだが、留守番電話が対応した。夜の十一時を少しまわったころに、折り返しの電話がかかってきた。

〈どうした。めずらしいな〉

わずかに疲労が混じっているように聞こえた。酔っているのではなさそうだった。

「お願いがあります」

〈ますますめずらしいな〉

「覚えてますね。先日、あなたの希望に応えて山の中で一泊しました。こんどはぼくの頼みをきいてください」

〈ふん〉軽蔑したような息が漏れた。〈おれにそんなかけひきを持ち出すなよ。気が乗ればきいてやる。乗らなきゃすぐ切る〉

口の悪さはあいかわらずだが、声にいつもの威圧感のようなものがなかった。やはり疲れているのだろうか。

「静岡県に千里見という小さな町があります」

〈そんなことは知ってる。あのときのダムの下流にある〉

「千里見駅から西へ五百メートルほどいったところに『清風館』という旅館があります。

清い風の館と書きます」

〈それで?〉

「その旅館のことを知りたいんです」

〈そんなことは旅館組合にでも訊け〉

「その旅館でなにが起きたのか。どうして休業しているのか知りたいんです」

〈行ったのか〉

「行きました。建物全体がとても沈んだ印象でした」

〈どうしておれに頼む〉

「いつか、探偵社を知っているとかいってたので。ぼくには心当たりがないし。父には頼めないし――」

〈で、本当の母親には会ったのか?〉

「やっぱり、そうなんですね!」つい声が強くなる。「あのときの封筒の中には、あの、ことが書いてあったんですね」

〈さあな。忘れた。それより、もう一度訊く。会えたのか? お坊ちゃま〉

「どうにか探して、家までは行きましたが、顔は合わせていません」

ようやく、矢木沢のくすくす笑いが聞こえてきた。

〈探し当てた努力は褒めてやる。だがやっぱりおまえは、臆病者で卑怯者だ〉

「そうだと思います」

〈ふん。素直に認めたから教えてやる。——さっきおまえが言ったとおり、あの封筒の中に全部書いてあった。おれを殺しておけば、そんな苦労はせずに、すぐに答えがわかったんだ〉

「どこまで知っているんです」

笑いの声が大きくなった。

〈悔しいが、おまえと話しているとなんだか元気が湧いてくる。なんていうか、メダカが狭い水槽の中で精一杯泳いでいるところを見て、感動するみたいなものだろうな。やっぱりおまえには『放っておけない』と思わせる天賦の才能があるよ〉

いつもの声の張りが戻ってきた。

〈おまえの親に関することは教えてやる。清風館のことは自分で調べるんだな〉

自分なりに工夫して、どうにか本岡ニュータウンにたどり着き、実の父親はすでに他界したらしいが、生みの母親が暮らしているという、有村の家をたずねあてはした。しかし、結局母親の顔は見ずに帰った。

しばらく玄関前に立っていたのだが、インターフォンを押すことはできなかった。家を間違えたふりをしようかとも思った。しかし、肉親は理屈を超えてわかり合えると何かで読んだことがある。もしも顔をあわせて、瞬時に、お互いが親子であると認識してしまったら——そう考えると恐ろしくなった。逃げるようにその場から去り、どこにも寄らず帰京した。矢木沢に指摘されるまでもなく、自分は臆病者で卑怯者なのだ。

どんどん、過去が明らかになっていく。真実は真実、というのはあくまで理屈だ。

二十歳近くなるまで存在すら知らなかった、本当の両親が存在したのなら、今までの自分の人生はなんだったのか。実在しない人物を演じていたようなものではないか。

そして、今後は時枝に対してどういう感情を持てばいいのだ。恨むのか？　恨めるのか？

真実と向き合うのが怖かった。嫌だった。

そして苦しまぎれに、矢木沢に電話をし、あっさり突き放された。

正月を挟んで一週間悩んだ。

決断の決め手になったのは、香菜子ならどうするだろうという思いだった。香菜子はきっと、全力で探し出して、どんな母親なのかきちんと確認するだろう。

──そのあとどうするかは、会ってから決めたらいいじゃん。

香菜子のそんな声が聞こえてきそうだった。


年が明けて三日たったある日、ようやく新年の挨拶回りが一段落して自宅で夕食をとった隆に、話があると切り出した。隆はひとことふたこと冗談を返したが、いつになく思い詰めた表情の裕二になにかを感じたようだった。

洋間のソファに向かい合って腰を下ろした。隆は自分でコーヒーを淹れるときに、裕二も飲むかと聞いたが、裕二はことわった。

テーブルにおいたカップからゆっくりふたくちコーヒーをすすったあとで、隆はおだやかな顔を裕二に向けた。

「さて、話というのはなにかな」

裕二はまず、この恵まれた生活を送れていることに感謝した。いまとなっては現実味すら薄れかけている、あの悪夢のような人生から、まったく別の道に引き上げてくれたことに礼を言った。

「なんだい急にあらたまって」

「でも、ぼくには、本当はもう一つ別の道があったことを知りました。津村でもない坂井でもない、第三の――いえ、本来進むべきだった第一の道です」

「なんだって」

「有村皓広という道です」

中学三年の秋に、初めて矢木沢が現れてからのことを、ほぼ隠さず説明した。隆はどこまで察していたのか、あるいは知っていたのか、終始ほとんど無表情で聞いていた。

有村の家も探し当てた。今回はどうしても会う勇気がなかった。しかしもう一度たずねて、その時こそ母に面会したいと思う、そう告げた。

「そうか。矢木沢君にしろ、きみにしろ、利発な子供だと思っていたが、やっぱりぼくの目に狂いはなかったね」

隆はうれしそうに笑った。

裕二は、もう一度、今の生活に感謝こそすれ不満はない、という意味のことをくりかえしたあとで、ひとつ深呼吸をした。

「もしも、あそこに住んでいる人がぼくの本当の母なら、母のもとに——あの家に帰らせてください」

頭を下げたので隆の顔は見えなかった。下げたまま続けた。

「将来、お父さんが病気になったり、介護が必要になったりしたときには、必ず責任を持って最後まで面倒は見ます。もちろん財産はいりません。それに……」

「もういいよ。裕二」

穏やかな声だった。裕二は目もとをぬぐいながら顔をあげた。隆は微笑んでいた。

「これはきみに話したことはなかったけど、実はぼくも子供のころ、母の再婚相手にひどい虐待を受けた。そんなことをされた理由は、今でもよくわからない。おそらく、ただ気にくわなかったんだろう。きみの前では裸になったことがなかったよね」

急にシャツをめくりあげ、裕二に背中を向けた。いつか見た矢木沢の背中ほどではなかったが、大人の靴でふみつけられたような形をした火傷のあとがあった。

「アイロンを押し当てられたあとだよ。痛みの記憶よりもあの時の臭いがどうしても忘れられない。だからいまでも焦げ目のついた肉が苦手なんだよ」

シャツをまくりあげたまま正面を向いた。すぐに目をそらしたので詳しくわからなかったが、右の乳首のあたりにもただれたような跡があった。隆は二度小さくうなずいてシャツを下ろした。

「殴る蹴るなんていうのはあたりまえのようにあった。ぼくのほうでも彼に対して数え切れないほど殺意を抱いた。だが相手を殺してしまえば母が悲しむと思った。中学が終わると逃げるように東京へ出た。その後独学で大学入学資格検定というのをとって、働きながら夜学に通ったことは前にも話したと思う。

卒業後に就いたのは金融関係の仕事だったんだけど、相当汚いこともする会社だった。つぶれた会社、負債の焦げついた会社を買い取って債権関係を整理して転売するんだ。そういえば聞こえはいいが、債権なんてそうそう簡単にクリアにはならない。想像はつくだろう。会社はその過程で、道義的にどうかという手段を躊躇なく使ったし、ぼくもかかわった。

仕事だからやむを得ず、と弁解するのはフェアじゃないだろうね。ぼくは積極的に働いたし、やり手と評されるようになった。よく、批判しながら組織に属している人間がいるが、ぼくには理解できない。やるなら全力を尽くすというのが信条だ。いろいろな人間がいたが、ぎりぎりのつらい思いをしたことのない人種は、追い込むのが容易だった。これは今後のために覚えておいて損はないと思うけど、地獄を見ていない人間は、正義や夢があると信じたがるものなんだ。最後にはどこからか救いの手が伸びてくると考えてるんだ。ちょっと失礼――」

そこでいったん言葉を切り、キッチンのほうへ向かった。何をするのかすぐにわかった。スコッチウイスキーのオンザロックを作るのだろう。コーヒーで話すにはしんどい内容が続くのかもしれない。

それにしても、矢木沢の言うことと似ているのに驚いた。それは以前から感じていた。たとえば、裕二はまず相手の好意とか真心とかを信じたくなる。しかし裏切られることも多く、それが怖くて人嫌いなのだが、この二人は初めから相手に何かを期待していない。

思ったとおり、隆がオンザロックを手に戻ってきた。氷の入ったグラスをからんと鳴らして、喉を湿し、先を続けた。

「すまないね。――そんなわけで、ぼくは同年代のサラリーマンに比べて、数倍の年収を貰っていた。多少の資金と、あちこちにコネができたところで独立した。経営はうまくいって、数年で前にいた会社を乗っ取ることもできる地盤を築いた。まあ、恩義があったから自然に倒れるのを待っていたけれどね。嫌悪感を抱くかもしれないが、それが自由経済の競争原理だ。

今では、政治家とか弁護士だけでなく、暴力団関係ともつながりがある。債権でがんじがらめになった物件は、彼らの手を借りないと決着がつかないこともあるからね。最近はこの好景気のおかげで、目が回るほど忙しい。どこからこんなに湧いてくるのかというほど、大きな額の金がそれこそ湯水のように消費される。どこか狂っていると思うが、企業家としてはこのチャンスを逃す手はない。

罪滅ぼしなどと考えたことはないけれど、儲けた金を還元させてもらってはいるよ。それと知ってると思うが、基金を作って親のない子供たちに経済援助をしている。それと知ってのとおり養子の斡旋をしている。そして――」

よどみなく話していた隆が急に黙った。見れば、穏やかに見えた表情にかげりが浮いている。

「そして、矢木沢君の推測は、残念ながら一部当たってる」

まだ未成年である裕二は、当然ながらほとんど酒を口にしたことはないが、その先を訊く前に、喉を焼くようなきついアルコールが欲しくなった。

「それは――つまり、殺したっていうことですか？」

首を垂れた隆の姿を見るのは初めてだった。

「認める。虐待されている子供を見ると、冷静でいられなくなる。くずのような親が憎くてしかたがなくなる。体中の血が逆流するように沸き立って、我慢ができなくなるんだ。たとえ全財産をつぎ込んででも、タイムマシンを作ってあの時代に戻って、この手であの男を絞め殺したい。実際、そんな場面の夢を、今でも見る。そしてひどいことに、その夢を見たあとはすっきりする」

静かな空調の音だけが聞こえている。もしもいまの話を、隆を敬愛してやまない鈴村が聞いたらどう思うだろう。それとも、すべて知っているからこそ心酔しているのか。

「自分で手を下したんですか」

「いや、さすがにそれはできなかった。さっきいった裏社会の人間に頼んだ。少なくない金を払って」

両手でいつもより白く見える顔を拭った。

「ぼくの育ての父親、津村清一も殺したんですね？」

もういちどはっきりと訊いておきたかった。

「そうだ。すまない」

深く息を吸って吐いた。次の質問の答え次第では、それこそ自分を抑えられないかもしれない。

「お母さん――津村時枝もですか？」

隆は顔を上げ、驚いたように目を見張り、首を左右に振った。

「それはない。信じてくれ。なぜなら――」

言い淀んだ隆を追い詰める。

「なぜなら？」

迷っていたようだが、心を決めたらしかった。

「なぜなら、自分の余命が残り少ないと知って、ぼくが持ちかけた計画に乗ってくれたんだ」

「計画に？　まさか――」

隆がうなずく。

「自分の死よりも、その後のきみの身を案じていた。ならば、わたしが責任をもって面倒をみましょうと提案すると、手を握って涙を流してくれた。といっても、積極的に加担したわけじゃない。あの男の日常生活に関する情報をもらったことぐらいだ。生前に同意を得たのは、ぼくの自己満足だ」

「どんな最後だったんですか」

「ぼくが言うのもなんだが、できる限りの手当はさせてもらった。少なくとも悲惨な最後ではなかったと思う」

しばらく沈黙が続くあいだ、二人のいるリビングから音が消えた。このあたりの住宅街は、まさに「閑静」という表現が似合う。次に口を開いたのは裕二だった。

「ぼくの父親を殺してぼくを養子にしたことを、倉持さんもご存じですか」

「いや」首をふった。「彼は知らない。というより、きみが公式に会ったぼくの知人たちはだれも知らない」

どこか遠くで大型犬の吠える声が聞こえた。

「――さっきの話に戻ろう。きみが津村夫妻の実子でないことはうすうす知っていた。ただ、有村さんのことは、実はきみを引き取って五年ほど経ってから知った。匿名の手紙がとどいたからだが、あれはきっと矢木沢君だろうね。ぼくはきみを失う決心がつかなかった。いつかこの日が来るとわかっていたが、つい先延ばしにしてしまったんだ。

それも、道義的に許されることじゃない。いいも悪いもない。どうか本当のお母さんのもとに戻ってあげてほしい」

本当のお母さんとはなんだろう。どんな定義なのか。それは誰が決めるのだろう――。

裕二は悄然と床に視線を落としていた。できることなら「何をばかなことを。そんなことあるわけがない」と、隆に笑って否定して欲しかった。

「すべてが落ち着いたあとで、ぼくは自首しよう。きみには申し訳ないが、資産の中から少しばかり、虐待を受けた子供達を救うために活かせるよう、倉持さんに相談してみる」

そのあと、隆が深い瞑想に入ったようだったので、裕二はそっと部屋を出た。

翌日から隆はまた仕事で家を空けがちになった。十日ほどたった夜更け、裕二の部屋のドアをノックするものがあった。いつになく疲れた表情の隆が立っていた。

「明日から二泊ほど、御殿場に行ってくる。うちが投資したショッピングモールが建設途中でつまずいているんでね。はっぱをかけてくる。それが済んだら、このあいだの話、もういちど今後のことについて話し合おう」

「わかりました」

初めて出会った日の颯爽とした雰囲気は消え、表情にも言葉にも翳《かげ》りを感じた。裕二は胸のうずきを悟られないよう、短くこたえただけでドアを閉めた。

結局これが隆と交わした最後の会話になった。

坂井隆が東名高速で多重の玉突き事故に巻き込まれ、ほぼ即死状態だったと警察から連絡が来たのは翌日の夕刻だった。

7 清田千遥（一九八八年　七月）

星が瞬くという言葉を、久しぶりに思い出した。

肉眼で見えるだけでも幾千という星が、それぞれウインクするように明滅している。坂井の説明によれば、空気のゆらぎがそう見せているらしい。大気の層を感じながら、坂井裕二が話す「七夕崩れ」の夜のできごとを聞いていた。

父から聞いた話とほとんどのつじつまがあっていたので、本当のことなのだろうと思った。ただ、真実だからこそ、思いがけない告白にわたしはどう反応していいのか迷っていた。

この、星しか見えない暗がりのせいだろうか。わたしの中の怒りや恨みが、次第に頭をもたげてきた。

会ったこともない、その津村時枝という自分勝手な女が憎かった。いまごろになって元気にあらわれた赤ん坊――つまり坂井裕二に対しても腹が立った。

そもそも彼らがいなければ、父はあんなに苦しむことはなかった。そうすれば、きっと死なずに済んだ。『清風館』だって――。

それをつい吐き出した。

「本当はまだ生きている子供のために、父は罪悪感を抱き続け、そしてそのつぐないのために走り回って死んだのね。そして――」

言い終えないうちに涙が湧きあがった。自分の人生の時計の針まで狂わされたことを口に出すと、心がおかしくなってしまいそうだった。

袖口で涙をぬぐい、月明かりに照らされた海面に目を向け、はなをすすった。隣に座った裕二が謝った。

「ぼくが、もしもあと一年早く知ることができたら、もしかしたらお父さんの事故は起きなかったかもしれません」

わたしは「謝らないでください」とまた怒った。

「言いがかりをつけているのは、わたしなんですから。坂井さんが優しいので、八つ当たりしてるんですから。その赤ん坊を連れ去った女の人はともかく、赤ん坊だった坂井さんは何も悪くない。百パーセント被害者です。わたしなんかより、ずっとずっと、何百倍も人生を狂わされたんですから」

はじめから身勝手な怒りだとわかっていた。父がもう少し慎重にしていれば、あの過ちさえ犯さなければ、少なくとも有村皓広は、本来の人生を歩んだはずなのだ。わたしに彼を責める権利などない。

「ごめんなさい」暗がりの中で頭を下げた。「父を許してあげてください」

変わらぬ坂井の優しい声が返ってきた。

「許すもなにもないですよ。なんといっても命の恩人です。最近では、人の運命は人になんて変えられないとさえ考えています」

「ありがとう」

「そういえば、もうひとつ話していないことがありました」

「まだ、なにか隠してるの？」

涙で鼻はつまっていたが、つい笑ってしまった。裕二は張り合いがないほど素直に「すみません」とまた謝った。足もとの草をむしり、中空にそっと放った。ちぎれた葉はかすかに星明かりを反射し、夜風に乗って消えた。

「坂井隆も交通事故で亡くなりました」

「事故で？」

「今年の一月、東名高速で何十台もの玉突き事故があったのを覚えてますか」

記憶をたぐる。毎週のようにどこかで悲惨な事故や事件が起きているからすぐには思い出せない。記憶は母の声とともに蘇った。

――トラックの運転手が居眠りしてて、渋滞の最後尾に突っ込んだんですって。

そんな解説をしながら、怖い怖いと言う。ならば交通事故のニュースなど見なければいいのに、と思った記憶がある。

「あのとき、父の運転する車は、原因を作ったトラックのすぐ後ろにいました。急ブレーキを踏んだようですけど、さらに後ろから来たダンプカーに追突されて、父が乗っていた車はもとの車種もわからないくらいぐしゃぐしゃになっていました」

わたしは急に息が苦しくなって、胸を押さえた。ゆっくりと深呼吸する。坂井は気づかずに続ける。

「父は、坂井隆は、あなたにはとても言えないようなこともしていました。道義的に許されることではないと思います。でも、ぼくには憎めない。あの人のおかげで、ぼくは悪夢のような生活から抜け出せた。そして、ぼくをさらった時枝という人のことも、どうしても憎めないんです。ぼくに対しては、ただただ優しい人だった。二人とも自分勝手にぼくを手に入れ、ぼくの人生を大きく捻《ね》じ曲げた。――でも恨めない。憎めないんです」

そこで、わたしの呼吸が少し荒くなっていることにようやく気づいたようだった。

「お父さんのことを思い出させてしまいましたか？」

「大丈夫です。――そうすると、坂井さんが『清風館《うち》』に初めて泊まりに来たときには、もうお父さんは亡くなったあとだったんですね」

「はい、葬式もすんで最低限の手続きを終えたところでした。あの大きなアウトドア向けの車は、父が亡くなる半年ほど前に、いろいろな機材が積めるようにと、お気に入りだったマセラティから買い替えたものです」

あの日――。

防潮堤の上に座る坂井を最初に見かけたとき、彼の背中に漂っていた悲しみの理由がようやくわかった。

「じゃあ、学部や専攻のことだけでなく、地質調査っていうのは、そもそもぜんぶ嘘だったんですね」

「いえ、それはまんざら嘘でもありません。元製材所――元ラドンセンター跡の周辺で地勢を調べました。あそこが生まれ変わるという計画を聞いていたので。――だってあそこは、あの場所は『七夕崩れ』さえなければ、ぼくが継ぐことになっていた可能性が高いのですから」

　全身に鳥肌が立った。そんな単純明快なことに、どうして気づかなかったのだろう。

　彼が有村家の赤ん坊でいたならば、そしてあの台風の夜のことがなければ、あの製材所は彼が継いだのだ。あの場所の行く末については、わたしなんかよりよっぽど彼のほうが心を痛めていたはずだ。

「さっきも言いましたが、大学のことで嘘をついたのは、いろいろ詮索されたくなかったからです。ただ、この場所に関心はありますが、今さら土地を取り戻したいなどと考えてはいません。それから、正直に言えば本岡ニュータウンにも一度行きました。遠くからしばらく眺めただけで結局ドアをノックできませんでしたけど。あのときの一番の目的は、母だと思っていた津村時枝が、あの嵐の日に泊まった、思い出の宿に宿泊してみたかったからです」

「うちに泊まることが目的だった？」

「ええ。それは本当です。でも、お父さんのことをうかがった今、何かに導かれていたような気もします」

しばらく沈黙のまま時間が流れた。あいかわらず、風が葉を鳴らしていく音とときおり低く響く夜行性の鳥の声。そしてわたしがはなをすすりあげる音。

「いつか、お母さんに会うつもりですか？」

「会いたいとは思うんですが、ふんぎりがつかなくて」

「わたしが口を挟むことじゃないと思いますけど、会ったほうがいいと思います」

だってあなたを産んだ人なんだから、と説得した。

会って、名乗って、生きていたと伝えてあげるべきだ。それは親切とか優しさとかではなく、あなたの義務だと思う。あなたの本当のお母さんのために。そして、わたしの父のために。

「そう、そうすべきですね。千遥さんのお父さんのためにも」

暗がりで見えないはずの坂井の瞳に、光が宿ったように感じた。

「そんなことに興味はないと思いますが――」

『清風館』へ戻る車のなかで、唐突に坂井がそんなことを言いだした。

「父の遺産を引き継ぐつもりはありません。今は弁護士さんの管理下にあってぼくの自由にはなりませんが、いずれ孤児のために使ってくれる人なり団体に寄附しようと思っています。あるいは基金という選択肢か。このランクルも今回の旅行が終わったら売るつもりです」

「お金に苦労したことのない人は、気前がいいんですね」嫌味だっただろうか。

「苦労はしましたけどね」坂井はそう言って軽く笑った。

「――気まぐれや思いつきでもないんです。春先に泊めていただいてから、もう一度うかがうまでこんなに間があいたのも、その始末のことでいっぱいだったからです」

「学校はどうするんですか？　ひとりで生活するのって、とても大変なんだから」

少しだけ先輩風をふかせることができた。

「わかってます。学校もやめるつもりです」

「やめてどうするの？」

それは、と言ってひと呼吸間を空けた。

「――ほかにやりたいことがあるわけじゃないんですね？」

返事がない。わたしは半身をひねって坂井のほうを見た。

「だめよ。あなたは恵まれてるから、そんなふうに気軽に言う。さっきもそんなことを言ったけど、行きたくても行けなくて、一年待ってようやく復学できたわたしには、とても贅沢なことに聞こえる。最近ではそれでさえ幸せだったかもしれないと考えるのに。財産を寄附するのは好きにすればいいけど、簡単に学校をやめるのは許せない。何もかも投げ出すことが責任を取ることじゃない」

しゃべっているうちに興奮してしまった。

「しかし、ぼくのほうにも事情があって、父の遺産を使って通うのは……」

「自力で通えばいいじゃないですか。わたしみたいに、アルバイトしながら通えばいい。努力もしないうちから、お金がないからやめるとか、そんなの最低の理由です。金持ちのお坊っちゃんの発想です。やりかけたことは最後までやらないと。今やめるのは、ただ逃げるだけ。楽すぎてぜんぜん贖罪にも謝罪にもならない」

興奮してまくしたてるわたしの言葉を、坂井はうつむいて聞いていたが、ふっきれたように顔をあげた。

「わかりました。学校のことはもう少し考えてみます」


『清風館』に戻ってからも、まだ足りずに話し合った。

その結果。翌日、坂井の運転するランドクルーザーに同乗して、本岡ニュータウンへ行くことになった。わたしがつきそうからと、強引にそういうことにした。

有村夫妻の家に、父は幾度となく足をはこんだはずだが、わたしはこれがはじめての訪問になる。坂井裕二の実母の可能性が高い有村昭代とは、父の葬式のときに顔をあわせたきりだ。やせて顔色が悪かった覚えがある。

「わかりました。ぼくが皓広かもしれないと話してみます」

「なにか証拠があればいいけど、当時は赤ん坊だから難しいかも」

わたしがそう言うと、坂井は胸のポケットから折りたたんだビニール袋をとりだした。わたしの前で袋を広げ、なかのものを見せてくれた。それはかなりの年月を経たらしく、変色し、ほつれ、ゆがんでしまっているが、もとはお守りだったらしいとわかる。

「これを見せれば信じてもらえると思います」

「もしかして、さらわれた時に持っていた？」

「有村家に立っている看板にそう書いてありました」

「すごい」おもわず、坂井の手を握った「すごいじゃないですか」

はにかんだ笑顔の坂井に、確かめておきたいことがあった。

「もしも、親子だと認めてもらえたら、そのあとどうするつもり？」

坂井は視線を落としてしばらく考えていた。

「それは――そのとき、考えます」


その夜、わたしの頭の中を暴風雨と春の暖かな微風が、交互に吹きぬけていくようなめまいを感じて、熟睡できなかった。

奇しくも、明日は七夕だ。あれからちょうど二十年目だと考えると、やはり昂るものがある。

坂井にふんぎりをつけさせるため、つい一緒に行くと約束したが、あれこれ考えるうちに、親子の対面にわたしがいてじゃまではないかという気がしてきた。

朝食のときにそのことを話すと、坂井は「いて欲しい」と言った。

「ほんとうはいまでも怖い気がしています。相手にされなかったら、否定されたら、そしてもしあっさり『おかえり』と言われたら。結局なにがどうなっても混乱するのがわかっていますから。だから、近くに千遥さんがいてくれたら、とにかく逃げ出さずにいられると思います」

そして、知人から「おまえは臆病者で卑怯者だ」とよく指摘されるのだと告白した。

朝の食事を終えるころ、坂井あてに電話がかかってきた。応対したのは母だったが、とくに何もいわなかったから、わたしの知らない人物かもしれない。

母には、坂井の正体をまだ話していない。わたしでさえ、あれほどショックを受け、気持ちの整理がついたとはまだいえない。母なら寝込んでしまうかもしれない。

後片付けも終えて、母屋のリビングでお茶を飲みながら母に学校のようすなどを話していると、坂井が顔を出した。

「すみません。出かける前に紹介したい人がいるんです。急なんですけど」

「紹介？」

「ええ、どうしても今夜ここに一泊したいって」

「今夜泊まる？」

思わず声がうわずった。

「そんなこといわれても、旅館はまだやってないし」

「とにかく、会うだけでもお願いします。宿泊はともかく、紹介だけでもさせてくださ
い」

めずらしく強引な坂井の言葉が終わらないうちに、北側の駐車場に車が入ってきた。

ざざざっと乱暴にブレーキを踏む音が聞こえた。

「さっき、近くの公衆電話からかけてきたんです。もう着いたからって」

母親は「あら」と声を上げ、条件反射のように玄関に向かった。

わたしはなんとなく落ち着かない気分になってぐずぐずしていたが、坂井に促されて
母の後を追った。すると、少し驚いた顔でぼんやり立っている母の姿があった。

母の視線の先、半分開いたガラス戸の内側に、すらりと背の高い青年が立っている。

扉のすきまから、駐車場にとめたシルバーグレイの車が見えた。

青年はわたしたちに軽く頭をさげた。坂井が紹介する。

「こちら、ヤギサワトオルさん」

どこかで聞いた名だと思った。

「こちらが清田さん。清風館の女将さんと娘さんです」

「はじめまして、矢木沢です」

青年がすっと手を差し出した。初対面のひとに握手を求められたのは初めての経験だ
った。

「こんにちは」遠慮がちに握り返した。ひんやりとした細い指だった。

続けて母が挨拶する脇から、坂井が説明した。

「矢木沢さんは、今現在は、東京に本社のある損保会社にお勤めです。そして、例の塩漬けになっているラドンセンター跡地、もとは『有村製材所』だったあの土地を、名称はどうあれラブホテルにしようと計画した会社から、今年の二月に土地その他を買い上げた『矢木沢開発』の社長の息子さんです」

わたしよりも先に、母が「まあ」という驚きの声をあげた。

待合い処に四人で座った。

それぞれの前にお茶とお茶受けがならんだ。本題に入るまえに、わたしは矢木沢了という青年を観察していた。

着ているものも、身のこなしも洗練されている。うっかり見つめてしまうと、視線を引き離せなくなりそうな瞳をしている。ただ、全体から受ける印象は鋭利な刃物という感じだった。切れるかもしれないが、心は冷たそうだと感じさせる。

「どこかで聞いたお名前だと思いました」

わたしが会話再開の口火を切った。あのラドンセンター跡地を買った会社として、ヤギサワという名は、たしかに耳にしていた。

「親父が芸もなく、自分の姓をそのまま会社名にしてますからね。今回のことは……」

坂井にしては珍しく、矢木沢の発言の腰を折るようにして説明しはじめた。

「矢木沢さんのお父さんの会社はいろいろ手広くやっていて、土地の開発なども得意分野です。あのラドンセンター跡は、製材所跡に休耕地を足した土地ですけど、それを全部買い上げて、さらに隣接している町所有の土地に借地権を設定し、かなり広い土地を開発する予定のようです」

目の前に座るこの矢木沢という若者が企画したのでは、またラブホテル騒ぎの二の舞ではないかと少し心配な部分もある。正直なところ、どんな施設ができようと興味はないが、父が残念がらないものがいい。

「基本的には、町の土地まで含めて、遊歩道のある自然公園を作ります」矢木沢があとを引き取った。

「――その一角に、静かな雰囲気の温泉施設を作ります。併設して宿泊施設もつくるつもりです。過疎地の古民家を買い取って、移設します。出す食事の価格設定はこれから考えますが、いずれにせよ地元の特産品をメインにします。

今は、世の中好景気だとかいって派手なものが受けていますが、いずれ反動で素朴なものへの回帰現象がおきます。大もうけをするつもりはありません。過剰サービスを避け、むしろ一部はセルフ式を取り入れ、良心的な料金設定にすれば、経営は成り立つはずです」

映画の筋書きを説明するように断定的に話した。

「第三セクターの話はどうなったんですか？」

「最後まで町が金を出し渋ったので、現金を出さない代わりに土地をただのような金額で借りることで、話が落ち着きました。その代わり、利益の一部を納めます」

ずいぶんうまい話に聞こえた。土地を買い占めるデベロッパーなら決まって言いそうなせりふだ。

「でも、お父さまの会社なんですよね」

わたしが発した、嫌みの臭いを嗅ぎ取ってくれただろうか。

「ぼくがねだって買ってもらいました」矢木沢が照れるようすもなく言う。

「ねだって？　何を？」

「丸ごとです」

意味がわからず首をかしげているわたしに、坂井が補足した。

「今回買収した用地、すべてです。矢木沢さんは、欲しいものはなんでも買ってもらえるそうです」

あまりに真面目な説明に対し、矢木沢が苦笑しながら睨んだ。この二人に友情——いや、もっと深いものを感じる。なんとなくいらついて、それが嫉妬であることに気づいた。

矢木沢がわたしに視線を戻した。

「そんなことより、話を今後の計画に戻しましょう。あそこに観光名所ができれば、訪問する人が増えます。宿泊施設もありますが、収容しきれないし、その効果は周囲に波及するのが一般的です。そこで、もしも『清風館』を再開する考えがおありでしたら、資本を投入させていただきたい」

「資本投入？」

「ええとまた補足します」坂井が割り込んだ。

「――この『清風館』を再開するときの資金を、無担保無利子で貸してくれるそうです」

矢木沢が続ける。

「まずは町全体が活気づくこと。そのためには有効な投資であると考えています。正直なところ、本日はその下見を兼ねてうかがいました。失礼とは存じつつ」

たしかに失礼だし、何より話が急すぎる。

「いきなり再開とかいわれても」黙っている母に代わって、わたしが反論する。「無担保無利子とか、そんなうまい話はすぐには信じられません」

「もしも――」坂井の言葉に力がこもった。

「もしもよければ、ここでぼくを働かせてください。旅館で働いた経験なんてありませんけど、お風呂掃除でも皿洗いでもなんでもやります。お願いします」

それもまた飛躍した話だ。

「あなたはどう思う？」

母がすがるような顔をわたしに向けた。わたしは強く否定しようとした。

「聞いてないぞ」

わたしより先に、非難の調子をこめて発言したのは矢木沢だった。

「この町で働きたいっていうから、温泉施設でおまえみたいなぼんぼんにできる仕事を見つけてやろうと思ってたのに。どうせろくに気もまわらないから、形ばかりの支配人にして給料払ってやるつもりだ」

坂井がばか丁寧に答える。

「ご好意には感謝いたします。でも、この旅館が再開するなら、ぜひ……」

「ちょっと待ってください。だれも再開するなんて言ってませんけど」

わたしは坂井と矢木沢を交互に睨んだ。すると二人の視線が一人を見ている。まさかと思ってそちらを見る。母が肩をすくめている。

「それが、『再開』については、考えますって言っちゃったの」

「どうして？」

「先日お電話したときにそんな話になって、つい。――あ、でも坂井さんが働きたいっていうのは初耳よ」

「じゃあ、今日のこのこと知ってたのね？　わたしに相談もしないでどうして……」

「あなただって、東京へ行くことを相談しなかったでしょ。それにしつこいくらいに『再開しろ』って言ってたじゃない」

自分でも間の抜けた表情だろうと思ったが、しばらく金魚のようにくちをぱくぱくさせていた。

「でも——」ようやく切り返し口を見つけた。「しつこいですけど、お父様の会社の資金ですよね。急に気が変わったとか、なんていうんでしたっけ——そうだ、ちゃぶ台返しとかそんなことになりませんか」

「ぼくは父と三つの約束をしました」

矢木沢が煙草を取り出しかけて、灰皿がないことに気づいて咳払いをしてからまたしまった。わたしは、意地でも吸わせるものかと、気づかないふりをしていた。

「大学は旧帝大のどれかに進むこと。将来親父の会社を継ぐこと。それまで最低十年は他人の飯を食うこと。これをみんな守れそうなので、約束通りほしいものは片っ端から買ってもらっています。それに、この景気で儲かってしかたがないとこぼしています。税金でもっていかれるくらいなら使ってしまえと。だから、多少の赤字事業はむしろ望む所なんです。それで会社のイメージが良くなるなら、なおさらです。そもそも、五億や十億のことでぐずぐず言ってる時間のほうが惜しい。——ここだけの話ですけどね」

聞いていて、なんとなく腹が立ってきた。坂井の少し上級な生活ぶりを聞くのは楽しかったが、この矢木沢という男のせりふはいちいち腹が立つ。

「矢木沢さんはご結婚されているの？」

突然、母が場違いなことを聞いた。

矢木沢は薄笑いを浮かべて「独身です」と答えた。

「あら、そうですか」母が嬉しそうだ。

「どうしたの？」

母が答える前に矢木沢がわたしに向かって言った。

「残念ながら、当分のあいだ結婚する予定はありません」

「それがなにか」

「かりに好意をもたれても、結婚を前提のおつきあいはできません、という意味です」

怒りで顔が紅潮するのがわかった。わたしより先に母が声をあげた。

「あら、どうしてわかったんでしょう」

「よく、娘をもらってくれないかと頼まれるものですから」

「そうでしょうね。でも、あんまりお金持ちだと釣り合いがとれないから。あきらめがつきます」

「なにがあきらめよ。余計なお世話よ」

この気障《きざ》ったらしい青年は、不思議なことに母には好かれたようだ。母の大好きな『いいところのご令息』だからだろうか。わたしは不愉快だった。坂井の知り合いでなければ、追い返しているのにと思った。そうだ、塩も撒いてやる。

坂井の顔を盗み見るとやはり赤くなっていた。わたしと同じぐらい怒っているのかと思ったが、残念ながら必死に笑いをこらえているようだ。

「しかし、どうしてこんな田舎がいいのか」矢木沢は、背筋をのばして中庭をのぞくしぐさをした。「おれにはとうてい理解できないね」

矢木沢開発の御曹司が肩をすくめ、わたしを見て笑顔を作った。なるほど、世間の女の一定数はこれに惹かれるのかもしれないと、理屈では納得した。

だけどわたしは、坂井のように悲しみを知っている人間のほうが好きだ。

「さて、おまえが瞼の母とご対面しているあいだ、せっかくだから釣りにでもいってくる。晩飯にはクロダイの刺身を期待しててくれ」

とうとう、泊まっていいとひとことも言わないあいだに、そう決まったようだ。母も困った顔はしているが、不快そうではない。

矢木沢がすっと立ち上がって出て行くとき、坂井と目が合ったのを見た。

「これでいいんだな」

なぜか矢木沢がそう語りかけているように感じた。

8　坂井裕二（一九八八年　十九歳〜二十歳）

隆の葬儀が済み、個別に焼香に訪れる客がようやくまばらになったのは、一月も下旬になってだった。

「さて、ここからはわたしの出番だ。最優先でやらせてもらうよ。もちろん、わたしにまかせてもらえるんだろう?」

倉持弁護士が裕二を励ますように言った。

倉持は、隆が巻き込まれた事故の一報がもたらされた直後から、裕二を元気づけようとなにくれとなく世話をやいてくれた。この日も、相続の手続きを本格的に始めるにあたっての説明に来てくれたのだ。

「その前に、お話ししたいことがあります」

「何かな?」

「できれば相続放棄をしたいと思っています」

「なんだって?」

国家転覆計画を打ち明けられたような顔をして、倉持は絶句した。しかしすぐに、まさに速射砲のように説得の言葉を撃ちつけてきた。

いまはショックで冷静ではなくなっている。誰かに脅迫されたのか。それともそそのかされたのか。とにかく一時的な感情でとりかえしのつかないことはしないほうがいい。

しかし、いくら倉持が翻意させようとしても、裕二の心は変わらなかった。

そもそも、金銭に対する執着がない。むしろ、罪悪感しかない。そう説明した。

「罪悪感とかいいだすところをみると、もしかしてお父さん——隆さんを恨んでいるのか？　養子になったあとうまくいっていると思っていたけど、何か確執があったのかい?」

隆が「倉持さんは何も知らない」と言ったのは本当だったようだ。まさか、虐待されている子を救うためという大義があるにせよ、その親を手にかけていたと知れば、もう少し違った発言になっただろう。

「確執なんてありません。感謝しかありません」

それは本心だった。さんざん悩み、自問した結果だ。

矢木沢に真相を教えられてから後は心が揺れ続けたが、それまでは世界で一番尊敬していたはずだ。社会正義からすれば許されない行為だが、隆が自分にしてくれたことの価値はかわらない。自分にとって救世主であり、敬愛の対象であることに違いはない。

ただ、彼が残した金銭はこれ以上使いたくない。そういう理屈だった。

「ただお金に興味がないのです」

「しかし君、放棄するっていったって、いくらあると思うんだい。負債を差し引いたって、十億やそこらじゃすまないぜ。二十歳過ぎた人間として無責任だと思うよ」

「細かいようですけど、二十歳になるのは明後日からです。――それでは、放棄が子供じみているというならこういうのはどうでしょう。父が持っていた会社の株式はどこも公開していませんから、どなたかに買い取ってもらうのは」

「そりゃまあ、いくらでも買い手は見つかると思うが」

「その売却益で非営利の財団法人か基金を作って、孤児や親に見離された子供達を救う施設や制度を作りたいと思います」

「簡単に言うけど、それもたいへんだよ。営利会社を運営するより大変だ」

「ある人に相談してみます。変人ですけど、ほれぼれするくらい頭が切れるんです」

「おまえ本気で言ってるのか?」

ダークスーツを着た矢木沢は、煙草の吸いさしを放り投げた。

二人はいつかと同じように、裕二の自宅に近い神社脇の石段に腰をおろしていた。高級ブランドのスーツを身にまとった矢木沢の尻の下には、高級ブランドのハンカチが敷かれている。

倉持に遺産放棄の相談をした直後、矢木沢に電話して会って話したいことがあると連絡をつけた。矢木沢からは、出張で葬儀に参列できなかったから、近いうちに線香をあげに行こうと思っているという返事だった。本当はそんなつもりはなかっただろうが、矢木沢のことだから、何か事情があると察したのだろう。

遺影に両手を合わせたあと裕二に向き直った矢木沢は、「残念だったな」とだけ言った。隆の死に直接触れた話題はそれきりだった。

「線香くさいのは苦手だ。外で話そう」

矢木沢に誘われて出てきたところだ。

「金を全部そんなことに使うのか」

裕二が、倉持に話したことをほぼそのまま説明すると、矢木沢はあきれたように訊き返した。

「そう考えています」

「もしかして、あてつけか？」

言いたいことはわかった。倉持の反応とある意味似ている。この二人だけではない。

「若くて青い正義感」と誰でも思うだろう。

「あてつけのつもりはありません。あなたに父のことをずいぶんひどく言われたけど、ぼくにとって恩人であることに変わりはありません。だから、父の名誉のためにその資産を社会に還元したいと考えています」

「まあ、おまえの金だからどう使おうと勝手だがな」

「そこでお願いです。力を貸して欲しい。財産の一部は、ある施設を作る資金にしたいと思います。その企画、建設、運営までのマネジメントをしてもらえませんか。もちろん、正規の報酬は払います。以降の運営をしていただけるなら、その報酬も差し上げます。いえ、利益は好きにしてください。なにしろ、経営という面ではまったくの素人ですし、取引き相手に舐められるかもしれませんから。そして留保の資金を超えて赤字になったときはあらかじめ町と協議しておいた方法で売却してもらって結構です」

千里見川河口にある廃墟と、そのまわりの土地開発が住民の反対にあって塩漬けになっていることを説明した。あの場所に地元の人が納得する施設を作って欲しい。買収と建設の金は、隆の遺産から出す。ただし、永続的に維持管理ができるように、自発的に利益を生むシステムにしてほしい。

「それと、額はその何分の一かになると思うけど、ある老舗旅館に投資して欲しいんです」

「ある老舗旅館？」

「はい」

「このあいだ調べた『清風館』か」

「そうです。ただ、この二つの融資にぼくがからんでいることは、『清風館』の人たちには絶対に内緒にしてください」

なるほどね、と言って矢木沢はあたらしい煙草をくわえた。

「おまえがとんでもない大ばか野郎だという前提に立てば、言いたいことが理解できなくもない。だけどな、おまえは大きな考え違いをしている」

「なんです？」

裕二は矢木沢の煙草から流れる煙を追った。

「おれはまだ、一介のサラリーマン。そんな事業に手を出す暇はない」

「実務はあなたのお父さんの会社か、その関連会社の得意分野じゃないですか。あなたは提案するだけです。収益はお父さんの会社に入ります。そのつなぎ役もやってもらいたい」

「おまえ、変わったな」

「あなたに変えてもらいました。性格は多少変わったかもしれませんが、能力は向上しません。だから、気は進まないけどあなたに頼むしかない。それと、今度泊まりに行って、あのあたりの地勢を調べてみます。地質学には多少興味があるので」

「くそ」

矢木沢がまた吸いさしを投げた。その行方を目で追う。あれもあとで拾わねばならない。

「おれに対する報酬はいくらだ」

裕二は矢木沢のまねをしてくすくすと笑った。

「あなたはお金には困っていないから、お金で買えないものです」

「だからなんだ」

「ユスティティアの剣、今度頼まれたら、必ず突き刺してあげます。ほかに頼める人がいないんでしょう？」

矢木沢が口を開きかけたとき、眼下を警笛を鳴らしながら、電車が通り過ぎていった。

「もうひとつあります。あなたの秘密をだれにも言いません」

矢木沢と出会ってはじめて会話の主導権を握った感じがした。細めた瞳で睨んでいる矢木沢を、静かに見つめ返した。

「キャンプ場で話してくれた、自殺したっていう女の人の話は嘘ですね」

「どういう意味だ」

「全部つくり話じゃないとしても、あなたがつきあっていた女性じゃないと思う」

「根拠は」

三本目の煙草に火をつけようとするしぐさが、いらついているように感じた。裕二はそれを指でつまんで取りあげた。

「吸い過ぎです。少し控えたほうが良いと思います。——今の論拠に説明がいりますか？　香菜子さんをいまだに忘れられない純情男はあなたのほうだ。あれ以来、香菜子さんの幻影に苦しんでいる。だから死んでしまおうかと思ったけど、ただ死ぬのは自尊心が許さないから、ぼくに手を下させようとした。あなたはぼくと同じぐらいに臆病者でしかも卑怯者だ」

矢木沢の顔が怒りで赤くなったのはほんのいっときだった。すぐにスイッチを切り替えるように大声をあげて笑いはじめた。近所の住人がのぞきに出てくるのではないかと心配になるほど、笑いは長く続いた。

「面白い」

なかば咳き込みながら、矢木沢は裕二の背中を叩いた。

「やっぱり面白い奴だ。しばらく会わないあいだに大人になったな兄弟」

「ほら、自分でも言った。『兄弟』の頼みなら、報酬なんていらないでしょう？」

それじゃお願いしますと腰を上げかけた裕二を、矢木沢が引き留めた。

「まあ、待てよ。そうあわてるな。鈴村さんのことはどうするつもりだ」

背中から糸で引かれたように動きが止まった。ふたたびおなじ場所に腰をおろす。

「鈴村さんのことは――だれか知り合いの方に紹介できないか、考えているところです」

「あの人の過去を知ってるか？」

笑いすぎて浮いた目尻の涙をぬぐっている。

「過去？」

「それも知らないで紹介だとか言ってるのか。やっぱりおまえはお人好しのぼんぼんだな」

矢木沢の腰のあたりでピーピーと電子音が鳴った。矢木沢が手をやってポケベルの画面をのぞき、音を止めた。

「さて、お呼び出しだ。車載の電話は断っているんだが、こいつだけは持たされてる。あんまり油も売っていられない。簡単に鈴村さんのことを教えておいてやる。もうずっと昔のことだ。あの人は夫の暴力から逃げていた。坂井隆とどういう知り合いなのかまではわからない。本名は仮に山田花子とでもしておく。あるところに彼女と同世代の女で、内臓の病気の末期患者がいた。名前は鈴村美鈴。坂井隆は身よりのないその女を手厚く看護してみとってやった。

そして死亡診断書は山田花子で出された。死亡届なんて、個人医院だって書ける。不審死でもない限り、坂井隆に頼まれたらそんなものの一枚や二枚、簡単に書く医者は何人かいる。そうして、いままで山田花子だった女は、鈴村美鈴に生まれ変わった。――手法がここまで一貫してると、もはや美学といってもいいかもしれないな」

「鈴村さんに、そんな過去があったんですか」

「ふつうの身元調査ならばれないだろう。だけど、おれみたいに徹底的に洗うまであきらめない人間に対しては、隠せる秘密なんてない。覚えておいたほうがいいぞ」

「まさか、その死亡診断書のことを暴くつもりですか」

矢木沢はふんと鼻先で笑った。

「ばかな。おれも昔、短い期間だったが彼女に世話になった。坂井隆と同居していたときにな。ある日、おれが忠告を無視して、三回続けて椎茸を残したら、翌日には椎茸をつかった料理が二十種類もテーブルに並んだ。あんな人はいない。坂井隆のことを暴き立てれば、あのひとが困るだろう。それではおれも寝覚めがよくない」

もういちどポケベルが鳴った。舌打ちをして矢木沢が立ち上がり、ハンカチの砂を払ってポケットにしまった。

「親父の会社関係で、住み込みの寮の賄いの仕事をあたってみる。なるべく条件のよさそうなところをな。鈴村さんにもそれとなく聞いておいてくれ」

倉持弁護士のつてをたどってもらった。

あいだに二人ほど挟んだが、どうにか『清風館』に三晩だけ泊めてもらえることになった。

三泊四日、自分が生まれた町を少し冷静にみつめて、そして最後の決心をしようと決めていた。

　出かける直前、矢木沢と事務的な連絡をとったときに、彼はこう言った。

〈いまさらだけどな、坂井隆がおまえを選んだ理由がようやくわかった〉

「納得できましたか」どうでもよいと思ったが、義理で聞いてみた。

〈ああ、できた〉予想しない答えが返ってきた。〈納得がいったよ。好きとか嫌いの問題じゃない。あの人とおれは似すぎている。すべてを持ってる。考えてもみろ、空に太陽が二つあったら眩しすぎるだろう。太陽と月でちょうどバランスがとれる〉

「つまり、あなたが太陽でぼくが月ですか」

〈まあ、そういうことになるな〉

「ありがとうございます」

〈そう卑屈になるな。月には月の取り柄もある〉

「あなたにとって都合のいい結末が見つかったことを祝福します」

　受話器をおいたあとで、裕二はため息をついた。電話線を伝わる空気でわかった。もしも隆と矢木沢が長く一緒に暮らしていたら、冗談で笑い飛ばせないような結果になっていたであろうことに、ようやく矢木沢も気づいたのだ。

　隆が自分を選ばずに矢木沢と生活している場面を何度思い描いたかわからない。それこそ嫉妬をするのもばからしいほど、二人ともいつどこでなにをしていても絵になっている。しかし、個性が強烈すぎる。

絵として美しいかもしれないが、まさに矢木沢が言うとおり、空に太陽が二つあれば悲劇以外の結末は考えられない。

いよいよ清風館に泊まるというその日、早めに町についた裕二はすでに目をつけていた山の上に見える展望台に車で上ってみた。

想像した以上の広角で広がる海。山と海に挟まれた狭いベルト地帯に家がたちならぶ町、東には、湿り気を帯びた空気の中にぼんやりと、それでも圧倒的な存在感で富士山がそびえている。ふりかえれば南アルプスの青々とした山脈も見える。

証拠も証言も不要だった。

懐かしいという、理屈で説明できない感情が湧いた。自分はたしかにこの町で生まれた。それを実感する。何千キロ離れようと、鮭が生まれた川に帰るように、自分はここへ帰ってきた。

この町に住もう。そして夜になったら、この場所へ登って来て星を見よう——。

山を下り、まだ少し早いと思ったが、一度清風館に寄った。

挨拶に応えて奥から出てきた女将は、あまり外に出ることはないのか、青白い顔をしていた。倉持から聞いたところでは、一年前に交通事故——それも当て逃げで、夫を失ったそうだ。その悲しみから抜け出せていないのだろう。

お世話になる予定の坂井裕二ですと名乗ると「いけない。一週間間違えていました」

とあわてた。そして、買い物に出ている娘が帰宅したら支度をさせますと言った。

裕二は時間つぶしに近所を散歩してみることにした。

海岸沿いに通る、小高い場所の狭い道をのんびり歩く。

錆びた鉄製の足場を使って防潮堤に上った。

砂浜を見下ろせば、二階の屋根に登ったほどの落差がある。裕二はかまわず足を投げ出して座った。沖合の海面が逆光を受けてきらめいている。あそこからなにか奇跡が生まれてきそうな気がした。

中学生のころ夢中になった天文に関する書籍で、「空に光る星は海から生まれる」という伝説を読んだことがある。もしかすると、こんなふうな寂しい海でひっそりと生まれ、誰にも見られないように空に上りながら、しだいに輝きを放ちはじめるのかもしれない。

潮の匂いが体に染みこんでしまいそうなほど大きな深呼吸をしたとき、がらんがらんと騒々しい音をたててバイクが近づいてくる気配がした。

終章

「今度の十七号は大きそうだね」

リビングのテーブルでお茶をすすっていた皓広が、新聞から顔をあげた。

「台風のこと？」

はす向かいで通販の雑誌をめくっていた、母親の昭代も顔をあげた。

「うん。お母さんがずっとつけっぱなしにしてるテレビでやってるよ」

皓広にちくりと皮肉を言われ、昭代はさきほどから誰も見ていないテレビをふり返った。

失敗した目玉焼きのような、巨大な台風の天気図が大写しになっている。アナウンサーが指先の形をした指し棒で解説している。

「そういえば、今朝のニュースでもそんなこと言ってたわね」

「風より、雨がすごいらしい」

「いやだわね。裏の山、大丈夫かしら。何回経験しても台風が来るとおへそから下のあたりに力が入らなくなって立っていられなくなるのよ」

「まあ、このあたりは大丈夫だと思うよ」

「今夜はこんなにいいお天気なのに」

清風館の母屋を改築したリビングには、庭に面して大きなテラス窓がある。水銀灯に照らされた中庭が見えている。空にはほとんど雲もなく池の水面《みなも》には月が揺れている。

「そろそろ帰ってくるころね」

千遥とその母は近所の法事へ出かけて、もうまもなく戻るころだろう。平日であるうえに台風の予報が入ったためキャンセルが出て、今夜の泊まり客はいない。久しぶりに家族水入らずでのんびりできる。

収入が減るのは悲しいが、皓広はなんとなく解放されたような気分になって、ソファに背をあずけた。


裕二は隆の死後、自力で働いて残りの大学生活を過ごした。千遥との約束を守るためだ。

在学中から、裕二は昭代の子となった。赤ん坊のときに入れ替わったことが証明できないため、法律上は坂井裕二が有村家に養子に入ったことになっている。ＤＮＡ鑑定の結果でも出せば事情は変わったかもしれないが、ふたりともそこまでは望まなかった。

書類上の形式に意味がないことをだれよりも痛感していた。

ただし、下の名は変えた。戸籍上の名を変えるには裁判所への申立てと許可が必要になるが、それは苦ではなかった。坂井裕二から有村皓広へ変わったことに慣れるまで、意外に時間がかかったのが千遥だ。

しかし、結婚して半年も経つ頃には皓広の名でしか呼ばなくなっていた。

千遥との約束――裕二が自力で大学を卒業したら、結婚し『清風館』を再開する――は守ることができた。

皓広は今では清田皓広となった。姓が変わるのがこれで何度目なのか、自分でもとっさにわからなくなることがある。

千遥は「二十年も待ったんだから、お義母さんのためにも『有村姓』でいてあげましょうよ」と言ったが、ここまで何度も変わっては、むしろ名前にこだわる価値などないと皓広は思っていた。

それに清風館を切り盛りするなら、なじみ客に知られている清田の姓のほうが通りがいい。合理的だ。

旅館業再開に向けたリフォームの際に、母屋も思い切って建て直し、昭代も同居することになった。本岡ニュータウンの家を売却することも考えたが、とりあえずは貸家として保持している。もともと賑やかで忙しい生活が好きだった千遥の母、智恵子も反対はない。

従業員も雇っているが、皓広はもちろんのこと、昭代も洗濯や掃除を手伝い戦力となっている。旅館を再開したばかりのころよりも、二人の母親はあきらかに血色もよく目の光も違っている。

千遥も、皓広にああ言った手前か、矢木沢からの援助の申し出を受けず、やはり自力で大学を卒業し、父親が勤めていた漁業会社に入社した。もともと数字が得意だったため、在学中から経理の資格を取り、希望通り経理部門に就職できた。

つまり、千遥は働きに出て、皓広が清風館の仕事をしている。

皓広は番頭としての役割に喜びを見いだし、きゃしゃなわりに骨身を惜しまない〝婿殿〟だと〝ご近所様〟には評判がよかった。千遥もときおり思い出したように「お客さんの数も増えてきたし、仕事を辞めて旅館を手伝おうか」と言い出すことがあるが、意外にも智恵子が強く反対している。

「せっかく戻ってきてくださったお客様が、また離れてしまうでしょ」

結婚と旅館の再開から六年、好景気の狂乱の夢はあっけなく崩れた。崩れてから「あれはバブルの時代だった」などと呼ばれるようになった。

破綻した経済に先の見えない閉塞感が国内を覆っている。

旅館業も儲かっているとは言い難いが、矢木沢がマネジメントした良心的な料金設定と地元産素材の料理の評判がよく、最低限の収支は保てている。矢木沢開発のグループ会社が、千里見川の河川敷に作った親水公園と温泉施設は、バブル崩壊後も人気は衰えない。矢木沢の予言どおり、「癒し」だとか「のんびり」というキーワードがもてはやされて、「なんにもしない旅」というのが流行っている。施設の知名度は周囲に波及効果を及ぼし、千里見町のほかの旅館も、そこそこの客足を確保できている。清風館もなんどか旅の案内雑誌にとりあげられた。

そして清風館には、もうひとつほかの旅館にない変わったサービスがある。

事前に予約した希望者には星空観測のミニツアーを催すというものだ。

皓広が送迎用のマイクロバスを運転し、笠取山の展望台でその季節おすすめの星座を解説する。その客の生まれの星座がどこにあるかを教えたり、その場で質疑に応じて解説もする。当初の予想と違って、若い女性の客に評判が良かった。

必ず年に何人かは、M78星雲の場所を聞く客がいる。胸にわき上がる淡い苦みを飲み下しながら、皓広はあまり目立つとはいいがたい光の点を丁寧に教えてやる。

＊＊＊

「ただいま」

玄関の扉が開く音がした。続いてどすどすと廊下を踏みならして歩く音がする。結婚翌年に生まれた双子の恒平《こうへい》と太輔《だいすけ》だ。

「さて、そろそろお夕飯の支度をしましょうね。家族全員そろって食べるのは久しぶりね」

立ち上がった昭代が、まだ雨戸を閉めていないリビングルームの窓ごしに夜空を見上げた。

「ほんとに台風なんてくるのかしら。あんなに綺麗なお星様が出てるのに」

「まあね、嵐っていうのは突然襲ってくると相場が決まっているから」

適当に相づちを打って、皓広はふたたび新聞に目を落とした。

「そうそう、思い出したわ。あの晩もそうだった」

「あの晩て？」湯飲みに手を伸ばしながら話を合わせる。

「あなたがいなくなった前の晩よ」

飲みかけていたお茶を噴きだしそうになって、皓広は顔をあげた。

「いなくなった前の晩？」

せき込みながら聞く。

「あの『七夕崩れ』があった前の晩のこと」

手もとにあったタオルを当て、さらに大きく三回せき込んでから再び訊いた。

「『七夕崩れ』の前の晩にどうしたって？」

「それがね。あの時も『もうすぐ大きな台風が来ます』って、ニュースでしつこくやってたけど、前の晩はとてもきれいな星空だったのよ」

「ふうん」

「だからね、わたしは夜泣きしたあなたを庭につれだして、お星様を見せてあげたの。そしたら、不思議なんだけどわかったのかしらね。あなたは泣きやんで、嬉しそうにお星様を見ていたわ」

　皓広は新聞を畳んでわきへ放った。

「嵐の前の晩に、星空を見ていた？　ぼくが？　だってまだ生後半年かそこらでしょ」

「でも本当に見てたのよ。嬉しそうに。——あなたどうしたの。さっきからおなじことばかり聞いて」

「どんな星空だったか覚えてないよね」

「覚えてるわよ。天の川がはっきり見えたの。明日は七夕だからって、織り姫星と彦星を教えてあげたのよ。わたしも昔、父親に教えてもらって、とくに織り姫星のことが好きだったから、知ってたのね。

『あの星はね、織り姫星っていうのよ』って、あなたの指を持って指して見せたの。あなたはけらけら笑ってた。そしたら次の日はあの大嵐でしょ。あなたがまたぐずったから『今夜はお星様がみんな泣いて、空から涙がいっぱい降ってきたから外には出られないの』って窓から雨を見せてあげたら、機嫌が悪くなって——ねえ、あなたどうかしたの」

　皓広が両手で顔を覆ってしまったところへ、千遥が入ってきた。元気な声を皓広にかける。

「ねえ、皓ちゃん。台風が来る前に雨戸が全部閉まるかどうか、確かめたいんだけど、手伝ってくれない——どうかしたの？」

顔を覆ったまま、皓広がぼそぼそと答えた。

「やっと、やっと理由がわかったんだよ」

「何？　何がわかったの？」

「星はずっと話しかけていたんだ。教えてくれていたんだよ」

昭代が千遥の顔を見て、この子、変でしょ、と笑った。

「織り姫星の話をしてたら、急にこうなったの」

千遥の「そうだったね」という声が聞こえた。

「なんだかわからないけど、皓ちゃんて、昔から星の話になると急にロマンチストになったもんね。北極星がどうだとかよく言ってたよね。わたし、すっかり忘れちゃったけど」

突然、玩具の取り合いをしながら幼い兄弟が駆けてきた。

「ねえ、おかあさん。はやくホットケーキ」

「ホットケーキ」

「あれ、おとうさんどうしたの？　きもちわるいの？」

「ないてるの？　おばあちゃんにしかられたの？」

「しーっ」

千遥は甲高い声をあげる息子たちに、ちょっと向こうへ行っててね、と声をかけ背中を押して部屋から出した。

昭代も、そのあとに続く。

「じゃあ、おばあちゃんが何かつくってあげましょう。ホットケーキがいいの?」

昭代に手を引かれ、チョコをのせてくれ、二つのせてくれ、とくちぐちに叫ぶ声が、廊下を遠ざかっていった。

千遥はドアを閉め、テレビを消し、皓広の隣に座った。

「はじめて星空を見せてもらった夜のことを思い出すね」

あの山頂の夜の記憶がよみがえるような、しんとした空間に千遥がつぶやく。

ようやく気持ちが静まった皓広は、静かな口調で答えた。

「きみは忘れたかもしれないが、いつか言ったことがある。織り姫星――つまりこと座α星ベガが、ぼくに何かを語りかけてくるって」

「覚えてるわよ」

「星は、何もかも知っていたんだ。だから、あの夜からずっとぼくに話しかけていたんだ。あなたの故郷は別な場所にあるよって」

皓広は、自分でも非科学的なことを言っていると思った。しかし、千遥は笑わなかった。

「そんなことがあるのね。――わたしも白状するけど、わたしなんて、もっと変わったロマンチックな想像してた。海から白馬に乗った騎士が現れるとか」

「その騎士は現れた?」

「ひみつ」くすくすと笑う。「あのね、北極星のことだって本当は覚えてるの。たしか、一万二千年後ぐらいに、その『織り姫星』が新しい『北極星』になるんでしょ。——それに、海も山も、町も車も、あなたもわたしも、みんな星のかけらでできているって」

皓広は目を見開いた。

「驚いた。本当のところは、星になんて興味がないと思ってた」

「星に興味があるからじゃない。あなたが言ったことだから覚えてる。だって、最初に会ったあの日。わたしの防潮堤の上に座ってる、寂しそうなあなたの背中を見たときから、わたしはずっと——」

「ずっと何?」

「ひみつ」

そうささやいて、長い寄り道をしてきた夫の肩に、そっと頭をあずけた。

単行本　二〇二二年一月　文藝春秋刊

引用
「恋の季節」（一九六八）
作詞：岩谷時子　作曲：いずみたく

DTP制作　言語社

文春文庫

奔《ほん》流《りゅう》の海《うみ》

定価はカバーに
表示してあります

2024年1月10日　第1刷
2024年1月25日　第2刷

著　者　伊《い》岡《おか》瞬《しゅん》
発行者　大沼貴之
発行所　株式会社 文藝春秋

東京都千代田区紀尾井町 3-23　〒102-8008
TEL 03・3265・1211㈹
文藝春秋ホームページ　http://www.bunshun.co.jp

落丁、乱丁本は、お手数ですが小社製作部宛お送り下さい。送料小社負担でお取替致します。

印刷・TOPPAN　製本・加藤製本　Printed in Japan
ISBN978-4-16-792153-8

（　）内は解説者。品切の節はご容赦下さい。

岩井俊二
リップヴァンウィンクルの花嫁
「この世界はさ、本当は幸せだらけなんだよ」秘密を抱えながらも愛情を抱きあう女性二人の関係を描き、黒木華、Ｃｏｃｃｏ共演で映画化された、岩井美学が凝縮された渾身の一作。
い-103-1

岩井俊二
ラストレター
「君にまだずっと恋してるって言ったら信じますか？」裕里は亡き姉・未咲のふりをして初恋相手の鏡史郎と文通する——不朽の名作『ラヴレター』につらなる、映画原作小説。（西崎　憲）
い-103-2

いとうみく
車夫
家庭の事情で高校を中退し浅草で人力車夫として働く吉瀬走。大人の世界に足を踏み入れた少年と、同僚や客らとの交流を瑞々しく描く。期待の新鋭、初の文庫化作品。（あさのあつこ）
い-105-1

いとうみく
車夫2　幸せのかっぱ
高校を中退し浅草で人力車をひく吉瀬走。陸上部時代の同級生が会いに来たり、ストーカーにあったりの日々の中、行方不明だった母親が体調を崩したという手紙が届く。（中江有里）
い-105-2

伊与原　新
ブルーネス
地震研究所を辞めた準平は、学界の異端児・武智に「津波のリアルタイム監視」計画に誘われる。個性が強すぎて組織に馴染めないはぐれ研究者たちの無謀な挑戦が始まる！（巽　好幸）
い-106-1

伊与原　新
フクロウ准教授の午睡《シエスタ》
学長選挙が迫る地方国立大に現れた准教授・袋井。昼は眠たげで無気力なのに夜になると覚醒する〝フクロウ〟は、学長候補のスキャンダルを次々と暴いていく。果たして彼の正体は？
い-106-2

伊岡　瞬
祈り
東京に馴染めない楓太は、公園で信じられない光景を目にする。炊き出しを食べる中年男が箸を滑らせた瞬間——。都会の孤独な二人の人生が交差する時、心震える奇跡が。（杉江松恋）
い-107-1

伊岡　瞬
赤い砂
男が電車に飛び込んだ。検分した鑑識係など3名も相次いで自殺する。刑事の永瀬が事件の真相を追う中、大手製薬会社に脅迫状が届いた。デビュー前に書かれていた、驚異の予言的小説。

い-107-2

伊岡　瞬
白い闇の獣
小6の少女を殺したのは、少年3人。だが少年法に守られ、「獣」は再び野に放たれた。4年後、犯人の一人が転落死する。少女の元担任・香織は転落現場に向かうが——。著者集大成！

い-107-3

歌野晶午
葉桜の季節に君を想うということ
元私立探偵・成瀬将虎は、同じフィットネスクラブに通う愛子から霊感商法の調査を依頼された。その意外な顚末とは？　あらゆる賞を総なめにした現代ミステリーの最高傑作。

う-20-1

歌野晶午
ずっとあなたが好きでした
バイト先の女子高生との淡い恋、美少女の転校生へのときめき、人生の夕暮れ時の穏やかな想い……。サプライズ・ミステリーの名手が綴る恋愛小説集は、一筋縄でいくはずがない!?（大矢博子）
う-20-3

冲方　丁
十二人の死にたい子どもたち
安楽死をするために集まった十二人の少年少女。全員一致で決を採り実行に移されるはずのところへ、謎の十三人目の死体が!?　彼らは推理と議論を重ねて実行を目指すが。（吉田伸子）
う-36-1

冲方　丁
剣樹抄
父を殺され天涯孤独の了助は、若き水戸光國と出会う。異能の子どもたちを集めた幕府の隠密組織に加わり、江戸に火を放つ闇の組織を追う！　傑作時代エンターテインメント。（佐野元彦）
う-36-2

榎田ユウリ
猫とメガネ
蔦屋敷の不可解な遺言
離婚寸前の会計士・幾ツ谷が流れ着いたのはシェアハウス〈蔦屋敷〉。離島育ちで純真な洋や毒舌イケメンの神鳴など風変わりな住人との共同生活が始まるが、相続を巡る騒動が勃発し!?
え-17-2

（　）内は解説者。品切の節はご容赦下さい。

大沢在昌
魔女の笑窪
闇のコンサルタントとして裏社会を生きる女・水原。男を一瞬で見抜くその能力は、誰にも言えない壮絶な経験から得た代償だった。美しいヒロインが、迫りくる過去と戦う。（青木千恵）
お-32-7

大沢在昌
極悪専用
やんちゃが少し過ぎた俺は、闇のフィクサーである祖父《じい》ちゃんの差し金でマンションの管理人見習いに。だがそこは悪人専用住居だった！　ノワール×コメディの怪作。（薩田博之）
お-32-9

奥田英朗
イン・ザ・プール
プール依存症、陰茎強直症、妄想癖など、様々な病気で悩む患者が病院を訪れるも、精神科医・伊良部の暴走治療ぶりに呆れるばかり。こいつは名医か、ヤブ医者か？　シリーズ第一作。
お-38-1

奥田英朗
空中ブランコ
跳べなくなったサーカスの空中ブランコ乗り、尖端恐怖症で刃物が怖いやくざ……。おかしな症状に悩める人々を、トンデモ精神科医・伊良部一郎が救います！　爆笑必至の直木賞受賞作。
お-38-2

奥田英朗
町長選挙
都下の離れ小島に赴任することになった、トンデモ精神科医の伊良部。住民の勢力を二分する町長選挙の真っ最中で、巻き込まれた伊良部は何とひきこもりに！　絶好調シリーズ第三弾。
お-38-3

恩田　陸
まひるの月を追いかけて
異母兄の恋人から兄の失踪を告げられた私は、彼女と共に兄を捜す旅に出る。次々と明らかになる事実は、真実なのか――。恩田ワールド全開のミステリー・ロードノベル。（佐野史郎）
お-42-1

恩田　陸
夜の底は柔らかな幻（上下）
国家権力の及ばぬ〈途鎖国〉。特殊能力を持つ在色者たちがこの地の山深く集う時、創造と破壊、歓喜と惨劇の幕が切って落とされる！　恩田ワールド全開のスペクタクル巨編。（大森　望）
お-42-4

荻原　浩
幸せになる百通りの方法
自己啓発書を読み漁って空回る青年、オレオレ詐欺の片棒担ぎ、リストラを言い出せないベンチマン……今を懸命に生きる人々を描いたユーモラス&ビターな七つの短篇。　（温水ゆかり）
お-56-3

荻原　浩
ギブ・ミー・ア・チャンス
漫才芸人を夢見てネタ作りと相方探しに励むフリーターを描く表題作ほか、何者かになろうと挑み続ける、不器用で諦めの悪い八人の短篇集。著者入魂の「あと描き」（イラスト）収録。

お-56-4

荻原　浩
楽園の真下
南海の孤島での連続自殺事件と、島に現れた巨大カマキリを結ぶ「鍵」とは？　荻原版「ジュラシック・パーク」ともいえる、ノンストップ・カマキリ・パニック・ホラー。

お-56-5

大崎　梢
プリティが多すぎる
文芸志望なのに少女ファッション誌に配属された南吉くんこと新見佳孝・26歳。くせ者揃いのスタッフや10代のモデル達のプロ精神に触れながら変わってゆくお仕事成長物語。　（大矢博子）
お-58-2

大崎　梢
スクープのたまご
週刊誌編集部に異動になった信田日向子24歳。「絶対無理！」怯える気持ちを押し隠し、未解決の殺人事件にアイドルのスキャンダル写真等、日本の最前線をかけめぐる！　（大矢博子）
お-58-3

大山誠一郎
密室蒐集家
消え失せた射殺犯、密室から落ちてきた死体、警察監視下で起きた二重殺人。密室の謎を解く名探偵・密室蒐集家。これぞ究極の密室ミステリ。本格ミステリ大賞受賞作。　（千街晶之）
お-68-1

大山誠一郎
赤い博物館
警視庁付属犯罪資料館の美人館長・緋色冴子が部下の寺田聡と共に、過去の事件の遺留品や資料を元に難事件に挑む。超ハイレベルで予測不能なトリック駆使のミステリー！　（飯城勇三）
お-68-2

（　）内は解説者。品切の節はご容赦下さい。

大島真寿美
渦
妹背山婦女庭訓　魂結び
浄瑠璃作者・近松半二の生涯に、虚と実が混ざりあい物語が生まれる様を、圧倒的熱量と義太夫の如き心地よい大阪弁で描く。史上初の直木賞&高校生直木賞W受賞作！（豊竹呂太夫）
お-73-2

尾崎世界観
祐介・字慰
クリープハイプ尾崎世界観、慟哭の初小説！　売れないバンドマンが恋をしたのはピンサロ嬢――。「尾崎祐介」が「尾崎世界観」になるまで。書下ろし短篇「字慰」を収録。（村田沙耶香）
お-76-1

垣根涼介
午前三時のルースター
旅行代理店勤務の長瀬は、得意先の社長に孫のベトナム行きの付き添いを依頼される。少年の本当の目的は失踪した父親を探すことだった。サントリーミステリー大賞受賞作。（川端裕人）
か-30-1

垣根涼介
ヒート　アイランド
渋谷のストリートギャング雅《みやび》の頭《ヘッド》、アキとカオルは仲間が持ち帰った大金に驚愕する。少年たちと裏金強奪のプロフェッショナルたちの息詰まる攻防を描いた傑作ミステリー。
か-30-2

角田光代
ツリーハウス
じいさんが死んだ夏、孫の良嗣は自らのルーツを探るべく、祖父母が出会った満州へ旅に出る。昭和と平成の世相を背景に描く、一家三代のクロニクル。伊藤整文学賞受賞作。（野崎　歓）
か-32-9

角田光代
太陽と毒ぐも
大好きなのに、どうしても許せないことがある。不完全な恋人たちの、ちょっと毒のある11のラブストーリー。「角田光代の隠れた傑作」といわれる恋愛短篇集が新装版で登場。（芦沢　央）
か-32-17

モノレールねこ
加納朋子

デブねこを介して始まった「タカキ」との文通。しかし、そのネコが車に轢かれ、交流は途絶えるが……表題作「モノレールねこ」ほか、普段は気づかない大切な人との絆を描く八篇。（吉田伸子）

か-33-3

少年少女飛行倶楽部
加納朋子

中学一年生の海月が入部した「飛行クラブ」。二年生の変人部長・神《じん》ことカミサマをはじめとするワケあり部員たちは果たして空に舞い上がれるのか？　空とぶ傑作青春小説！　（金原瑞人）

か-33-4

ひかりの剣
海堂　尊

覇者は外科の世界で大成するといわれる医学部剣道部の「医鷲旗」大会。そこで、東城大・速水と、帝華大・清川による伝説の闘いがあった。「チーム・バチスタ」シリーズの原点！　（國松孝次）

か-50-1

ゲバラ覚醒　ポーラースター1
海堂　尊

アルゼンチンの医学生エルネストは親友ピョートルと南米縦断のバイク旅行へ。様々な経験をしながら成長していく将来の革命家の原点を描いた著者渾身のシリーズ、青春編が開幕！

か-50-2

億男
川村元気

宝くじが当選し、突如大金を手にした一男だが、三億円と共に親友の九十九が失踪。「お金と幸せの答え」を求めて、一男の旅がはじまる！　本屋大賞ノミネート、映画化作品。　（高橋一生）

か-75-1

百花
川村元気

「あなたは誰？」。息子を忘れていく母と、母との思い出を蘇らせていく息子。ふたりには、忘れることのできない〝事件〟があった。記憶という謎《ミステリー》に挑む傑作。　（中島京子）

か-75-5

天地に燦たり
川越宗一

なぜ人は争い続けるのか――。日本、朝鮮、琉球。東アジア三か国を舞台に、侵略する者、される者それぞれの矜持を見事に描き切った歴史小説。第25回松本清張賞受賞作。　（川田未穂）

か-80-1